La furia

Alex Michaelides

La furia

Traducción del inglés de Laura Manero Jiménez
y Laura Martín de Dios

ALFAGUARA

Penguin
Random House
Grupo Editorial

Título original: *The Fury*
Primera edición en castellano: junio de 2024

© 2024, Alex Michaelides
© 2024, Penguin Random House Grupo Editorial, S.A.U.
Travessera de Gràcia, 47-49. 08021 Barcelona
© 2024, Laura Manero Jiménez y Laura Martín de Dios, por la traducción

© Diseño: Penguin Random House Grupo Editorial, inspirado en un diseño original de Enric Satué

Printed in Colombia – Impreso en Colombia

ISBN: 978-84-204-6856-3
Depósito legal: B-7030-2024

Compuesto en Arca Edinet, S. L.

Para Uma

ἦθος ἀνθρώπῳ δαίμων
El carácter del hombre escribe su destino.

HERÁCLITO

Prólogo

Nunca empieces un libro hablando del tiempo.

¿Quién dijo eso? No lo recuerdo. Algún escritor famoso, supongo.

Quien fuera tenía razón. Hablar de la climatología es aburrido. Nadie quiere leer sobre el tiempo que hace, y menos aún en Inglaterra, donde resulta tan omnipresente. La gente quiere leer sobre la gente, y suele saltarse los párrafos descriptivos, me da la sensación.

Evitar hablar del tiempo es un consejo sensato, pero voy a desoírlo por mi cuenta y riesgo. Será la excepción que confirme la regla, espero. No sufras, esta historia no está ambientada en Inglaterra, así que no voy a hablar de la lluvia. El límite lo pongo ahí, en la lluvia: ningún libro debería empezar con lluvia. Jamás. Sin excepción.

Voy a hablar del viento. El viento que azota las islas griegas. El indomable e impredecible viento de Grecia. Un viento que te hace perder la cordura.

Esa noche, la noche del asesinato, arreciaba un viento furibundo. Era un vendaval feroz, furioso, que arremetía contra los árboles, racheaba por los senderos, silbaba, aullaba, arramblaba con todo sonido y se daba a la fuga con él.

Leo estaba fuera cuando oyó los disparos. Se encontraba en la parte de atrás de la casa, en el huerto, y se había puesto a gatas porque le habían entrado arcadas. No estaba borracho, solo colocado. (*Mea culpa*, me temo. El chico nunca había fumado maría, así que seguramente no debería habérsela ofrecido). Después de una experiencia inicial casi extática —con visión sobrenatural incluida, al parecer—, sintió náuseas y empezó a vomitar.

Fue justo entonces cuando el viento se abalanzó sobre él y le metió el sonido en los oídos: pum, pum, pum. Tres disparos, muy seguidos.

Leo se puso en pie con dificultad y luchó contra el vendaval para abrirse paso en dirección a los tiros, tratando de mantener la verticalidad mientras se alejaba de la casa, avanzaba por el sendero y cruzaba el olivar hacia las ruinas.

Y allí, desovillado y tendido en el suelo del claro, vio un cuerpo.

Yacía sobre un charco de sangre cada vez mayor, rodeado por un semicírculo de columnas de mármol medio derrumbadas que proyectaban sus sombras sobre él. Leo se acercó con cautela intentando verle la cara, y entonces retrocedió, tambaleante y contrayendo el rostro a causa del horror, abriendo ya la boca para gritar.

Yo llegué con los demás justo en ese momento: a tiempo para oír el inicio del alarido de Leo antes de que el viento le arrebatara el sonido de los labios y saliera huyendo para desaparecer con él en la oscuridad.

Todos permanecimos un segundo inmóviles y en silencio. Fue un instante horrible, aterrador, como el clímax de una tragedia griega.

Pero la tragedia no terminó ahí.

Aquello solo era el principio.

Primer acto

Esta es la historia más triste que he oído jamás.

FORD MADOX FORD, *El buen soldado*

1

Esta es la crónica de un asesinato.

Aunque quizá eso no sea del todo cierto. En el fondo se trata de una historia de amor, ¿verdad? La clase de historia de amor más triste de todas, la que habla del final del amor, de su muerte.

De manera que supongo que ya lo había dicho bien al principio.

Tal vez creas que sabes lo que ocurrió. Seguramente leíste algo sobre ello en su momento. A la prensa amarilla le encantó, no sé si lo recordarás. «La isla asesina» fue un titular muy sonado. Y no es de extrañar, en realidad, porque la historia contaba con los ingredientes perfectos para causar sensación: una antigua estrella del cine que llevaba una vida recluida, una isla privada griega aislada por el viento y, cómo no, un asesinato.

Escribieron un montón de basura sobre esa noche. Toda clase de teorías descabelladas y erróneas sobre lo que pudo o no pudo haber pasado. Yo evité leer nada de todo ello. No me interesaban las especulaciones desinformadas sobre lo que debió de ocurrir en la isla.

Sabía lo que había sucedido. Estuve allí.

¿Que quién soy yo? Pues soy el narrador de esta historia... y también uno de sus personajes.

Éramos siete, en total, atrapados en la isla.

Uno de nosotros era un asesino.

Pero, antes de que empieces a apostar por quién de nosotros fue, me siento obligado a informarte de que esto no es una novela de suspense centrada en la resolución de un asesinato. Gracias a Agatha Christie, todos sabemos cómo se supone que se desarrolla ese tipo de obra: alguien comete un crimen que nadie se explica, y a ello le sigue una investigación tenaz, una solución ingeniosa y, luego, con algo de suerte, un sorprendente giro final. Esta, sin embargo, es una historia real, no una obra de ficción. Habla de personas de verdad, en un lugar que existe. En todo caso, podría decirse que se trata de una novela de suspense centrada en resolver por qué se cometió el asesinato, un tratado del carácter humano, un estudio sobre quiénes somos y por qué hacemos lo que hacemos.

Lo que sigue es un intento sincero y sentido de reconstruir los acontecimientos de esa noche aciaga: el asesinato en sí, pero también todo lo que condujo a su culminación. Me comprometo a presentarte los hechos puros y duros, o lo más que pueda acercarme a ello. Todo cuanto hicimos, dijimos y pensamos.

«Pero ¿cómo? —te oigo preguntar—. ¿Cómo es posible?». ¿Que cómo puedo saberlo absolutamente todo? ¿No solo cada una de las acciones que se llevaron a cabo, todo lo que se dijo y se hizo, sino también las cosas que no se hicieron ni se dijeron, los pensamientos que jamás salieron de las cabezas de los demás?

Me baso en gran medida en las conversaciones que mantuvimos, tanto antes como después del asesinato..., quienes sobrevivimos, claro está. En cuanto a la víctima, confío en que me concedas licencia poética para presentarte su vida interior. Dado que soy dramaturgo de profesión, puede que esté mejor preparado que la mayoría para esa labor en concreto.

Mi relato se nutre también de las notas que tomé antes y después del crimen. Una aclaración a este respecto: hace ya años que tengo por costumbre escribir cuadernos de notas. No los llamaría diarios, puesto que no están estructurados como tales. Solo son un registro de mis pensamientos, ideas, sueños, retazos de conversaciones que he oído por ahí, mis observaciones sobre el mundo. Los cuadernos en sí no son nada particular, simples libretas Moleskine negras, muy corrientes. Tengo la correspondiente a ese año abierta junto a mí, y sin duda la consultaré a medida que avancemos.

Hago hincapié en todo esto para que, si en algún punto de la narración te llevo a engaño, comprendas que ha sido sin querer, y no adrede; es que, al haber presenciado los hechos en primera persona, acabo presentándolos torpemente de manera sesgada. Gajes del oficio, supongo, cuando se narra una historia en la que resulta que uno interpreta un papel secundario.

No obstante, haré lo posible por no apropiarme del relato demasiado a menudo, aunque, de todos modos, espero que me permitas alguna que otra digresión de vez en cuando. Y, antes de que me acuses de contar mi historia de una forma laberíntica, déjame recordarte que se trata de una historia veraz, y así es como nos comunicamos en la vida real, ¿o no? Somos caóticos: saltamos adelante y atrás en el tiempo, ralentizamos y extendemos algunos momentos, aceleramos otros para pasarlos deprisa, vamos editando sobre la marcha para minimizar fallos y maximizar aciertos. Todos somos narradores poco fidedignos de nuestra propia vida.

Qué curioso. Siento que, ahora mismo, mientras te cuento todo esto, tú y yo deberíamos estar sentados en los taburetes de la barra de un bar. Como dos viejos amigos que han salido a tomar algo.

«Esta es una historia para cualquiera que haya amado alguna vez», declaro mientras te paso tu bebida —un copazo, porque lo necesitarás—, tú te acomodas y yo empiezo a contar.

Te ruego que no me interrumpas mucho, por lo menos al principio. Más adelante habrá numerosas oportunidades para debatir lo que quieras. De momento, te pido que tengas la cortesía de escucharme, como harías con un buen amigo que te cuenta una anécdota interminable.

Ha llegado la hora de presentar al elenco de sospechosos, y por orden de importancia. Esto implica que, durante un rato y a regañadientes, debo abandonar el escenario. Aguardaré entre bambalinas, esperando mi pie para entrar.

Empecemos, como es de rigor, por la estrella.

Empecemos por Lana.

2

Lana Farrar era una estrella de cine.

Era una gran actriz. Saltó a la fama siendo muy joven, en aquellos tiempos en los que el estrellato todavía significaba algo, antes de que cualquiera que tuviera conexión a internet pudiera convertirse en un famoso.

Muchos conocerán su nombre o habrán visto sus películas, sin duda. Hizo demasiadas para nombrarlas aquí. Si te pareces un poco a mí, les tendrás bastante cariño a un par de ellas.

Pese a llevar retirada una década, aún gozaba de fama al inicio de nuestro relato, y es evidente que Lana Farrar será recordada hasta mucho después de que yo haya muerto y quede olvidado, como si jamás hubiera existido. Y con razón. Tal como Shakespeare escribió sobre Cleopatra, se ha ganado «un lugar en la historia».

A Lana la descubrió a los diecinueve años el legendario productor de Hollywood Otto Krantz, ganador de varios Oscar, con quien más adelante se casó. Hasta su muerte prematura, Otto empleó toda su influencia y su considerable energía en promocionar la carrera de Lana, e incluso concibió películas enteras con el único propósito de servir de vehículo de lucimiento del talento de su mujer. Aun así, Lana estaba destinada a ser una estrella, con Otto o sin él.

No era solo que tuviera un rostro perfecto, la belleza pura y luminosa de un ángel de Botticelli —esos ojos de un azul insondable—, tampoco su porte o su forma de hablar, ni su famosa sonrisa. No; Lana poseía otra cualidad, algo intangible, un aire de semidiosa, algo mítico, mágico, que te impelía a no apartar la mirada, fascinado. En presencia de una belleza así, solo podías abandonarte a la contemplación.

Participó en muchas películas cuando era muy joven, aunque, para serte sincero, daban la sensación de estar hechas un poco al tuntún. De todos modos, mientras que sus comedias románticas, en mi opinión, tenían muchos altibajos y sus películas de suspense pasaron sin pena ni gloria, al fin dio con el filón cuando interpretó su primera tragedia. Fue haciendo de Ofelia en una adaptación moderna de *Hamlet*, papel que le valió su primera nominación a los Oscar. A partir de ahí, sufrir con grandeza se convirtió en su especialidad. Melodramas o dramones lacrimógenos; los llamemos como los llamemos, en ellos Lana brillaba interpretando a cualquier protagonista romántica malhadada, desde Ana Karénina hasta Juana de Arco. Nunca se quedaba con el chico, rara vez llegaba viva al final..., y la adorábamos por ello.

Como imaginarás, hizo ganar una gran cantidad de dinero a muchísimas personas. Cumplidos los treinta y cinco, durante un par de años que resultaron económicamente catastróficos para la Paramount, los estudios se mantuvieron a flote gracias a los beneficios de uno de sus mayores éxitos. Por eso, una oleada de estupefacción recorrió la industria cuando, de la noche a la mañana, en la cúspide de su fama y su belleza, Lana anunció que se retiraba a la tierna edad de cuarenta años.

El porqué de su decisión fue un misterio y estaba destinado a seguir siéndolo, ya que no ofreció explicación alguna. Ni entonces ni en los años posteriores. Lana nunca habló de ese tema en público.

A mí sí me lo contó, sin embargo, una noche de invierno en Londres, mientras nos tomábamos un whisky junto al fuego y contemplábamos los copos de nieve amontonarse al otro lado de la ventana. Ella me explicó toda esa historia y yo le hablé de...

Mierda. Y dale. Ya estoy colándome en la narración. Está visto que, pese a mis mejores intenciones, no consigo mantenerme al margen de la historia de Lana. Tal vez deba reconocer mi derrota, aceptar que los dos estamos inextricablemente unidos, entrelazados como un ovillo de hilo enmarañado, y que es imposible diferenciarnos o desenredarnos.

De todos modos, aunque así sea, no entablaríamos amistad hasta más adelante. En este punto de la historia todavía no nos conocíamos. Por aquel entonces, yo vivía en Londres con Barbara West. Y Lana, por supuesto, estaba en Los Ángeles.

Lana nació y se crio en California. Allí era donde vivía, trabajaba y rodaba la mayoría de sus películas. Sin embargo, cuando Otto murió y ella se retiró, decidió dejar Los Ángeles para empezar de cero en otro lugar.

Pero ¿dónde?

Fue Tennessee Williams quien dijo que, cuando te retiras del mundo del cine, no hay adónde ir..., a menos que te vayas a la luna.

Lana no se fue a la luna, claro. En lugar de eso, se marchó a Inglaterra.

Se trasladó a Londres con su hijo pequeño, Leo. Se compró una casa enorme en Mayfair, de seis plantas. No tenía intención de quedarse allí mucho tiempo, o en todo caso no para siempre; era un experimento temporal, un coqueteo con una nueva forma de vida mientras descubría qué hacer con el resto de sus días.

El problema fue que, al dejar de verse definida por su absorbente carrera, Lana llegó a la incómoda conclusión de que no sabía quién era ni lo que quería hacer. Se sintió perdida, según me dijo.

A quienes recordamos las películas de Lana Farrar nos cuesta imaginarla «perdida». En la pantalla sufría mucho, pero con estoicismo, fortaleza interior y muchísimas agallas. Se enfrentaba a su destino sin pestañear siquiera y siempre luchaba hasta el final. Era todo lo que se esperaba de una heroína.

En la vida real, Lana no podía ser más diferente de su identidad cinematográfica. Al tratarla en un ambiente más íntimo, empezabas a atisbar a la persona que se ocultaba tras esa fachada: alguien más frágil y complicado. Una persona que tenía mucha menos confianza en sí misma. La mayoría de la gente no llegaba a ver a esa otra Lana, pero, a medida que se desarrolle esta historia, tú y yo tendremos que estar ojo avizor, pues es ella quien guarda todos los secretos.

Esta «discrepancia», a falta de una palabra mejor, entre las identidades pública y privada de Lana es algo que me costó años asimilar. Sé que a ella también. Sobre todo al principio de dejar Hollywood e instalarse en Londres.

Por suerte, no tuvo que luchar mucho tiempo contra aquellos miedos antes de que el destino interviniera y Lana se enamorase, nada menos que de un inglés. Un apuesto hombre de negocios algo más joven que ella, de nombre Jason Miller.

Si ese enamoramiento fue, en realidad, cosa del destino o tan solo una distracción oportuna, una excusa para que Lana pospusiera, quizá indefinidamente, todos esos complicados dilemas existenciales sobre sí misma y su futuro, es algo debatible. Al menos en mi opinión.

El caso es que Lana y Jason se casaron, y Londres se convirtió en su residencia permanente.

Londres le gustaba. Sospecho que en gran medida se debía a que los ingleses son personas reservadas y allí la gente solía dejarla en paz. Abordar a antiguas estrellas de cine por la calle para pedirles fotografías y autógrafos no forma parte de la idiosincrasia inglesa, por muy famosas que sean. Así que, las más de las veces, Lana podía pasear por la ciudad sin que nadie la molestara.

Y paseaba mucho. A Lana le gustaba caminar, siempre que el tiempo lo permitiera.

Ay, el tiempo... Como todo el que pasa una larga temporada en Gran Bretaña, Lana acabó obsesionándose con el tiempo de una forma enfermiza. A medida que transcurrían los años, se convirtió en una fuente constante de frustración. Londres le gustaba, pero, tras casi diez años viviendo allí, la ciudad y su climatología acabaron siendo sinónimos para ella. Estaban unidas de manera inextricable: Londres equivalía a «humedad», equivalía a «lluvia», equivalía a «gris».

Ese año había sido algo más lúgubre de lo habitual. Estábamos casi en Semana Santa y todavía no habíamos atisbado siquiera la primavera. En esos momentos amenazaba con llover.

Lana estaba cruzando el Soho cuando miró arriba, hacia el cielo encapotado. Y, cómo no, a continuación notó una gota de lluvia en la cara... y otra en la mano. «Maldita sea». Sería mejor dar media vuelta enseguida, antes de que empeorara.

Volvió sobre sus pasos, pero también sobre sus pensamientos, y regresó al espinoso tema al que había estado dando vueltas poco antes. Algo la inquietaba, pero no sabía el qué. Llevaba varios días sintiendo ansiedad. Se notaba intranquila, agitada, como si algo la persiguiera y ella intentara escabullirse por callejuelas estrechas con la cabeza gacha para esquivar lo que fuera que iba tras ella. Pero ¿qué era?

«Piensa —se dijo—. Averígualo».

Mientras caminaba, fue haciendo inventario de su vida en busca de alguna preocupación o una insatisfacción evidente. ¿Se trataba de su matrimonio? No lo creía. Jason estaba estresado con el trabajo, pero eso no era nuevo; su relación se encontraba en un buen momento. El problema no estaba ahí. ¿Dónde, entonces? ¿Era su hijo, Leo? ¿Era por su conversación del otro día? Pero si no había sido más que una charla amistosa sobre su futuro, ¿verdad?

¿O se trataba, en realidad, de algo mucho más complicado que eso?

Otra gota de lluvia la distrajo. Lana miró hacia las nubes con rencor. No era de extrañar que no lograra pensar con claridad. Si por lo menos pudiera ver el cielo... Ver el sol.

Sin detenerse, empezó a plantearse cómo escapar de ese clima. Menos mal que a eso sí podía ponerle remedio.

¿Qué tal un cambio de aires? El fin de semana siguiente era Semana Santa. ¿Y si organizaba un viaje improvisado en busca de un poco de sol?

¿Por qué no se iban unos días a Grecia? ¿A la isla?

Eso, ¿por qué no? Les sentaría bien a todos: a Jason, a Leo... y a la propia Lana a la que más. Pensó que también podría invitar a Kate y a Elliot.

«Sí, será divertido». Sonrió. La perspectiva de un poco de sol y cielos azules le levantó el ánimo al instante.

Sacó el móvil del bolsillo.

Llamaría a Kate de inmediato.

3

Kate estaba en mitad de un ensayo.

Faltaba poco más de una semana para que estrenaran en el Old Vic una muy esperada nueva producción de *Agamenón*, la tragedia de Esquilo, en la que ella interpretaba a Clitemnestra.

Estaban con el primer ensayo en el teatro, y no iba demasiado bien. Kate todavía tenía dificultades con su personaje, concretamente con su texto, lo cual, a esas alturas del campeonato, no era buena señal.

—¡Por el amor de Dios, Kate! —gritó el director, Gordon, con su retumbante acento de Glasgow desde el patio de butacas—. ¡Estrenamos dentro de diez días! Por lo que más quieras, ¿no puedes sentarte con el puto libro y aprenderte tu texto de una vez?

Kate estaba tan exasperada como él.

—Me lo sé, Gordon. El problema no es ese.

—Pues, entonces, ¿cuál es? Ilumíname, querida, por favor. —Pero Gordon hablaba cargado de sarcasmo y no esperó respuesta—. ¡Seguimos! —exclamó.

Entre tú y yo —*entre nous*, que decía Barbara West—, no me extraña en absoluto que Gordon perdiera los nervios.

Verás, pese al enorme talento de Kate —porque poseía un talento descomunal, no nos engañemos—, también era caótica, desordenada, temperamental, bastante impuntual, beligerante a menudo..., y no siempre se presentaba sobria. Aunque también, desde luego, era brillante, carismática, divertida y tenía un instinto infalible para resultar genuina, tanto en el escenario como fuera de él. La combinación de todo eso, como había descubierto el pobre Gordon, suponía que trabajar con ella fuese una auténtica pesadilla.

Ay, pero eso no es justo, ¿no? Colar mi juicio así, de tapadillo, por decirlo de algún modo, como si no fueras a darte cuenta. Qué ladino soy, ¿verdad?

Había prometido ser objetivo, en la medida de lo posible, y dejarte decidir con libertad. Así que debo mantener mi palabra. De ahora en adelante me esforzaré por guardarme mis opiniones para mí.

Me atendré a los hechos:

Kate Crosby era una actriz teatral británica. Creció en Londres, en el seno de una familia trabajadora, al sur del río, aunque todo rastro de acento popular había sido erradicado hacía tiempo por años de escuela de arte dramático y educación vocal. Kate hablaba con lo que solía conocerse como un acento de la BBC —bastante refinado y difícil de ubicar—, aunque debe decirse que su vocabulario seguía siendo tan poco afectado como siempre. Era deliberadamente provocadora y con un toque como de «chica de feria», como decía Barbara West. Aunque yo la describiría más como «arrabalera».

Corría una famosa anécdota sobre la vez que Kate conoció al rey Carlos, que entonces todavía era el príncipe de Gales, en un almuerzo benéfico organizado por este. Kate le preguntó a Carlos si los lavabos estaban muy lejos y añadió que le corría tanta prisa, señor, que a una mala era capaz de mearse en el lavamanos. Carlos, por lo visto, soltó una carcajada, conquistado por completo. Sin duda, Kate se había asegurado allí mismo un futuro título de dama.

Cuando arranca nuestra historia tenía cuarenta y muchos años. Puede que más; es difícil saberlo con certeza. Como sucede con muchos actores, la fecha exacta de su nacimiento cambiaba a voluntad. No aparentaba la edad que tenía, de todos modos. Era toda una belleza. Tan morena como Lana era rubia; ojos oscuros, pelo oscuro... A su manera, Kate era tan atractiva como su amiga yanqui. Sin embargo, al contrario que Lana, solía llevar muchísimo maquillaje, se pintarrajeaba el párpado con delineador y se aplicaba varias capas de espeso rímel negro en las pestañas para acentuar sus grandes ojos. Que yo sepa, nunca se quitaba ese rímel; creo que se limitaba a añadir una o dos capas nuevas todos los días.

Kate daba una imagen más «de actriz» que Lana: cargada de joyas, collares, pulseras, pañuelos, botas, grandes abrigos... Parecía hacer todo lo posible por llamar la atención. Mientras que Lana, que en muchos sentidos era verdaderamente extraordinaria, vestía siempre con una sencillez absoluta, como si atraer sobre ella una atención inmerecida fuera de mal gusto, o algo así.

Kate era una persona histriónica, exuberante, con una energía desbordante. Bebía y fumaba sin parar. En eso, y en cualquier otro sentido, supongo, Lana y Kate podrían considerarse polos opuestos. Debo reconocer que su amistad siempre fue un pequeño misterio para mí. Parecían tener muy poco en común y, aun así, eran muy buenas amigas. Y desde hacía mucho tiempo.

De hecho, de todas las historias de amor que se entrelazan en este relato, la relación de Lana y Kate fue la que empezó primero, la que duró más... y, tal vez, la más triste de todas.

¿Cómo llegaron a trabar amistad dos personas tan diferentes?

Supongo que la juventud tuvo mucho que ver en ello. Los amigos que hacemos de jóvenes rara vez son el tipo de persona que buscamos más adelante. La cantidad de tiempo que hace que los conocemos les confiere, si se quiere, una especie de cualidad nostálgica; les concedemos cierto margen de actuación, un pase sin restricciones a nuestra vida.

Kate y Lana se habían conocido treinta años antes, en un plató de cine. Rodaban en Londres una película independiente, una adaptación de *La edad ingrata*, de Henry

James, en la que Vanessa Redgrave interpretaba a la protagonista, la señora Brook. Lana era su hija, la ingenua Nanda Brookenham, y a Kate le había tocado el personaje cómico secundario de la prima italiana, Aggie. Hizo reír a Lana tanto delante como detrás de la cámara, y a lo largo de ese verano de rodaje las dos jóvenes se hicieron amigas. Kate introdujo a Lana en la vida nocturna londinense, y pronto estaban saliendo todas las noches a pasárselo en grande... y presentándose con resaca en el plató. A veces, conociendo a Kate, sin duda borrachas todavía.

Hacer un amigo nuevo es como enamorarse, ¿verdad? Y Kate fue la primera amiga íntima de Lana. La primera aliada de su vida.

¿Por dónde iba? Perdona, está resultándome un poco complicado ofrecer una narración cronológica. Debo esforzarme y no irme por las ramas, o nunca llegaremos a la isla, y menos aún al asesinato.

El ensayo de Kate, eso era.

Bueno, aquello seguía avanzando a trancas y barrancas, y ella continuaba atascándose a cada paso. No era porque no se supiera su texto, que se lo sabía; era que no se encontraba cómoda con su papel. Se sentía perdida.

Clitemnestra es un personaje icónico. La *femme fatale* original. Mató a su marido y a la amante de este. Un monstruo... o una víctima, según se mire. ¡Qué gran regalo para una actriz! Algo a lo que hincarle el diente de verdad. O eso pensaría cualquiera, en todo caso. A la interpretación de Kate, sin embargo, le faltaba nervio. Parecía incapaz de encontrar en su interior el ardor griego que requería. Necesitaba colarse de algún modo bajo la piel del personaje, llegar a su fuero interno y entrar en su mente; descubrir un pequeño resquicio que le permitiera conectar con Clitemnestra y hacer nido en su interior. Actuar, para Kate, era un proceso fangoso y mágico. En esos momentos, en cambio, no había magia por ninguna parte. Solo fango.

Continuaron hasta el final como buenamente pudieron. Kate se hizo la fuerte, pero por dentro estaba destrozada. Menos mal que tenía unos días libres por Semana Santa, antes del ensayo técnico y del general. Unos días para reorganizarse, repensar... y rezar.

Al terminar el ensayo, Gordon anunció que, después de las vacaciones, quería que todo el mundo se supiera el texto al dedillo.

—O no me hago responsable de mis actos. ¿Está claro?

Lo dijo dirigiéndose al elenco al completo, pero todos sabían que se refería a Kate.

Esta le ofreció una gran sonrisa y le dio un beso falso en la mejilla.

—Gordon, cielo, no te preocupes, que está todo controlado. Te lo prometo.

Él, nada convencido, puso los ojos en blanco.

Kate desapareció entre bastidores para recoger sus cosas. Todavía no había acabado de instalarse en el camerino de la estrella, que estaba hecho un desastre: bolsas a medio vaciar, maquillaje y ropa por todas partes.

Lo primero que hacía en sus camerinos era encender una vela de jazmín que siempre compraba para que le diera buena suerte y ahuyentar ese olor tan rancio de los interiores de los teatros: aire viciado, madera vieja, moqueta, ladrillo visto lleno de humedades... y los cigarrillos que fumaba a escondidas echando el humo por la ventana, por supuesto.

Tras encender otra vez la vela, Kate rebuscó en su bolso, sacó un bote de pastillas y se echó un Xanax en la palma de la mano. No quería el comprimido entero, solo un trocito, «un mordisquito» para calmar un poco la ansiedad. Lo partió primero por la mitad, después separó un cuarto con los dientes y dejó que el fragmento amargo de la pastilla se le disolviera en la lengua. Paladeó su intenso sabor químico; imaginaba que, si sabía mal, era que funcionaba.

Kate miró por la ventana. Estaba lloviendo, aunque no parecía un aguacero muy intenso. Seguro que no tardaría en despejar. Saldría a dar una vuelta por el río. Un paseo le sentaría bien. Necesitaba aclararse. Tenía tantas cosas en la cabeza que se sentía sobrepasada... Se le venía mucho encima, mucho en lo que pensar y de lo que preocuparse, pero en esos momentos no era capaz de enfrentarse a ello.

Quizá le viniera bien un trago. Abrió la neverita que había debajo del tocador y sacó una botella de vino blanco.

Se sirvió una copa y se sentó sobre el tocador. Se encendió un cigarrillo; estaba terminantemente prohibido por las normas de la sala, so pena de muerte, pero qué narices... Por cómo pintaban las cosas, sería la última vez que actuaría en ese teatro. O en cualquier otro, para el caso.

Le lanzó una mirada de odio al texto, que le correspondió desde el tocador. Kate alargó la mano y lo puso boca abajo. «Menudo desastre». ¿Qué le había hecho pensar que *Agamenón* sería una buena idea? Debía de estar colocada cuando aceptó el papel. Se estremeció al imaginar las despiadadas reseñas. La crítica teatral de *The Times* ya la odiaba; se lo pasaría en grande despellejándola. Igual que ese cabrón del *Evening Standard*.

Entonces le sonó el móvil; una distracción muy bienvenida para aparcar esos pensamientos. Lo alcanzó y miró la pantalla. Era Lana.

—Hola. ¿Todo bien? —dijo Kate al contestar.

—Pronto lo estará —repuso esta—. Se me ha ocurrido que lo que necesitamos todos es un poco de sol. ¿Te vienes?

—¿Qué?

—A la isla. Por Semana Santa. —Lana siguió hablando sin dejar que contestara—. No me digas que no. Seremos solo nosotros. Tú, yo, Jason, Leo. Y Agathi, claro. No sé si decírselo también a Elliot, que me está incordiando mucho últimamente. Bueno, ¿qué me dices?

Kate fingió pensárselo y lanzó la colilla por la ventana, hacia la lluvia.

—Ya estoy reservando el vuelo.

4

La isla de Lana fue un regalo. Un obsequio de amor.

Se la compró Otto por su boda. Un regalo ridículamente extravagante, cierto, pero eso era típico de Otto, por lo visto. Según cuentan, era todo un personaje.

La isla estaba en Grecia, en la parte meridional del mar Egeo, y pertenecía a un extenso archipiélago conocido como las Cícladas. Seguro que te suenan las más famosas, Míconos y Santorini, pero la mayoría están deshabitadas... y son inhabitables. Hay unas cuantas de propiedad privada, como la que Otto le regaló a Lana.

Lo cierto es que la isla no costó tanto como podrías pensar. Quedaba fuera del alcance de los sueños más descabellados de la mayoría de los mortales, por supuesto, pero, puesta en contexto —para lo que es una isla—, no había resultado tan cara ni de comprar ni de mantener.

Para empezar, era minúscula. No llegaba a un centenar de hectáreas; poco más que una roca. Y, teniendo en cuenta que sus nuevos propietarios eran un productor cinematográfico de Hollywood y su musa, Otto y Lana tenían un servicio doméstico muy modesto. Solo contrataron a un empleado a tiempo completo, un guarda que era toda una historia en sí mismo, una anécdota que a Otto le encantaba contar deleitándose, como era su costumbre, en la idiosincrasia griega. Estaba absolutamente cautivado por los lugareños. Y hay que reconocer que allí, lejos de la Grecia continental, la gente de las islas podía ser bastante excéntrica.

El lugar habitado más cercano era Míconos, a veinte minutos en barco. Así que, por supuesto, fue allí donde

Otto decidió buscar al futuro guarda para la isla de Lana. Sin embargo, encontrarlo resultó más difícil de lo esperado. Por lo visto, nadie estaba dispuesto a vivir en aquel islote, ni siquiera por el generoso sueldo que ofrecía.

No era solo que el guarda tuviera que soportar una vida aislada y solitaria, sino que también existía un mito, una historia local de fantasmas, que decía que la isla estaba encantada desde la época romana. Se creía que daba mala suerte poner un pie en ella, y mucho más vivir allí. Una gente supersticiosa, esos miconios.

Al final, solo encontró un voluntario para el trabajo: Nikos, un joven pescador.

Nikos tenía unos veinticinco años y había enviudado hacía poco. Era un hombre callado y sombrío. Lana me dijo que creía que sufría una grave depresión. Según le había contado a Otto, lo único que deseaba era estar solo.

Era casi analfabeto y hablaba un inglés muy rudimentario, pero Otto y él conseguían entenderse, a menudo gracias a complicados gestos. No firmaron ningún contrato, solo se dieron un apretón de manos.

Desde entonces, Nikos vivía solo en la isla durante todo el año, como guarda de la propiedad y hortelano extraoficial. Al principio no había allí ningún huerto. Nikos estuvo viviendo dos años en la propiedad antes de empezar a plantar nada, pero, cuando lo hizo, el éxito fue inmediato.

Un año después, Otto, animado por los denuedos del guarda, encargó que enviaran varios frutales desde Atenas. Transportaron los árboles con un helicóptero, colgados de cuerdas: manzanos, perales, melocotoneros y cerezos. Los plantaron todos en una parcela protegida por muros, y allí crecieron con fuerza. Todo parecía florecer en esa isla de amor.

Suena bonito, ¿a que sí? Idílico, lo sé. Aún hoy, resulta tentador idealizarlo. Nadie quiere oír la verdad, todos suspiramos por el cuento de hadas. Y así era como el mundo

33

exterior veía la historia de Lana: una vida preciosa y mágica. Pero, si algo he aprendido, es que las cosas rara vez son lo que parecen.

Una noche, años después, Lana me contó la verdad sobre Otto y ella: que su matrimonio de ensueño no era tal como lo pintaban. Quizá fuera inevitable. La abrumadora personalidad de Otto, su generosidad, su ambición y su empuje imparable iban acompañados de otras cualidades menos atractivas. Él era mucho mayor que Lana, por ejemplo, y tenía una actitud paternal hacia ella, incluso patriarcal. Controlaba sus actos, dictaba lo que debía comer y cómo debía vestir, era crítico hasta la crueldad con cualquier decisión que ella tomara, minaba su seguridad, la avasallaba y, cuando estaba borracho, la maltrataba emocional e incluso físicamente.

No puedo por menos de sospechar que, de haber seguido juntos más tiempo, al cumplir años Lana y volverse más independiente, al final se habría rebelado contra él. Seguro que algún día lo habría dejado, ¿no crees?

Jamás lo sabremos. Solo unos años después de su boda, Otto murió de un ataque al corazón, nada menos que en el aeropuerto internacional de Los Ángeles. Iba a reunirse con Lana en la isla, para descansar, siguiendo órdenes del médico. Por desgracia, nunca llegó a su destino.

Tras la muerte de Otto, Lana pasó varios años sin acercarse a la isla. Los recuerdos y las asociaciones le resultaban demasiado traumáticos. Sin embargo, con el paso del tiempo empezó a recordar sin tanto dolor el lugar y todos los buenos momentos que habían compartido allí. Así que decidió regresar.

A partir de entonces, iba a la isla por lo menos dos veces al año, y en ocasiones más aún. Sobre todo después de trasladarse a Inglaterra, cuando empezó a necesitar un lugar en el que refugiarse de su clima.

Antes de continuar, debo hablarte de las ruinas. Tienen un papel importante en nuestra historia, como pronto comprobarás.

Las ruinas eran mi lugar preferido de la isla. Un semicírculo formado por seis columnas de mármol, rotas y erosionadas, en un claro rodeado de olivos. Un enclave evocador, fácil de imbuir de magia. Un rincón perfecto para la contemplación. Yo solía ir a sentarme en aquellas piedras, solo para respirar y escuchar el silencio.

Las ruinas eran vestigios del complejo de una antigua villa que se había erigido en la isla hacía más de mil años. Había pertenecido a una adinerada familia romana, y lo único que quedaba de él eran esas columnas medio derrumbadas que, según les contaron a Lana y a Otto, en su día habían constituido un teatro íntimo, un pequeño auditorio en el que se representaban funciones privadas.

Una historia encantadora aunque algo artificiosa, en mi opinión. Enseguida sospeché que algún agente inmobiliario ambicioso se la había inventado con la esperanza de apelar a la imaginación de Lana. Si fue así, funcionó. Lana quedó cautivada al instante; a partir de entonces, siempre llamó a esas ruinas «el teatro».

Así que, durante un tiempo, Otto y ella resucitaron la antigua tradición: las noches de verano representaban allí escenas y obras breves, escritas e interpretadas por la familia y sus huéspedes. Una práctica que, por suerte, abandonaron mucho antes de que yo empezara a visitar la isla. Francamente, la perspectiva de tener que soportar las diletantes aptitudes teatrales de estrellas de cine invitadas era más de lo que me veía capaz de aguantar.

Aparte de las ruinas, en la isla solo había un par de edificaciones, ambas bastante más recientes: la cabaña del guarda, donde residía Nikos, y la casa principal en sí.

La casa se encontraba en el centro de la isla y era una monstruosidad de piedra arenisca con más de cien años. Sus muros eran de un amarillo claro, tenía un tejado de terracota rojiza y contraventanas verdes de madera. Otto y Lana la ampliaron, le añadieron metros y renovaron las zonas más destartaladas. Construyeron una piscina y una casita de invitados en el jardín, y también un embarcadero de piedra en la playa más accesible, donde amarraban la lancha motora.

Resulta difícil describir lo preciosa que llega a ser la isla... ¿Que llegaba a ser? Me cuesta un poco escoger los tiempos verbales. No estoy seguro de dónde me encuentro, ¿en el presente o en el pasado? Sé dónde me gustaría estar, si por mí fuera. Daría cualquier cosa por regresar allí ahora mismo.

Lo veo todo claramente ante mí. Cierro los ojos y vuelvo estar en la isla. En la terraza de la casa, con una copa fría en la mano, disfrutando de las vistas. El terreno es bastante llano en casi toda su extensión, así que se alcanza a ver hasta muy lejos: incluso más allá de los olivos, hasta las playas y las calas y el agua turquesa y clara. Esa agua, cuando está en calma, es de un azul cristalino, casi translúcido. Sin embargo, como la mayoría de las cosas en esta vida, tiene más de una naturaleza. Cuando sopla el viento —y sopla a menudo—, el embate de las olas y las corrientes remueven la arena del fondo marino y vuelven el agua turbia, oscura y peligrosa.

El viento maltrata ese confín del mundo. Lo azota durante todo el año. No de una forma constante ni siempre con la misma intensidad, pero de vez en cuando se enfurece y arrecia sobre el mar para acosar las islas. La abuela de Agathi solía llamar al viento egeo *to ménos*, que significa «la furia».

La isla también tiene nombre, por cierto.

Le pusieron Aura por la diosa griega del aire matutino o la brisa. Un nombre precioso que no hacía sospechar la ferocidad del viento, ni de la diosa misma.

Aura era una deidad menor, una ninfa, una cazadora compañera de Artemisa. Los hombres no le gustaban mucho y solía matarlos por diversión. Cuando dio a luz a dos niños, devoró a uno de ellos antes de que Artemisa consiguiera hacer desaparecer al otro enseguida.

Así era como los lugareños hablaban del viento, por cierto: lo consideraban un monstruo devorador. No me extraña que lo incluyeran en sus mitos, en sus historias, personificado en la figura de Aura.

Eso era algo que yo tenía la suerte de no conocer de primera mano. El viento, quiero decir. La isla la había visitado varias veces a lo largo de los años, y siempre con la buena fortuna de encontrar un tiempo insólitamente dócil. A menudo me había librado de un temporal por solo uno o dos días.

Pero ese año no. Ese año, la furia me alcanzó.

5

Al final, Lana me invitó a la isla pese a haberle dicho a Kate que yo estaba incordiándola mucho.

Por cierto, soy Elliot, por si no lo habías adivinado.

Y Lana solo bromeaba cuando dijo eso. Así era nuestra relación. Nos tomábamos mucho el pelo. Siempre chispeantes, como las burbujas de una copa de Bollinger.

Aunque no es que me ofrecieran precisamente champán en mi vuelo a Grecia. Ni siquiera cava. Al contrario que a Lana y a su familia, imagino. Ellos volaron a la isla de la misma forma que Lana viajaba a todas partes: en jet privado. Los simples mortales como yo íbamos en aviones comerciales. Y, las más de las veces en esa época, por desgracia, en aerolíneas de bajo coste.

De manera que es aquí, en un prosaico mostrador de facturación del aeropuerto de Gatwick, donde entro en esta historia. Como sabes, he estado esperando con impaciencia el momento de presentarme, y ahora, al fin, nos conoceremos como es debido.

Espero no decepcionarte como narrador. Me gusta pensar que se me considera una compañía aceptable: soy bastante entretenido, más bien directo y de natural bondadoso. Incluso profundo, en ocasiones. Después de haberte invitado a unas cuantas copas, quiero decir.

Rondo los cuarenta, un par de años arriba o abajo, aunque suelen decirme que aparento menos. Eso se debe sin duda a mi negativa a madurar, y más aún a envejecer. Por dentro sigo sintiéndome como un niño. ¿No le pasa a todo el mundo?

Soy de estatura media, quizá algo más alto. Tengo una constitución delgada, aunque ya no estoy tan flaco como antes. Solía desaparecer si me ponía de lado. Eso estaba bastante relacionado con el tabaco, por supuesto. Ahora lo tengo controlado, solo fumo algún porro de vez en cuando y un cigarrillo de uvas a peras, pero cuando tenía veintitantos o treinta y pocos, madre mía, estaba enganchadísimo. Solía funcionar solo a base de humo y café. Estaba escuchimizado, era un culo de mal asiento, un verdadero manojo de nervios y se me comía el ansia. Debía de ser un auténtico placer estar conmigo, vamos. Menos mal que me he calmado un poco.

Eso es lo único bueno que diré sobre envejecer. Que finalmente te calmas.

Tengo los ojos y el pelo oscuros, como mi padre. Y diría que soy más bien del montón. Algunos me han descrito como «atractivo», pero yo no me considero nada semejante... A menos que la iluminación sea buena.

Barbara West decía siempre que, en la vida, las dos cosas más importantes eran la iluminación y el sentido de la oportunidad. Tenía razón. Si la luz es demasiado deslumbrante, solo veo mis defectos. Detesto mi perfil, por ejemplo, y ese remolino raro que me levanta el pelo en la coronilla. También mi barbilla minúscula. Siempre me llevo una sorpresa desagradable cuando me veo de soslayo en el espejo del probador de unos grandes almacenes, con ese pelo desastroso, una nariz enorme y sin mandíbula. No tengo aspecto de estrella de cine, pongámoslo así. Al contrario que todos los demás de esta historia.

Crecí en las afueras de Londres. Cuanto menos se diga de mi infancia, mejor. Despachémosla con la menor cantidad de palabras posible, ¿te parece? ¿Qué tal dos?

«Pura oscuridad». Eso lo resume bastante bien.

Mi padre era un bestia, mi madre bebía. Juntos, vivían rodeados de mugre, miseria y fealdad. Como dos niños borrachos peleándose en una alcantarilla.

No me compadezcas, por favor; no pretendo ofrecerte aquí unas memorias de mi sufrimiento. Me limito a constatar los hechos. Sospecho que es una historia bastante común. Igual que muchos otros niños, demasiados, sobreviví a una infancia que se caracterizó por largos periodos de abandono y desatención, tanto física como emocional. Rara vez me acariciaban o jugaban conmigo, mi madre casi nunca me abrazaba, y la única ocasión en que mi padre me puso una mano encima fue llevado por la ira.

Eso me cuesta más perdonarlo. Entiéndeme, no la violencia física, que pronto aprendí a aceptar como parte de la vida, sino la falta de contacto humano. También las repercusiones que tuvo para mí más adelante, ya en mi vida adulta. ¿Cómo expresarlo? Provocó que sintiera extrañeza —¿miedo, incluso?— ante la cercanía de otra persona. Y eso me complicó muchísimo cualquier relación de carácter íntimo, tanto física como sentimental.

No veía la hora de marcharme de casa. Para mí, mis padres eran como dos desconocidos; me parecía inconcebible estar emparentado siquiera con ellos. Me sentía como un alienígena, un extraterrestre adoptado por una forma de vida inferior, sin más opción que la de escapar y buscar a otros individuos de mi misma especie.

Perdona si te ha parecido arrogante. Es solo que, cuando te has pasado años varado en la isla desierta de la infancia, atrapado junto a unos padres que son coléricos, borrachos, sarcásticos hasta decir basta y siempre despectivos; que nunca te apoyan, que te intimidan y te denigran, que se burlan de ti porque te gusta el colegio, o el arte; que ridiculizan cualquier cosa que sea remotamente sensible, emotiva, intelectual..., creces un poco enfadado, más bien a la defensiva, y te vuelves susceptible.

Creces decidido a defender tu derecho a ser... ¿qué, exactamente? ¿Diferente? ¿Alguien muy particular? ¿Un bicho raro?

Por si en estos momentos estoy hablando con alguien joven, déjame que te dé un consejo al que aferrarte: no desesperes si eres diferente. Porque esa misma diferencia, eso que al principio es fuente de vergüenza, algo humillante y doloroso, llegará un día en que se convertirá en una insignia de orgullo y honor.

Lo cierto es que, en la actualidad, me enorgullezco de ser diferente. Doy gracias por serlo. E incluso cuando era niño, cuando me odiaba a más no poder, presentía que ahí fuera había otro mundo. Un mundo mejor, donde tal vez yo encajara. Un mundo más luminoso, al otro lado de la oscuridad, iluminado por focos.

¿De qué estoy hablando? Del teatro, por supuesto. Piensa en ese momento en que el auditorio se oscurece, solo el telón reluce, el público se aclara la garganta al unísono, se acomoda, siente el hormigueo de la expectación. Es magia, simple y llanamente; es más adictivo que cualquier droga que haya probado jamás. Desde muy joven, entreviéndolo en las salidas escolares en las que nos llevaban a ver obras de la Royal Shakespeare Company, el National Theatre o las matinés del West End, supe que tenía que hacerme un sitio en ese mundo.

También comprendí, con la misma claridad, que, si quería que ese mundo me aceptara, debía cambiar.

Tal como era, no resultaba lo bastante bueno. Debía convertirme en otra persona.

Al escribirlo ahora parece absurdo —incluso doloroso—, pero entonces lo creía de corazón. Estaba convencido de que debía cambiarlo todo de mí: mi nombre, mi aspecto, la forma de moverme, de vocalizar, los temas de los que hablaba, lo que pensaba. Para formar parte de ese fantástico nuevo mundo debía convertirme en otro, en alguien mejor.

Y por fin, un día, lo conseguí.

Bueno, o casi… Todavía quedó un leve rastro de mi antiguo yo, como una mancha de sangre en un suelo de madera, que deja una tenue marca rojiza por mucho que la frotes.

Mi nombre completo, por cierto, es Elliot Chase.

Me halaga pensar que tal vez no te sea desconocido... ¿Sueles ir al teatro? Aunque no te suene mi nombre, quizá hayas oído hablar de mi obra. ¿No la habrás visto, tal vez? *Los derrotistas* cosechó un gran éxito a ambos lados del Atlántico. Se representó en Broadway durante un año y medio y ganó varios premios. «Incluso me nominaron a un Tony», declara con modestia.

No está mal para un dramaturgo primerizo, ¿eh?

Desde luego, también se oyeron los inevitables comentarios insidiosos y viperinos, malintencionados rumores difundidos por una sorprendente cantidad de escritores amargados, mayores y con más renombre que yo, envidiosos del éxito instantáneo, tanto de crítica como de público, logrado por ese joven. Me acusaron de toda clase de barbaridades, que iban desde el plagio hasta el robo descarado. Supongo que es comprensible. Soy un blanco fácil. Es que, verás, durante muchos años viví con Barbara West, la novelista. Hasta su muerte.

Al contrario que yo, Barbara no necesita presentación. Seguro que incluso la estudiaste en el colegio. Sus relatos breves siempre aparecen en los planes de estudio, y eso que, en mi poco compartida opinión, suele estar sobrevalorada.

Barbara era muchos años mayor que yo cuando nos conocimos, y ya andaba mal de salud. Estuve con ella hasta el final.

No la amaba, por si te lo estabas preguntando. Nuestra relación era más un trato de conveniencia que un asunto romántico. Yo era su acompañante, su sirviente, su chófer, su conseguidor, su saco de boxeo. Una vez le pedí que se casara conmigo, pero me rechazó. Tampoco quiso aceptar que fuéramos pareja de hecho. De modo que no éramos ni amantes ni pareja; ni siquiera éramos amigos. No hacia el final, en todo caso.

Aun así, Barbara me dejó en herencia su casa. Una vieja mansión de Holland Park que se caía a pedazos. Era gigantesca y horrible, y no podía permitirme mantenerla, así que la vendí y, con lo que saqué, viví muy felizmente durante varios años.

Lo que no me legó fueron los royalties de ninguno de sus éxitos de ventas editoriales, que me habrían supuesto seguridad económica de por vida. En lugar de eso, los repartió entre diferentes entidades benéficas y primos segundos de Nueva Escocia a los que apenas conocía.

Ese desheredamiento por parte de Barbara fue su última demostración de rencor hacia mí en una relación que se caracterizó por sus pequeñas mezquindades. No pude perdonárselo. Por eso escribí esa obra basada en nuestra vida en común. Un acto de venganza, dirás.

No soy un exaltado. Cuando me enfado, no me dejo llevar por la ira, sino que me siento, muy callado, muy quieto, armado con lápiz y papel…, y tramo mi resarcimiento con una precisión gélida. Esa obra le dio la estocada final: exhibía nuestra relación en forma de parodia, y con Barbara en el papel de la vieja chocha, vanidosa y ridícula que era.

Entre tú y yo, reconozco que la furiosa indignación que provocó entre los fieles fans de Barbara de todo el mundo me supuso más placer incluso que el éxito comercial que tuvo.

Bueno, tal vez eso no sea del todo cierto.

Jamás olvidaré el día que mi obra se estrenó en el West End. Llevaba a Lana del brazo, porque esa noche habíamos salido juntos. Y, por un breve instante, sentí lo que debe de sentir un famoso. Los flashes de las cámaras, los aplausos atronadores, el público en pie para ovacionarte. Fue la noche más soberbia de mi vida. Últimamente la recuerdo a menudo, y sonrío.

Este parece un buen momento para poner fin a esta digresión. Regresemos a la narración central: volvamos a Kate, a mí y a nuestro viaje desde el lluvioso Londres a la soleada Grecia.

6

Vi a Kate en el aeropuerto de Gatwick antes de que ella me viera a mí. A pesar de lo temprano que era, estaba despampanante, aunque un tanto desaliñada.

La cara le cambió ligeramente cuando se dio cuenta de que me encontraba en el mostrador de facturación. Fingió no verme y se fue derecha al final de la cola. Inasequible al desaliento, la saludé con la mano y la llamé varias veces, hasta el punto de que hubo gente que se giró a mirar, de modo que no le quedó más remedio que levantar la vista y darse por enterada. Simuló que se sorprendía y adoptó una sonrisa.

Se reunió conmigo en el mostrador, aún sonriente.

—Elliot, hola. No te había visto.

—¿Ah, no? Qué curioso, yo a ti sí, enseguida. —Yo también sonreí de oreja a oreja—. Buenos días. Qué casualidad encontrarnos aquí.

—¿Vamos en el mismo vuelo?

—Eso parece. ¿Pedimos que nos sienten juntos y así cotorreamos?

—Yo no puedo. —Kate levantó el guion como si fuera un escudo—. Tengo que aprenderme mi papel. Se lo prometí a Gordon.

—No te preocupes, te ayudo. Lo repasaremos durante el viaje. Venga, a ver ese pasaporte.

Estaba atrapada, y ambos lo sabíamos. Si se negaba a sentarse conmigo, el fin de semana empezaría con una nota amarga, así que conservó la sonrisa y me tendió el pasaporte. Facturamos juntos.

Sin embargo, en cuanto despegamos y el avión despuntó por encima de las nubes, se hizo evidente que Kate no tenía ninguna intención de ensayar su papel. Guardó el guion en el bolso.

—¿Te importa si lo dejamos? La cabeza me duele horrores.

—¿Resacosa?

—Para variar.

Me eché a reír.

—Conozco un remedio: un poco de vodka.

Kate negó con la cabeza.

—El vodka no me entra a estas horas de la mañana.

—Tonterías, te espabilará. Como un puñetazo en la cara.

Haciendo caso omiso de sus protestas, paré a un auxiliar de vuelo que pasaba junto a nosotros y le pedí un par de vasos con hielo —el hielo era lo único que servían gratis en aquel vuelo— y, aunque me miró extrañado, no se negó. A continuación, saqué un puñado de botellitas de vodka que llevaba en la bolsa y que había subido de extranjis al avión. Teniendo en cuenta la escasa variedad de alcohol que se ofrece en los vuelos actuales, por no hablar de su precio desorbitado, considero más práctico, y económico, llevarlo yo.

Puede que suene a alcohólico empedernido, pero te aseguro que las botellitas eran diminutas. Además, si Kate y yo estábamos obligados a pasar el resto de ese largo viaje juntos, a ninguno de los dos le iría mal una leve anestesia.

Serví un poco de vodka en los vasitos de plástico y alcé el mío.

—Por un fin de semana entretenido. Salud.

—Hasta el fondo. —Kate apuró el suyo de un trago e hizo una mueca—. Uf.

—Te curará el dolor de cabeza. Bueno, ¿qué me cuentas de *Agamenón*? ¿Qué tal va?

Se obligó a sonreír.

—Ah, muy bien. Genial.

—¿De verdad? Pues... estupendo.

—¿Por qué? —Kate borró la sonrisa de su cara y me miró fijamente, con recelo—. ¿Qué sabes?

—Nada. Nada de nada.

—Elliot, suéltalo.

Vacilé.

—Solo es un rumor, nada más... Que Gordon y tú no hacéis muy buenas migas.

—¿Qué? Menuda chorrada.

—Eso pensé.

—Qué gilipollez. —Kate abrió otra minibotella de vodka y se llenó el vaso—. Gordon y yo nos llevamos de puta madre.

Volvió a apurar su bebida.

—Me alegra oír eso —dije—. Me muero por asistir al estreno. Lana y yo iremos a verte y te animaremos desde la primera fila.

Le sonreí.

No me devolvió la sonrisa. Se me quedó mirando, y no de manera muy cordial, sin decir nada. No soporto los silencios incómodos, así que lo llené con una anécdota sobre un amigo mutuo que estaba pasando por un divorcio rencoroso hasta extremos absurdos, en el que había amenazas de muerte, hackeo de correos electrónicos y todo tipo de disparates. Una historia larga y compleja que exageré para que tuviera más gracia.

Mientras yo no dejaba de hablar, Kate ni se inmutó, y comprendí que ni la historia ni yo le resultábamos divertidos.

Solo me hizo falta mirarla para leerle la mente: «Dios, ojalá se callara. Elliot piensa que es la hostia de gracioso y superingenioso... Se cree que es Noël Coward. Los cojones. Solo es un puto gilipoll...».

No le caía bien a Kate, como ya habrás adivinado.

Digamos que era inmune a mi encanto particular. Ella estaba convencida de que lo disimulaba bien, pero, como la mayoría de las actrices —sobre todo las que se consideran enigmáticas— se la veía venir a la legua.

Había conocido a Kate mucho antes que a Lana. Era una de las personas preferidas de Barbara West, tanto dentro como fuera de los escenarios, y solía invitarla a la casa de Holland Park, a sus famosos saraos, que eufemísticamente se conocían como «veladas», aunque en realidad eran juergas depravadas a las que asistían centenares de personas.

Kate ya me intimidaba por entonces. Me ponía nervioso cuando venía en mi busca durante una fiesta —dejando un rastro de ceniza y alcohol a su paso—, me tomaba del brazo, me llevaba a un aparte y por el mal camino, y se burlaba sin compasión de los demás invitados, haciéndome reír. Tenía la sensación de que se identificaba conmigo en el sentido de que se consideraba una persona ajena a aquel mundo. «No soy como los demás, cariño —parecía querer decir—. No te dejes engañar por la dicción perfecta, no soy una dama».

Quería que supiera que era una impostora, como yo; solo nos diferenciaba que yo me avergonzaba de mi pasado, no de mi presente. Al contrario que ella, yo deseaba con todas mis fuerzas desprenderme de mi antigua piel para encarnar el papel que representaba en esos momentos y encajar con los demás invitados. Y cuando Kate compartía conmigo sus burlas, codazos, guiños y apartes, ponía de relieve mi fracaso.

Si soy sincero, aunque me resisto a criticar a Lana, ya que nunca me ha dado motivo —y por lo tanto, en realidad, esto no es una crítica—, me reía más con Kate. Ella siempre intentaba divertirse, siempre encontraba algo de lo que burlarse, siempre era socarrona y sarcástica. Mientras que Lana... Bueno, Lana era una persona seria en muchos sentidos, sumamente directa y sincera. Ellas dos eran como el agua y el aceite, como el día y la noche.

¿O puede que solo se trate de una diferencia cultural? Todos los estadounidenses que conozco tienden a ser muy francos, de una manera casi burda. Es algo que admiro, hay cierta pureza en esa sinceridad. («Rasca la superficie de un yanqui y encontrarás a un puritano —solía decir Barbara West—. No hay que olvidar que todos llegaron en el maldito Mayflower»). Es decir, a diferencia de nosotros, los británicos: patológicamente educados, casi serviles, siempre diciéndote que sí a la cara para ponerte verde sin compasión en cuanto te das la vuelta.

Kate y yo éramos mucho más parecidos; de no ser por Lana, quizá habríamos acabado siendo amigos. Es el único reproche que puedo hacerle a Lana y a la bondad con que siempre me trató, que se interpusiera entre nosotros sin querer. El caso es que, en cuanto ella y yo empezamos a intimar, Kate comenzó a verme como una amenaza. Lo percibía en su mirada, esa hostilidad repentina, esa competición por la atención de Lana.

A pesar de lo que Kate pudiera pensar de mí, yo la encontraba fascinante y con un talento más que evidente, pero también complicada y temperamental. Me ponía nervioso, o quizá la palabra correcta sería «precavido», como cuando estás con un gato arisco e impredecible que sabes que puede lanzarte un zarpazo al menor descuido. Estoy convencido de que es imposible ser amigo de alguien que te da miedo. ¿Cómo vas a ser tú mismo? Cuando tienes miedo, no puedes mostrarte como eres.

Y, sí, yo temía a Kate. Y con razón, como se demostró.

Vaya, ¿lo he desvelado demasiado pronto? Tal vez.

Pero, en fin, ya lo he dicho. Así que ahí se queda.

Aterrizamos en el aeropuerto de Miconos, una pista con ínfulas, cosa que lo hacía incluso más exótico, y desde allí fuimos en taxi hasta el puerto viejo, donde subiríamos a la lancha-taxi que nos llevaría a la isla.

Ya había caído la tarde cuando llegamos al puerto, con su típica imagen de postal: barcas de pesca blancas y azules, redes enmarañadas como ovillos de lana, el crujido de la madera sobre el agua, el leve olor a gasolina de la brisa marina... Las bulliciosas cafeterías del paseo marítimo estaban atestadas y las risas y las voces se mezclaban con los intensos aromas del espeso café griego y los calamares fritos. Adoraba aquel lugar. Parecía tan lleno de vida... Una parte de mí deseaba quedarse allí para siempre.

Sin embargo, el destino del viaje —¿o debería decir mi destino?— aguardaba en otra parte, así que subí a la lancha-taxi después de Kate.

Emprendimos nuestro viaje por mar. El cielo se tornaba violeta mientras surcábamos las aguas, rayando cada vez más en el negro.

Poco después, la isla apareció ante nosotros: una masa de tierra oscura y lejana. Casi tenía un aspecto amenazante en la luz crepuscular. Su belleza austera siempre me producía una especie de temor reverencial.

«Ahí está —pensé—. Aura».

7

Kate y yo nos aproximábamos a la isla cuando otra lancha motora la abandonaba.

La conducía Babis, un hombre bajo, moreno y calvo, de unos sesenta años, elegantemente vestido. Era el dueño del restaurante Yialos de Miconos y, según el acuerdo firmado con Otto hacía décadas, se encargaba de la lista de la compra que Agathi le dictaba por teléfono con antelación, así como de que la casa estuviera limpia y aireada. Me alegré de no coincidir con él; en mi opinión, era un pelmazo y un esnob.

Cuando pasó por nuestro lado, Babis redujo la velocidad de su embarcación e hizo una profunda y ceremoniosa reverencia teatral ante Kate. Tres señoras de la limpieza ya mayores iban sentadas en la parte trasera de la lancha, junto a una pila de cestas de la compra vacías. Mientras él saludaba con tanta pompa, las mujeres intercambiaron una mirada glacial a su espalda.

«Seguro que lo odian», pensé. Quise comentarlo con Kate, pero me bastó un vistazo para saber que era mejor mantener la boca cerrada. Kate ni siquiera había reparado en Babis. Estaba concentrada en la isla, con el ceño fruncido. Su mal humor había ido en aumento a lo largo del viaje, por lo que resultaba evidente que algo le rondaba la cabeza. Me pregunté qué sería.

Tras llegar a Aura, arrastramos las maletas por el largo camino de entrada sumidos en un silencio teñido de cansancio.

Allí, al final del sendero, estaba la casa, toda iluminada, un faro en mitad de la oscuridad.

Lana y Leo nos recibieron con gran afecto. Abrieron una botella de champán y, salvo Leo, todos bebimos una copa. Lana preguntó si preferíamos deshacer la maleta y ponernos cómodos antes de cenar.

Yo me pedí la misma habitación en la que me alojaba siempre, en la casa principal y contigua a la de Lana, mientras que Kate solicitó la casita de la piscina, en la que había dormido como los ángeles el verano anterior.

Lana le hizo una señal a Leo.

—Cariño, ¿por qué no la ayudas con el equipaje?

El chico, galante como siempre, ya se había levantado, pero Kate dijo que no hacía falta.

—No te preocupes, cielo, no necesito ayuda. Soy una chica dura, ya me las arreglo. Pero primero me acabaré la copa.

En ese momento, apareció Jason con aire despistado, mirando el móvil. Iba con el ceño fruncido. Estaba a punto de decirle algo a Lana cuando vio a Kate y se detuvo. No reparó en mí.

—Ah, estás aquí. —Jason la saludó con una sonrisa un tanto forzada—. No sabía que ibas a venir.

—Tachán.

—Cariño, te comenté que había invitado a Kate —dijo Lana—. Lo habrás olvidado, será eso.

—¿Quién más ha venido? —Jason suspiró—. Por el amor de Dios, Lana, te lo dije, tengo trabajo.

—Nadie te molestará, te lo prometo.

—Mientras no hayas invitado al gilipollas de Elliot...

—Hola, Jason —saludé a su espalda—. Yo también me alegro de verte.

Jason dio un respingo y, al menos, tuvo la gentileza de parecer abochornado. Kate prorrumpió en carcajadas. Lana también rio. Y Agathi.

Todos reímos, salvo él.

Vayamos con Jason.

Debo reconocer que me resulta imposible escribir sobre él con algo que se parezca siquiera a la objetividad.

Haré cuanto esté en mi mano, por descontado, pero será difícil. Basta con señalar que no era santo de mi devoción, que es una manera educada de decir que no lo soportaba.

Jason me hacía gracia, aunque no porque fuera un tipo divertido. Era atractivo —fornido, mandíbula marcada, ojos azul claro, moreno—, pero su forma de interactuar con los demás siempre me desconcertaba. No sabía si era brusco —por decirlo con delicadeza— de manera deliberada y le importaba un comino resultar ofensivo, o si no era consciente de cómo hacía sentir a la gente. Desgraciadamente, sospecho que se trataba de lo primero.

Agathi, en concreto, era una de las personas a las que más les molestaba la forma en que Jason le hablaba. Usaba con ella un tono condescendiente, como si se dirigiera a una criada, cuando no había duda de que era mucho más que eso. Agathi lo fulminaba con la mirada cuando lo hacía. «Estaba aquí antes que tú —gritaban sus ojos— y seguiré aquí cuando tú ya no estés».

Aun así, nunca hacía ningún comentario fuera de lugar, nunca lo criticaba delante de Lana, que era incapaz de ver los defectos de su marido. Lana tenía la terca costumbre de ver solo lo bueno de los demás, aunque se tratara de personas horribles.

—Vale —dijo Kate—, voy a deshacer las maletas. Os veo en la cena.

Apuró su copa, se colgó la bolsa del hombro y salió de la cocina.

Cargada con el equipaje, Kate descendió los estrechos escalones de piedra que conducían al nivel inferior.

La casita de verano se encontraba al final de una piscina de mármol verde, rodeada de cipreses. Otto la había diseñado para que armonizara con el estilo arquitectónico originario de la casa principal.

A Kate le gustaba alojarse allí abajo; estaba lejos de la casa y le ofrecía cierta intimidad, era un lugar apartado donde poder retirarse.

Entró y dejó el equipaje en el suelo. Se planteó deshacer las maletas, pero era demasiado esfuerzo. Contuvo la respiración.

De pronto, se notó al borde de las lágrimas. Llevaba todo el día muy sensible y, hacía unos momentos, ver a Lana y a Leo juntos y tan a gusto el uno con el otro, ver aquel afecto tan íntimo y natural, le había provocado cierto pesar, mezclado con envidia y unas extrañas ganas de llorar.

¿A qué venía eso? ¿Por qué casi se le saltaban las lágrimas cuando Leo le tomaba la mano a su madre, o le tocaba el hombro, o la besaba en la mejilla con dulzura? ¿Porque se sentía muy sola?

No, venga ya. Se trataba de otra cosa, y lo sabía.

Estar allí, en la isla, la agobiaba. Estar allí sabiendo a lo que había ido. ¿Era un error? ¿Una mala idea? Posiblemente... Probablemente.

«Ahora ya es demasiado tarde —se dijo—. Vamos, Katie, espabila».

Necesitaba algo para calmar los nervios. ¿Qué había traído? ¿Klonopin? ¿Xanax? De pronto recordó el regalito que se había dejado a sí misma la última vez que había estado en la isla. ¿Seguiría en su sitio?

Se acercó corriendo a la biblioteca y pasó los dedos por los lomos de los libros hasta que encontró el volumen amarillo y manoseado que buscaba.

Las puertas de la percepción, de Aldous Huxley.

Al sacarlo del estante, se abrió por la página indicada y dejó al descubierto una bolsita plana de cocaína. A Kate se le iluminaron los ojos. «Bingo».

Sonriendo para sí, vació la cocaína sobre la mesita de noche, cogió la tarjeta de crédito y empezó a cortarla.

8

En la cocina, Agathi usaba un cuchillito afilado para destripar con destreza un besugo y sacarle las entrañas de un gris turbio en el fregadero. La sangre roja y oscura se mezcló con el agua cuando lavó la cavidad que había vaciado.

Prácticamente sentía las manos de su abuela dirigiendo las suyas. El espíritu de la mujer guiaba sus dedos mientras realizaba esos movimientos tan familiares. Llevaba toda la tarde pensando en su *yiayiá*; para ella, era imposible disociar a la anciana de aquella parte del mundo. Ambas compartían algo agreste, una cualidad mágica. Se rumoreaba que su abuela había sido bruja, y lo cierto era que Agathi notaba su presencia allí. La sentía en la luz del sol, en el rumor del mar... y en las vísceras del pescado.

Cerró el grifo, secó el besugo con papel de cocina y lo dejó en un plato, con los demás.

Agathi tenía cuarenta y cinco años. Facciones duras, ojos negros, pómulos marcados... Un aire muy helénico, en mi opinión. Era atractiva, casi nunca se maquillaba y siempre llevaba el pelo recogido. Muy sobria, quizá, pero apenas tenía vanidad, y aún menos tiempo libre, que no desperdiciaba en su aspecto. Eso se lo dejaba a los demás.

Miró los besugos. Eran tirando a grandes. Pensó que con tres tendrían bastante, pero lo consultaría con Lana, por si acaso.

«Parece más contenta —se dijo—. Me alegro».

Lana llevaba un tiempo un poco rara. Distante, inaccesible. Era evidente que algo la agobiaba, pero Agathi sabía muy bien que no debía preguntar. Era la discreción en persona y jamás daba su opinión, salvo que le preguntaran. Y aun entonces, solo después de mucho insistir.

Era el único miembro de la casa lo bastante observador para percatarse de ese cambio reciente en Lana. Los demás, los hombres de la familia, dedicaban muy poco tiempo a preocuparse por cómo se encontraba. Agathi excusaba el egoísmo de Leo achacándolo a su juventud. En el caso de Jason, le costaba más justificarlo.

Estaba decidida a que Lana disfrutara de unos días agradables y tranquilos en la isla. No había motivo para pensar que no pudiera ser así.

Hasta el momento, habían tenido suerte con el tiempo y no parecía que el viento fuera a dar problemas. El mar no podría haber estado más calmado durante su viaje hasta allí, la superficie apenas se había rizado siquiera.

La llegada había sido más accidentada, desde un punto de vista logístico. Agathi era una magnífica ama de llaves y se ocupaba de que todo marchara a la perfección, pero ese día las cosas iban con retraso. Habían encontrado a Babis en la cocina con la compra todavía sin guardar mientras las señoras de la limpieza trabajaban aún en la casa, pasando la fregona y haciendo camas. Babis se había mostrado visiblemente azorado y se había deshecho en disculpas. Lana fue magnánima, por descontado, e insistió en que era culpa de ella por haber avisado con tan poca antelación. También les dio las gracias a las señoras de la limpieza, una por una, que sonrieron complacidas y con adoración, deslumbradas por la antigua estrella de cine. Lana y Leo fueron a nadar, y Jason se retiró de mal humor a su estudio, pertrechado con su portátil y el teléfono.

Agathi se quedó a solas con Babis, cosa que evidentemente le resultaba desagradable, pero se mantuvo firme. ¡Aquel imbécil no podía ser más pretencioso! Con Lana se mostraba obsequioso, servil, casi se arrastraba por el suelo, y acto seguido gruñía en griego a su personal, dictatorial y despectivo, como si fueran basura.

56

Y a Agathi la detestaba más que a nadie. Para él, siempre sería la camarera de su restaurante. Jamás le había perdonado lo que sucedió aquel verano, la primera vez que Otto y Lana se presentaron en el Yialos a comer mientras buscaban a una canguro y el destino decidió que fuera Agathi quien atendiera su mesa. A Lana le cayó en gracia de inmediato. La contrataron en el acto y se convirtió en alguien indispensable. Cuando las vacaciones llegaron a su fin, le preguntaron si quería ir a vivir con ellos a Los Ángeles, en calidad de niñera. Agathi aceptó sin pensárselo siquiera.

Quizá creas que fue el atractivo de Hollywood lo que la empujó a aceptar tan deprisa. Pues te equivocas; el lugar le daba igual, mientras estuviera con Lana. Para entonces, estaba tan encandilada que habría ido a Tombuctú si se lo hubiera pedido.

Total, que Agathi se mudó con la familia, primero a Los Ángeles y luego a Londres. Y, a medida que Leo crecía, pasó de niñera a cocinera, ama de llaves, ayudante y —quizá dándose aires— ¿confidente y mejor amiga de Lana? Tal vez esto último sea exagerar, pero poco. En el día a día y en un sentido práctico, Agathi era la persona con quien tenía una relación más estrecha.

A solas con Babis en la cocina, se regodeó repasando la larga lista de la compra con suma parsimonia, artículo por artículo, e insistió en que él fuera comprobando que estuviera todo. A Babis le resultó humillante, cómo no, y hubo muchos suspiros exasperados y golpecitos con el pie en el suelo.

Cuando Agathi consideró que ya lo había torturado bastante, lo dejó tranquilo y empezó a guardar la compra mientras planeaba las comidas de los días siguientes.

Estaba sirviéndose un té cuando se abrió la puerta trasera.

Nikos ocupaba la sombra del vano, con una navaja y un anzuelo de aspecto amenazador en una mano y, en la otra, una bolsa llena de erizos de mar negros, húmedos y repletos de púas.

Agathi lo fulminó con la mirada.

—¿Qué quieres? —le preguntó en griego.

—Ten. —Nikos le tendió los erizos—. Para ella.

—Ah.

Agathi cogió la bolsa.

—¿Sabes limpiarlos?

—Sí.

Nikos se quedó donde estaba, mirando más allá de ella, como tratando de adivinar si había alguien más en la cocina.

Agathi frunció el ceño.

—¿Querías algo más? —Nikos negó con la cabeza—. Entonces, tengo trabajo —dijo Agathi, y le cerró la puerta en las narices, con firmeza.

Dejó la bolsa de erizos en la encimera y los estudió un momento. Crudos eran una exquisitez local y a Lana le encantaban. Nikos había sido muy amable al llevárselos, sí, y Agathi no tenía problema en prepararlos a pesar del esfuerzo adicional que suponía, pero el detalle del guarda la preocupaba. No sabía por qué, pero ese gesto la inquietó.

Había algo raro en la manera en que Nikos miraba a Lana. Agathi ya se había percatado antes, cuando Nikos fue a recibirlos al embarcadero, aunque Lana no se había dado cuenta.

Agathi sí. Y no le había gustado nada de nada.

9

Nikos se apartó de la puerta trasera y echó a andar.

Pensaba en lo extraño que era volver a estar rodeado de gente después de meses de soledad.

En cierta manera, casi era como una invasión, como si la isla estuviera sitiada.

«Su isla». Era absurdo considerarla suya, pero no podía evitarlo.

Nikos llevaba una vida solitaria en Aura desde hacía veinticinco años. Prácticamente era autosuficiente, cazaba y cultivaba cuanto necesitaba. Tenía un huerto detrás de su cabaña, unas cuantas gallinas y todo el pescado que quisiera. Ya solo volvía a Miconos en busca de cosas esenciales, como tabaco, cerveza u ouzo. Del sexo podía prescindir.

Si alguna vez se sentía solo y necesitaba compañía humana —oír otras voces y risas—, visitaba el bar que frecuentaba la gente del lugar. Estaba en la otra punta de la ciudad, apartado del puerto de Miconos, lejos de los multimillonarios y sus yates. Nikos se sentaba allí, solo, con una cerveza. No hablaba, pero escuchaba para enterarse de los chismes locales. Los demás clientes, aparte de saludarlo con un gesto de cabeza, solían dejarlo en paz. Tenían la sensación de que había cambiado, que las décadas de aislamiento lo habían convertido en alguien que no pertenecía a la comunidad.

Él oía a los viejos hablar de Lana, sentados frente a sus mesitas mientras jugaban al backgammon, con sus minúsculos vasitos de ouzo. Muchos recordaban a Otto y, de forma bastante pintoresca, se referían a Lana, en griego, como «la sirena de la pantalla». Sentían curiosidad por la estrella de cine estadounidense ermitaña y dueña de aquella isla maldita, una propiedad, todo sea dicho, que a Lana le había deparado muy poca felicidad y mucho dolor.

—Esa isla está maldita —comentó alguien—. Ya veréis como volverá a pasar. De aquí a poco, ese nuevo marido acabará igual que el anterior.

—Ese hombre está tieso —aseguró otro—, es un mantenido, todo lo paga la mujer.

—Bueno, ella es muy rica —repuso un tercero—. Ojalá la mía me mantuviera.

El comentario se ganó unas risas.

Nikos no sabía si había algo de cierto en lo que decían de Jason, ni le importaba, pero entendía su delicada situación. ¿Quién podía competir con la riqueza de Lana? Lo único que Nikos podía ofrecerle eran sus propias manos, pero al menos era un hombre de verdad, no un pelele, como Jason.

Le había caído mal desde el principio. Recordaba la primera vez que Jason había pisado Aura, un tipo malhumorado, con traje y gafas de sol, que inspeccionó la isla como si fuera suya.

A lo largo de los años continuó vigilándolo de cerca, a menudo cuando Jason ignoraba por completo que lo observaban, y había llegado a la conclusión de que era un farsante. Su última afición, por ejemplo, aparentar que sabía cazar, era lo más cómico que Nikos había visto hasta la fecha. Le costaba no reírse cuando lo veía empuñar sus armas con tanta torpeza, sin saber ni dónde apuntaba pero la mar de ufano, como un niñato engreído que se cree un hombre.

En cuanto a las piezas que se cobraba... Aves tan lastimeras y escuchimizadas que no valía la pena que Agathi perdiera el tiempo desplumándolas. Por no hablar del desperdicio de balas.

Un hombre así no se merecía a alguien como Lana.

Ella era la única de todos cuya presencia Nikos toleraba allí. Al fin y al cabo, la isla era suya. Aquel era su lugar, allí revivía. Cuando llegaba, siempre estaba pálida como un cadáver, pidiendo a gritos un poco de sol. Sin embargo, al cabo de pocos días, la isla obraba su magia y Lana nadaba en el mar que la rodeaba y se alimentaba de su pescado y los frutos que daba su tierra. Y florecía. Era lo más hermoso que Nikos había visto nunca. Un recordatorio visceral de que la naturaleza, aunque espléndida y proveedora, no era lo mismo que una mujer.

Nikos no recordaba la última vez que lo habían tocado. Y ya no digamos besado.

Pasaba demasiado tiempo solo. A veces se preguntaba si no estaría volviéndose loco. En el bar, decían que el viento te hacía perder la razón. Pero no se trataba del viento.

Sino de la soledad.

Si dejaba Aura, ¿adónde iría? Ya no soportaba estar rodeado de gente durante un periodo prolongado. La única opción era el mar, vivir en un barco, navegar por las islas, pero el suyo no era lo bastante grande y jamás podría permitirse uno que sirviera para algo más que salir de pesca.

No, debía resignarse a no abandonar nunca la isla, hasta que muriera. Y probablemente ni siquiera entonces. Al fin y al cabo, pasarían varios meses antes de que descubrieran su cadáver. Para entonces, era muy posible que los demás habitantes de la isla ya lo hubieran despedazado, comido y devorado, como el escarabajo muerto que había junto a la puerta de la cocina, desmembrado y transportado por una larga hilera de diligentes hormigas.

Parecía que en los últimos tiempos solo pensaba en la muerte. La muerte era omnipresente en Aura, eso lo tenía claro.

Nikos se alejaba de la casa por el atajo que atravesaba el bosquecillo cuando vio algo que lo hizo detenerse en seco.

Un avispero enorme.

Se quedó mirándolo. Era descomunal, nunca había visto uno tan grande. Se encontraba al pie de un olivo, en un hueco que habían formado las raíces, un remolino denso y colosal de avispas que recordaba a una nube de humo negro girando sobre sí misma. En cierta manera, era un espectáculo hermoso.

Habría que estar loco para agitar un avispero de ese tamaño. Además, no quería destruirlo, no estaba bien matarlas. Las avispas tenían tanto derecho a su existencia como cualquiera. En realidad, eran un regalo del cielo, porque se comían a los mosquitos. Esperaba que la familia no lo viera y le pidiera que lo destruyese.

Decidió que lo que había que hacer era conducir a las avispas lejos de la casa principal y rezar para que no le picaran en el intento. Bastaría con dejar un plato de carne junto a su cabaña. Unos cortes de ternera o un conejo despellejado. A las avispas les encantaba el conejo.

En ese momento oyó un chapuzón. Se detuvo. Echó un vistazo entre los árboles y vio que Kate se había lanzado a la piscina.

Nikos permaneció donde estaba, invisible en la oscuridad, mirando cómo nadaba.

Al cabo de un rato, Kate pareció intuir su presencia. Dejó de nadar y volvió la cabeza hacia todas partes tratando de ver más allá de la luz, escudriñando la negrura.

—¿Hay alguien ahí? —preguntó—. ¿Quién es?

Nikos estaba a punto de continuar su camino cuando oyó unos pasos y, de pronto, alguien emergió de entre las sombras. Era Jason, que bajaba los escalones para acercarse al borde de la piscina.

Se quedó allí plantado mirando a Kate, que seguía en el agua. Su expresión no delataba ninguna emoción, como si llevara una máscara. Kate se aproximó nadando.

Le sonrió.

—Deberías meterte, el agua está buenísima.

Jason no le devolvió la sonrisa.

—¿Qué haces aquí?

—¿A qué te refieres?

—Ya sabes a lo que me refiero. ¿Por qué estás aquí?

Kate se echó a reír.

—Es evidente que no te alegras de verme.

—Pues no.

—Eres un poco borde.

—Kate...

Ella le sacó la lengua, se sumergió con un chapuzón y se alejó buceando, poniendo así fin a la conversación.

Jason dio media vuelta y regresó a la casa.

Por un momento, Nikos no supo qué hacer con lo que acababa de ver. Estaba a punto de irse cuando notó algo raro y se quedó quieto.

No estaba solo. Allí había alguien más. En la oscuridad, observando a Kate.

Miró a su alrededor entrecerrando los ojos para ver en la penumbra. No distinguió a nadie. Aguzó el oído, pero solo lo rodeaba el silencio. Aun así, habría jurado que allí se escondía alguien más.

Vaciló un instante. Luego, con cierto desasosiego, dio media vuelta y regresó a su cabaña con paso apresurado.

10

Llevé al dormitorio de Lana un par de copas de champán. Estaba sola, sentada delante del tocador, en bata. Me dije que incluso estaba más guapa sin maquillaje.

Charlamos un rato, antes de que la puerta se abriera de repente y Jason irrumpiera en la habitación. Reparó en mí y se detuvo.

—Ah, estás aquí —dijo—. ¿De quién estáis chismorreando?

Lana sonrió.

—De nadie que conozcas.

—Mientras no sea de mí.

—¿Por qué? —pregunté—. ¿Tienes mala conciencia?

Me fulminó con la mirada.

—¿Se puede saber de qué cojones hablas?

Lana se echó a reír, aunque noté que estaba molesta.

—Jason, solo está bromeando.

—Pues no tiene gracia —dijo él, y, haciendo un esfuerzo hercúleo por ser ocurrente, añadió—: Nunca.

Sonreí.

—Por suerte, miles de aficionados al teatro de todo el mundo no comparten tu opinión.

—Ya.

No me devolvió la sonrisa.

Hacía un tiempo que la buena disposición de Jason hacia mí se había agotado, por lo que solo podía esperar que supiera conservar las formas y no se pusiera violento de verdad.

Tenía celos de mí, naturalmente, porque yo le proporcionaba a Lana algo que él no entendía y que era incapaz de darle. ¿De qué se trataba? Bueno, a falta de una palabra más apropiada, llamémoslo amistad. Jason no concebía un mundo en que un hombre y una mujer pudieran ser amigos íntimos.

Aunque Lana y yo no solo éramos amigos, éramos almas gemelas.

Eso Jason tampoco lo entendía.

—Elliot ha tenido una idea brillante —dijo Lana—. ¿Qué te parece si mañana vamos a cenar a Miconos?

Jason torció el gesto.

—No, gracias.

—¿Por qué no? Será divertido.

—¿Adónde? Por favor, no me digas que al Yialos.

—¿Por qué no?

—Por el amor de Dios. —Jason suspiró—. En el Yialos siempre se monta un espectáculo. Pensaba que habíamos venido a relajarnos.

No pude resistirme a intervenir.

—Oh, venga, Jason, piensa en lo rico que está todo en el Yialos. Qué hambre...

Me ignoró, pero no puso más objeciones, consciente de que era una batalla perdida.

—Como quieras. Voy a ducharme.

—Ese es mi pie para el mutis. Nos vemos abajo.

Me encaminé a la puerta de la habitación y la cerré al salir.

A continuación —y por lo general no lo reconocería, pero, tratándose de ti, seré sincero—, pegué la oreja a la puerta. ¿O tú no habrías hecho lo mismo? Era muy probable que se pusieran a hablar de mí y tenía curiosidad por saber qué decía Jason en cuanto me diera la vuelta.

Las voces llegaban de manera débil, pero aún podía oírlas desde fuera. Lana parecía irritada.

—No sé por qué tienes que ser tan maleducado con él.

—Porque siempre está en tu puta habitación, por eso.

—Es uno de mis mejores amigos.

—Está enamorado de ti.

—Qué va.

—Claro que sí. ¿Por qué, si no, nunca ha vuelto a salir con nadie desde la vieja esa a la que se cargó?

Silencio.

—No tiene gracia, Jason.

—¿Quién dice que quisiera ser gracioso?

—Cariño, ¿querías algo? ¿O solo buscabas pelea?

Una nueva pausa mientras Jason se tranquilizaba. Prosiguió en un tono más amable.

—Tengo que hablar contigo.

—Muy bien, pero deja en paz a Elliot. Lo digo en serio.

—Vale. —Jason bajó la voz, por lo que tuve que apretar aún más la oreja contra la puerta para enterarme de algo—. No es nada importante... Necesito que firmes una cosa.

—¿Ahora? ¿No puede esperar?

—Tengo que enviarlo esta noche. Solo será un segundo.

Lana se calló un momento.

—Creía que no era importante.

—No lo es.

—Entonces ¿a qué viene tanta prisa?

—No hay prisa.

—En ese caso, lo leeré mañana.

—No hace falta que lo leas —repuso Jason—. Solo estoy haciendo circular el dinero. Ya te lo resumo yo.

—Aun así, quiero leerlo. Envíaselo a Rupert por correo electrónico, que le eche él un vistazo y luego lo firmo. ¿Te parece bien?

—Olvídalo.

Parecía furioso.

Jason no dio más explicaciones, aunque sobraban. Aun a varios metros de distancia y tras una puerta de roble macizo, supe exactamente qué se traía entre manos. Por la vacilación y el cambio de tono de voz, estaba claro que la mera mención del nombre del abogado de Lana le había

66

hecho recular. Jason se había dado cuenta de que su pequeño ardid, el que fuese, no iba a funcionar.

—No pasa nada, no importa —dijo—. Puede esperar.

—¿Seguro?

—Sí, no te preocupes. Voy a darme una ducha.

Al oír eso, me alejé de la puerta de inmediato, procurando no hacer ruido. Podía intuir lo que sucedería a continuación.

Imaginé que Jason entraba en el cuarto de baño y se deshacía de la máscara sonriente en cuanto se quedara a solas. Se miraba al espejo. En sus ojos había desesperación. Se preguntaría si no habría metido la pata al hablarle de aquella manera a Lana. ¿Había despertado sus sospechas?

Tendría que haber esperado a que Lana se hubiera tomado unas cuantas copas para ponerle los papeles delante y hacer que los firmara. «Sí, de hecho, puede que aún funcione».

Más tarde, después de cenar, volvería a intentarlo, cuando ella estuviera más relajada. Tenía que rellenarle la copa sin parar. Ser superatento con ella. Conociéndola, era probable que cambiara de opinión y que fuera ella misma la que le propusiera firmar los papeles, para complacerlo. Eso sería típico de Lana.

Sí, puede que aún funcionara. «Respira —se dijo Jason—, respira y mantén la calma».

Abrió el grifo de la ducha. El agua salió ardiendo, fue como recibir un latigazo en la cara, en la piel.

Qué alivio sentir ese dolor, una grata distracción de todo lo que le rondaba por la cabeza, de lo que debía hacer, de lo que quedaba por delante.

Cerró los ojos y siguió quemándose.

11

Algo después, Kate entró sin prisas en la cocina. Estaba sin aliento y un poco colocada, pero esperaba que los demás no se dieran cuenta.

Se apostó en un taburete y miró cómo Lana y Agathi hacían la cena. Lana estaba preparando una ensalada verde con hojas picantes de rúcula, que crecía en abundancia por toda la isla. Agathi le enseñó el plato de besugos que había limpiado.

—Diría que habrá bastante con tres, ¿no crees?

Lana asintió.

—Más que suficiente.

Kate le echó mano a una botella de vino y sirvió una copa para Lana y otra para ella.

Leo se les unió poco después, recién salido de la ducha. Estaba colorado y el pelo mojado le goteaba en la camiseta.

Tenía diecisiete años, a punto de cumplir dieciocho, y parecía una versión masculina y más joven de Lana, una especie de joven dios griego. ¿Cómo se llamaba el hijo adolescente de Afrodita...? Eros. Pues era como habría sido Eros. Rubio, ojos azules, atlético y esbelto. Y un pedazo de pan, como su madre.

Lana le echó un vistazo.

—Cariño, sécate el pelo. Vas a resfriarte.

—Se secará enseguida. Fuera no hace nada de humedad. ¿Ayudo en algo?

—¿Puedes poner la mesa?

—¿Dónde vamos a cenar? ¿Dentro o fuera?

—¿Qué tal fuera? Gracias.

Kate observó a Leo con aprobación.

—Mira que eres requeteguapo, Leo. ¿Cuándo te has vuelto un pibón? ¿Quieres vino?

Él negó con la cabeza mientras reunía manteles individuales y servilletas.

—No bebo.

—Pues entonces ven aquí, siéntate y desembucha. —Kate le dio unas palmaditas al taburete que tenía al lado y le hizo una seña para que se acercara—. ¿Quién es la afortunada? ¿Cómo se llama?

—¿Quién?

—Tu novia.

—No tengo novia.

—Pero seguro que sales con alguien. Venga..., dínoslo. ¿Cómo se llama?

Leo parecía azorado. Musitó algo ininteligible y se apresuró a salir de la cocina.

—¿Qué pasa? —Kate se volvió hacia Lana, desconcertada—. No me dirás que está soltero. Es imposible. Es requeteguapo.

—Ya lo has dicho.

—Es que lo es. A su edad, debería estar follando como un loco. ¿Qué le pasa? ¿Te preocupa que esté un poco...? —Kate dejó la frase en el aire y le lanzó a Lana una mirada cargada de significado—. Ya sabes.

—No. —Lana le sonrió sin comprender—. ¿Que esté qué?

—No sé... Apegado...

—¿Apegado? ¿A quién?

—¿A quién? —Kate se echó a reír—. A ti, cariño.

—¿A mí? —Lana parecía sinceramente sorprendida—. No creo que Leo sienta un apego especial por mí.

Kate puso cara de exasperación.

—Lana. Leo está colado por ti. De toda la vida.

Esta hizo caso omiso.

—Si es así, se le pasará. Y lo lamentaré.

—¿Crees que podría ser gay?

Lana se encogió de hombros.

—Ni idea, Kate. ¿Y qué si lo es?

—Igual debería preguntarle. —Kate sonrió y se sirvió otra copa, cada vez más seducida por la idea—. En plan hermana mayor, ya sabes. Hablaré con él y luego te cuento.

Lana negó con la cabeza.

—Por favor, no lo hagas.

—¿Por qué no?

—Porque no creo que sepas hacer de hermana mayor.

Kate lo pensó.

—No, yo tampoco.

Las dos rieron.

—¿Qué tiene tanta gracia? —pregunté al entrar en la cocina.

—Nada —dijo Kate, que seguía riendo. Alzó la copa en dirección a Lana—. Salud.

Esa noche reímos mucho. Éramos una pandilla alegre; jamás habrías dicho que sería la última vez que disfrutaríamos de un momento así.

Quizá te preguntes qué pudo ocurrir en cuestión de pocas horas, qué pudo torcerse tanto como para acabar en un asesinato.

Es difícil de decir. ¿Quién es capaz de identificar el instante preciso en que el amor se convierte en odio? Todo se acaba, eso sí que lo sé. Sobre todo la felicidad. Sobre todo el amor.

Discúlpame, me he vuelto un descreído. De joven era un idealista empedernido, incluso un romántico. Creía que el amor era para siempre. Ahora ya no. Ahora solo estoy seguro de una cosa: la primera mitad de la vida es puro egoísmo; la segunda mitad, todo pesares.

Espero que sepas disculparme y, si no te importa, permíteme que disfrute y me deleite un momento en ese último recuerdo feliz.

Cenamos fuera, bajo las estrellas. Nos instalamos bajo la pérgola, alumbrados por velas y envueltos en el perfume embriagador de las enredaderas de jazmín.

Empezamos con los salados erizos de mar que Agathi acababa de preparar. He de decir que, personalmente, nunca han sido de mi agrado en crudo y con un chorrito de limón, pero si cierras los ojos y los tragas rápido, puedes imaginar que son ostras. Después llegaron los besugos a la parrilla, además de bistec fileteado, ensaladas variadas, verduras aderezadas con ajo y el plato fuerte: las patatas de Agathi, fritas en abundante aceite.

Kate no tenía mucho apetito, así que yo me llené el plato hasta arriba y comí por dos. Felicité a Agathi por la cena, sin olvidarme de elogiar también todo el empeño que le había puesto Lana, aunque sus saludables ensaladas no podían compararse con aquellas patatas opulentas, cultivadas en la tierra roja de Aura, doradas y rezumantes de aceite. Fue una última cena perfecta.

Cuando terminamos, nos sentamos junto al brasero. Yo me puse a charlar con Lana mientras Leo jugaba al backgammon con Jason.

De pronto, Kate pidió el cristal de Agathi, que entró a buscarlo.

Tengo que hablarte del cristal. La familia lo consideraba un objeto casi mítico. Aquel artilugio rudimentario que adivinaba el futuro había pertenecido a la abuela de Agathi y supuestamente poseía cualidades mágicas.

Se trataba de un colgante, un cristal blanco opaco con forma de cono, pequeño, como una piña de pino diminuta, en el extremo de una cadena de plata. Había que sujetar la cadena con la mano derecha para que el cristal pendiera sobre la palma de la izquierda, y luego hacías una pregunta, formulándola de manera que la respuesta fuera «sí» o «no».

El cristal se movía en respuesta. Si oscilaba como un péndulo, dibujando una línea recta, la respuesta era «no». Si trazaba un círculo, era «sí». Era tan sencillo que resultaba ridículo, pero tenía una tendencia desconcertante a dar respuestas certeras. La gente le consultaba sobre sus planes futuros, sus propósitos —«¿Acepto el trabajo?», «¿Me traslado a Nueva York?», «¿Me caso con tal hombre?»—, y, de forma indefectible, casi todos informaban meses o incluso años después que la predicción del cristal había sido acertada.

Kate creía fervientemente en su magia, de esa manera ingenua que a veces tenía, con la fe propia de un niño. Estaba convencida de que era auténtico, un oráculo griego.

Esa noche, todos le hicimos nuestras preguntas secretas por turnos, salvo Jason, a quien no le apetecía. De todas maneras, tampoco se quedó mucho rato. Perdió los estribos cuando Leo le ganó al backgammon y entró en la casa malhumorado.

Una vez que solo quedamos los cuatro, el ambiente se distendió. Lie un porro. Lana no fumaba hierba, pero esa noche rompió su norma sagrada y le dio una calada, igual que Kate.

Leo sacó la guitarra y tocó algo que había compuesto. Un dueto, para Lana y él. Era una canción muy bonita y las dulces voces de madre e hijo se compenetraban a la perfección, pero Lana estaba colocada y se le olvidaba la letra. Y entonces le entró la risa, cosa que Kate y yo encontramos hilarante, para gran irritación de Leo.

Qué exasperante tuvo que ser para él, un chico tan serio de diecisiete años, que aquella panda de adultos colocados no pararan de hacer el tonto y se comportaran como adolescentes. Ninguno de los tres podía dejar de reír, agarrándonos unos a otros y balanceándonos adelante y atrás entre carcajadas.

Me alegro de conservar ese recuerdo. Los tres, riendo. Me alegro de que permanezca intacto.

Cuesta creer que, veinticuatro horas después, uno de nosotros habría muerto.

12

Antes de que te cuente lo del asesinato, me gustaría hacerte una pregunta.

¿Qué predomina: el carácter o el destino?

Es la cuestión primordial de cualquier tragedia. ¿Qué prevalece: el libre albedrío o el sino? ¿El terrible suceso del día siguiente era inevitable, ordenado por un dios malvado? ¿Estábamos condenados o había alguna esperanza de escapar?

Es una pregunta que me ha perseguido durante años. ¿Carácter o destino? ¿Tú qué crees? Te diré lo que pienso yo: después de haberle dado muchas vueltas, creo que son exactamente lo mismo.

Pero no solo lo digo yo. El filósofo griego Heráclito afirmó: «El carácter del hombre escribe su destino».

Y si Heráclito tenía razón, entonces la tragedia que nos aguardaba unas horas después fue una consecuencia directa de nuestros caracteres, de quienes éramos. ¿Correcto? En ese caso, si quien eres determina lo que te ocurre, la verdadera pregunta pasa a ser la siguiente: ¿qué determina quién eres? ¿Qué determina tu carácter?

La respuesta, según entiendo, es que toda mi personalidad —mis valores y opiniones acerca de cómo desenvolverme en el mundo, triunfar o ser feliz— se remonta al mundo sombrío y olvidado de mi infancia, donde mi carácter se forjó y, en última instancia, quedó definido por todas las cosas a las que aprendí a adaptarme, o incluso contra las que me rebelé, pero que en cualquier caso me marcaron.

Tardé mucho tiempo en llegar a esa conclusión. De joven, me negaba a pensar en mi infancia, o en mi carácter, en realidad. Puede que con razón. Mi psicóloga me dijo una vez que todos los niños traumatizados, y los adultos en los que se convierten, tienden a centrarse exclusivamente en el mundo exterior. Supongo que se trata de una especie de hipervigilancia. Miramos hacia fuera, no hacia dentro, analizamos el mundo en busca de señales de peligro, para saber si es seguro o no. Crecemos tan aterrorizados de suscitar la ira, por ejemplo, o el desdén, que ahora, de adultos, si atisbamos un bostezo reprimido mientras hablamos con alguien, una mirada de aburrimiento o irritación, sentimos una desintegración interna horrible y aterradora, como una tela deshilada que se rasga, y nos apresuramos a redoblar nuestros esfuerzos por entretener y agradar.

La verdadera tragedia, por descontado, reside en que al mirar siempre hacia fuera, al centrarnos con tanto denuedo en la experiencia de la otra persona, perdemos el contacto con nosotros mismos. Es como si viviéramos fingiendo ser nosotros, como si fuéramos impostores haciéndonos pasar por nosotros mismos en lugar de sentir que «este es mi verdadero yo, que este es quien soy».

Por eso últimamente me obligo, una y otra vez, a centrarme en mi propia experiencia, no en el «¿Se lo están pasando bien?», sino en el «¿Me lo estoy pasando bien?». No en el «¿Les caigo bien?», sino en el «¿Me caen bien?».

Y es con ese ánimo que me pregunto: ¿me caes bien?

Pues claro que sí. Quizá seas un poco callado, pero sabes escuchar. ¿Y a quién no le gusta que lo escuchen? Dios sabe que nos pasamos la vida entera siendo ignorados.

Empecé a ir al psicólogo con treinta y tantos años. Por entonces, creía que había puesto suficiente distancia con mi pasado para poder asomarme a él sin peligro, para poder espiarlo entre los dedos. Me decanté por una terapia de grupo, no porque fuera más barata, sino porque, no te voy a mentir, me gusta observar a la gente. He estado tan absolutamente solo toda mi vida que disfruto mirando a los demás y viéndolos interactuar. Siempre que sea en un espacio seguro, me apresuro a añadir.

Mi psicóloga se llamaba Mariana. Tenía unos ojos oscuros e inquisitivos y era morena, de pelo largo y ondulado. Puede que fuera griega, o medio griega. Era juiciosa y muy amable, casi siempre. Aunque también podía ser despiadada.

Recuerdo que una vez dijo algo escalofriante que me dejó descolocado durante bastante tiempo. Echando la vista atrás, creo que aquello me cambió la vida.

—Cuando somos pequeños y estamos asustados —señaló—, cuando nos hacen sentir avergonzados y nos humillan, ocurre algo. El tiempo se detiene. Se queda congelado en ese momento. Una versión de nosotros queda atrapada en esa edad para siempre.

—¿Atrapada dónde? —preguntó Liz, una del grupo.

—Atrapada aquí. —Mariana se tocó la sien—. Un niño asustado se esconde en tu mente, donde sigue sin sentirse seguro, escuchado ni amado. Y cuanto antes os pongáis en contacto con ese niño y aprendáis a comunicaros con él, más armoniosas serán vuestras vidas.

Debí de poner cara de escepticismo, porque Mariana me asestó directamente el golpe mortal:

—Al fin y al cabo, para eso querías que crecieras, ¿no, Elliot? ¿Acaso ese cuerpo fuerte de adulto no debía velar por él y sus intereses? ¿No debía cuidarlo y protegerlo? Se suponía que lo liberarías, pero has acabado convirtiéndote en su carcelero.

Qué curioso. Eso de oír algo que siempre has sabido, muy dentro de ti, pero que nunca has pronunciado en voz alta, hasta que un día aparece alguien y lo expone con claridad: «Esta es tu vida, aquí la tienes, mírala». Si prestas atención o no, depende de ti.

Yo lo hice. El mensaje me llegó alto y claro.

«Un niño aterrado atrapado en mi mente. Un niño que no se irá a ninguna parte».

De pronto, todo cobró sentido. La inquietud que me invadía en la calle o en situaciones sociales, o cuando tenía que llevarle la contraria a alguien, o imponerme —la sensación de que se me revolvía el estómago, el miedo a mirar a los ojos—, todo eso no tenía nada que ver conmigo, nada que ver con el presente. Eran antiguas emociones desplazadas en el tiempo. Pertenecían a aquel niñito que estaba tan asustado, que vivía bajo ataques constantes, incapaz de defenderse.

Creía que hacía años que lo había dejado atrás. Creía que era yo quien dirigía mi vida. Pero me equivocaba. Seguía dominado por aquel niño temeroso. Un niño incapaz de distinguir el presente del pasado que, como un viajero del tiempo involuntario, daba tumbos entre el uno y el otro sin solución de continuidad.

Mariana tenía razón: era mejor que lo sacara de mi cabeza y, en su lugar, lo sentara en mi regazo.

Sería lo más provechoso para los dos.

El carácter del hombre escribe su destino. Recuérdalo para más adelante.

Y al niño.

Y no me refiero solo al niño que había en mí, sino al que hay en ti.

—Ya sé que conminaros a que os queráis es mucho pedir —solía decir Mariana—, pero aprender a querer o, como mínimo, a mostrar compasión por los niños que fuisteis es un paso en la buena dirección.

Puede que te rías. Puede que pongas cara de exasperación. Puede que pienses que suena californiano y autocomplaciente, lleno de autocompasión. Quizá creas que tú estás hecho de otra pasta, más dura. Es posible. Pero, amigo mío, deja que te diga algo: burlarse de uno mismo solo es un mecanismo de defensa contra el dolor. Si te ríes de ti mismo, ¿cómo vas a tomarte en serio alguna vez? ¿Cómo vas a sentir todo por lo que has pasado?

Cuando vi a mi niño interior, empecé a ver a los de los demás, aunque disfrazados de adultos y jugando a ser personas mayores. Sin embargo, de pronto sabía que interpretaban un papel y distinguía a los niños asustados que se ocultaban debajo. Y cuando ves a la otra persona como a un niño, es imposible odiar. Nace la compasión y...

«Menudo hipócrita, Elliot. Serás mentiroso...».

Es lo que diría Lana en estos momentos si echara un vistazo por encima de mi hombro y leyera esto. Se reiría y me pediría que me dejara de chorradas.

«¿Y Jason qué? —preguntaría—. ¿Dónde está tu compasión por él?».

Bien visto. ¿Dónde está mi compasión por Jason?

¿He jugado sucio? ¿He dado una imagen falsa de él? ¿He distorsionado la verdad de manera deliberada para que resultara odioso?

Posiblemente. Sospecho que nunca me resultará sencillo identificarme con él. Soy incapaz de pasar por alto sus actos ruines. Soy incapaz de mirar en su interior y entenderlo, de ver lo que soportó de pequeño, las cosas malas, las humillaciones, las crueldades que le hicieron creer que el único modo de triunfar en la vida era siendo egoísta, despiadado, un mentiroso y un estafador.

Eso es lo que Jason pensaba que significaba ser un hombre. Pero Jason no era un hombre.

Solo era un niño que jugaba a ser mayor.

Y los niños no deberían jugar con armas.

13

Pum, pum, pum.

Me desperté sobresaltado. ¿Qué había sido eso?

Parecían disparos. ¿Qué hora era? Miré el reloj. Las diez.

Otro disparo más.

Me incorporé en la cama, inquieto, hasta que oí a Jason, fuera, jurando en arameo porque había vuelto a fallar.

Era Jason cazando, nada más. Me hundí de nuevo en la cama con un gruñido.

«Joder —pensé—, vaya forma de despertarse».

Y así llegamos al día del asesinato.

¿Qué puedo decir de ese día aciago? Para ser sincero, de haber sabido cómo acabaría y todo el horror que traería, nunca habría salido de la cama; en cambio, debo confesar que dormí como un tronco, sin pesadillas que perturbaran mi sueño ni premoniciones de lo que deparaba el futuro.

Siempre dormía bien en Aura. La isla era muy silenciosa. Muy tranquila. No había borrachos ni camiones de la basura que pudieran interrumpir tu descanso. No, para eso hacía falta Jason armado con una escopeta.

El frío suelo de piedra despertó la planta de mis pies al levantarme de la cama. La luz del sol inundó la habitación cuando me acerqué a la ventana y descorrí las cortinas. Contemplé el cielo azul y despejado, las ordenadas hileras de pinos altos y verdes, los olivos de un azul plateado, las flores rosadas de la primavera y las nubes de mariposas amarillas, atento al coro de las cigarras y los pájaros mientras inspiraba el denso perfume de la tierra, la arena y el mar. Una mañana espléndida; no pude por menos de sonreír.

Decidí trabajar un poco antes de bajar. La isla siempre me inspiraba, así que me senté al escritorio y abrí mi cuaderno, en el que esbocé varias ideas para una obra que estaba escribiendo.

Luego me di una ducha rápida y bajé. El aroma intenso del café me atrajo hasta la cocina, en cuyos fogones vi una cafetera recién hecha. Me serví una taza.

No había señales de los demás y me pregunté dónde estarían.

Hasta que, al mirar por la ventana, vi que Leo y Lana se encontraban fuera, atareados en el jardín.

Ayudado por Nikos, Leo estaba removiendo la tierra de un antiguo macizo de flores. El guarda estaba dejándose la piel, encargándose de la mayor parte del trabajo. Tenía la camiseta empapada de sudor. Lana estaba agachada cerca de ellos, cogiendo unos tomates cherry que iba dejando en una cesta de mimbre.

Me puse otro café y fui a reunirme con ellos.

Salí de la casa y descendí los irregulares escalones de piedra que conducían al nivel inferior. Al pasar junto al huerto tapiado, eché un vistazo a las hileras de melocotoneros y manzanos, con las ramas salpicadas de flores blancas y rosas. Unas florecillas amarillas asomaban entre las raíces.

Por lo que parecía, la primavera, que aún no había visitado Gran Bretaña, ya había estallado en Aura.

—Buenos días —dije al llegar junto a Leo y Lana.

—Elliot, cariño. Ten. —Lana me metió un tomate cherry en la boca—. Algo dulce con lo que empezar el día.

—¿No te basta conmigo? —dije, riéndome entre dientes y con la boca llena.

—Casi. No del todo.

—Mmm... —Lo cierto es que el tomate era dulce y estaba delicioso. Cogí otro de la cesta de Lana—. ¿Qué estáis haciendo?

—Estamos preparando otro huerto. Es nuestro nuevo proyecto.

—¿Qué le pasaba al de antes?

—Este es para Leo, que necesita uno solo para él. —Atisbé cierta sorna en la sonrisa que me dirigió Lana—. Es que ahora es vegano.

—Ah —dije devolviéndole el gesto—. Lo habías mencionado, sí.

—Vamos a cultivar de todo —añadió Leo señalando con entusiasmo la tierra revuelta.

—De casi todo —lo corrigió Lana, sonriendo.

—Col, coliflor, brécol, espinacas, zanahorias, rábanos... ¿Qué más?

—Patatas, para dejar de robárselas a Nikos —apuntó Lana—. Por cierto, las de anoche estaban deliciosas, gracias.

Lo último lo había dicho dirigiéndose al guarda con una sonrisa. Nikos rechazó el cumplido con un ademán incómodo.

—¿Habrá sitio para un poco de maría? —pregunté.

—No. —Leo negó con la cabeza—. Creo que no.

Lana me guiñó un ojo.

—Ya veremos.

Lancé una mirada a la casita de verano.

—¿Dónde está la señora?

—Sigue durmiendo.

—¿Y Jason?

La respuesta llegó antes de que Lana pudiera contestar: un disparo estruendoso. Y luego otro, detrás de la casa.

Me llevé un susto tremendo.

—Joder.

—Lo siento —dijo ella—. Es Jason.

—¿A quién le dispara?

—De momento solo le ha dado por los pichones.

—Es un asesinato. —Leo puso cara larga—. Una atrocidad. Es indignante e irrespetuoso. Qué asco.

Lana se armó de paciencia para contestar, aunque en su voz se distinguía cierta tensión, lo que me hizo pensar que no era la primera vez que lo discutían.

—Bueno, cariño, ya lo sé, pero a él le gusta y, además, nos comemos lo que mata, así que no se desperdicia nada.

—Yo no. Antes me muero de hambre.

Sabiamente, Lana cambió de tema. Le tocó el brazo y lo miró con ojos suplicantes.

—Leo, ¿podrías hacer un milagro y devolver a los muertos a la vida? Recuérdale a Kate que lo del pícnic fue idea suya, ¿te importa? Agathi se ha tomado muchas molestias. Lleva cocinando toda la mañana.

Leo suspiró y hundió la pala en la tierra. No parecía que la misión lo entusiasmara.

—Nikos —dijo—, ya acabaremos más tarde, ¿vale?

El guarda asintió.

Mientas Lana me enseñaba dónde plantarían los bulbos, miré un momento a Nikos por encima del hombro de Lana. El hombre dejó de cavar para recuperar el aliento y limpiarse la frente.

Me pregunto qué edad tendría por entonces. Debía de rondar los cincuenta; de hecho, me fijé en que el pelo, antes de un negro azabache, ya estaba cubierto de canas, y que unas profundas arrugas le surcaban el rostro moreno.

Era un hombre extraño. Solo se dirigía a Agathi o a Lana, y de vez en cuando a Leo. Nunca había cruzado una palabra conmigo, aunque yo había estado en la isla varias veces. Casi parecía recelar de mí, como si yo fuera un animal salvaje aún por domesticar.

Continuaba observándolo cuando advertí algo raro. Nikos tenía los ojos clavados en Lana con una expresión muy extraña. Era intensísima y completamente inconsciente.

La miraba fascinado, con adoración y una débil sonrisa en los labios. En cierto modo parecía más joven, como si fuera un niño.

«Madre mía —pensé viendo cómo se la comía con los ojos—. Está enamorado de ella».

No sé de qué me sorprendía. Pensándolo bien, era lo más normal del mundo. Ponte en su lugar: imagina que, durante todo el año, vives solo en una islita, privado de cualquier compañía, ya sea masculina o femenina, y que cada pocos meses una diosa aparece en tu orilla. ¿Cómo no iba a estar enamorado de ella?

Todos lo estábamos. Todos: Otto, Agathi, Jason, yo. La mitad del mundo. Incluso hubo una época en que Kate también estuvo obsesionada con ella. Igual que Nikos en esos momentos. El pobre diablo no tenía nada que hacer ante el encanto de Lana. Estaba hechizado, como los demás.

El caso es que los encantamientos no duran para siempre. Un día, el hechizo se rompe y la magia se acaba; la ilusión se desvanece.

Y no queda nada.

14

Kate despertó porque alguien aporreaba la puerta.

Desorientada, se frotó los ojos y tardó un segundo en comprender dónde estaba: en la isla, en la casita de verano. Tenía la cabeza a punto de estallar y gimió al oír otro golpetazo.

—¡Basta ya, por el amor de Dios! —exclamó—. ¿Quién es?

—Soy Leo. Despierta.

—Déjame.

—Son las once pasadas. Levanta. Llegarás tarde al pícnic.

—¿Qué pícnic?

Leo se echó a reír.

—¿No te acuerdas? Fue idea tuya. Mamá dice que te des prisa.

Kate no sabía de qué estaba hablándole.

Y entonces, vagamente, como entre una bruma, empezó a regresar a ella: el recuerdo de un plan tramado la noche anterior, dejándose llevar por el entusiasmo y el alcohol, para montar un pícnic en la playa. En esos instantes le entraban náuseas solo con pensar en comida.

Leo golpeó la puerta otra vez, y Kate perdió los nervios.

—¡Espera un minuto, joder! —gritó.

—¿Cuántos necesitas?

—Quinientos mil.

—Tienes cinco. Después, saldremos sin ti.

—Salid ya. Márchate, por favor...

Leo soltó un hondo suspiro. Sus pasos se alejaron.

Renegando para sí, Kate se sentó en la cama y deslizó un pie con cuidado por el borde del colchón. Le pesaba la cabeza, estaba mareada. Joder, estaba para el arrastre. La última parte de la noche la tenía completamente borrosa. ¿Había dicho algo que no debía? ¿Había hecho alguna estupidez? Habría sido típico de ella delatarse por descuido en plena borrachera. Eso no debía suceder. Tenía que seguir centrada.

«Imbécil —pensó—, ten más cuidado».

Se dio una ducha rápida para despejarse. Le dolía la cabeza, pero no había paracetamol, así que en lugar de eso se tomó medio Xanax. Lo único que encontró para tragarlo fueron los restos de una botella de champán de la noche anterior. Se puso un cigarrillo en los labios sintiéndose bastante despreciable. Cogió las gafas de sol y, en un impulso repentino, también el guion de *Agamenón*.

Así pertrechada, Kate salió de la casita de verano.

Mientras se dirigía a la playa, pasó junto a la cabaña de Nikos.

Era una construcción muy en sintonía con su entorno. Hecha de piedra y madera, tenía un enorme cactus verde que crecía junto a la puerta de entrada y cubría parte de la pared. Las enormes hojas del cactus, llenas de espinas, se extendían también por el sendero. La hiedra invadía otra de las paredes con su maraña de hojas y tallos. Una vieja hamaca de cuerda colgaba entre dos olivos nudosos y retorcidos.

Kate aminoró el paso al pasar por delante y se quedó mirando la cabaña. Algo le había llamado la atención. ¿Qué era?

El olor. ¿O ese sonido? Pero ¿qué era ese ruido?

Un zumbido fuerte, como el de una colmena, aunque lo que olía no era miel. Era un hedor repugnante y asqueroso, tan nauseabundo, de hecho, que la mano de Kate salió disparada a taparse la nariz. Apestaba a carne estropeada, a filete putrefacto descomponiéndose al sol.

Y entonces vio de dónde procedían tanto el sonido como el hedor.

Una nube negra de avispas zumbaba alrededor de un tocón. Y allí, sobre la madera, yacían los restos del cadáver ensangrentado de un pequeño animal. Un conejo, tal vez. Estaba cubierto de hormigas y avispas que lo recorrían y se peleaban por devorarlo.

Le entraron ganas de vomitar al verlo. Estaba a punto de alejarse cuando reparó en que había alguien en la ventana, observándola.

Nikos estaba allí. Iba sin camisa y la miraba fijamente. Su rostro era inexpresivo, sus ojos azules estaban clavados en ella.

Kate sintió un escalofrío involuntario. Siguió caminando y no miró atrás.

15

Leo nos comunicó que podíamos dejar de esperar a Kate, así que bajamos a la playa sin ella. Lana, que cargaba con las toallas, iba algo adelantada. Leo y yo la seguíamos con la pesada cesta de pícnic, cada uno sosteniendo un asa.

De las diferentes playas de Aura, esa era mi preferida. La más pequeña; Agathi la llamaba *to diamánti*, «el diamante», y era una joya, una playa perfecta en miniatura.

Tenía una arena suave, densa y blanca, como el azúcar. Los pinos crecían casi hasta la orilla y extendían sobre ella una delicada alfombra de agujas verdes que crujía bajo los pies. El mar era cristalino allí donde había poca profundidad; más lejos se volvía verde, aguamarina, turquesa y, finalmente, de un azul oscuro y profundo.

Años atrás, Otto había mandado construir una plataforma de madera algo apartada: una balsa flotante que cabeceaba sobre las olas, accesible mediante una escalerilla de cuerda. Yo a menudo nadaba hasta ella manteniendo la cabeza fuera del agua y sosteniendo un libro entre los dientes. Me subía a la plataforma y me tumbaba al sol a leer.

Esa mañana instalamos la cesta del pícnic a la sombra de un árbol, y luego Lana y yo nos fuimos a nadar. La temperatura del agua resultaba tonificante, pero tampoco estaba demasiado fría para esa época del año. Lana nadó hasta la plataforma y yo la seguí.

En la playa, solo, Leo abrió la tapa de la cesta e investigó lo que contenía.

Era todo un festín preparado por Agathi: verduras asadas y rellenas de arroz y carne picada, hojas de parra rellenas, varios tipos de queso local, sándwiches de salmón ahumado, melones dulces y cerezas.

Aparte de la fruta, no había muchos alimentos veganos para Leo, de manera que rebuscó en la cesta un tanto abatido... hasta que dio con algo al fondo del todo. Envueltos en film transparente y marcados con una L, había unos cuantos sándwiches de tomate y pepino, con pan integral y sin mantequilla.

«No es que sea lo más apetecible del mundo», se dijo. Era evidente que se trataba de un ataque pasivo-agresivo de Agathi a sus requerimientos dietéticos. Pero mejor eso que nada, así que sacó uno.

Leo se sentó entonces a la sombra de un pino y devoró la comida mientras leía su libro: *Un actor se prepara*. Estaba haciéndosele algo pesado, la verdad. Stanislavski era mucho más plasta de lo que había esperado, pero no se rindió.

Lana no lo sabía aún, pero Leo había enviado solicitudes a varias escuelas de arte dramático del Reino Unido y de Estados Unidos. Esperaba que a su madre no le importara, aunque, sinceramente, después de la conversación que habían tenido en Londres hacía unos días, no estaba muy seguro. Había pensado contárselo ese fin de semana. «Si es que encuentro una ocasión con Kate y Elliot aquí —pensó—, porque la monopolizan hasta el último segundo».

Un disparo lejano lo distrajo de repente. Luego, otro.

Leo frunció el ceño. Pobres pájaros, abatidos de un tiro para el disfrute de ese psicópata. Estaba tan enfadado que temía acabar haciendo algo drástico.

Tal vez debería.

Quizá había llegado la hora de oponer resistencia, de mandar un mensaje claro. Nada excesivo, algo sutil a la par que eficaz. Pero ¿el qué?

Enseguida tuvo clara la respuesta.

«Las armas».

¿Y si Jason descubría que sus escopetas habían desaparecido... y nadie sabía dónde estaban? Estallaría. Se volvería loco.

«Sí —pensó con una sonrisa—, eso es. Cuando regresemos a la casa, esconderé sus armas en algún sitio donde no pueda encontrarlas. Se lo ha ganado a pulso».

Satisfecho con su decisión, Leo se terminó el sándwich y luego regresó a la cesta caminando por la arena para buscar cerezas.

16

Jason estaba solo en las ruinas. Había ido allí con un rifle para hacer prácticas de tiro.

El blanco era una lata que se sostenía en equilibrio sobre una de las columnas rotas y, de momento, seguía intacta.

Qué descanso estar solo... La molesta cháchara de los amigos de Lana lo irritaba, por no decir otra cosa. Y, ahora que tenía tantos quebraderos de cabeza, le resultaba casi insoportable.

Justo entonces, un ave, una paloma torcaz, se posó en una de las columnas truncadas sin ser consciente, al parecer, de que él estaba allí. Jason aferró la escopeta con ambas manos. «Vale —se dijo—. Céntrate».

Apuntó con cuidado y...

—Jason.

Distraído, disparó pero falló. El ave salió volando, sana y salva, y él dio media vuelta, furioso.

—¡Tengo un arma en las manos, por el amor de Dios! No te acerques con tanto sigilo.

Kate sonrió.

—No vas a dispararme, cielo.

—Yo no me la jugaría. —La miró por encima del hombro—. ¿Y los demás?

—Acabamos de volver de la playa. Ya están en casa, duchándose. Nadie me ha visto, si te refieres a eso.

—¿Qué estás tramando? ¿Por qué has venido?

—Porque Lana me ha invitado —dijo Kate, encogiéndose de hombros.

—Tendrías que haber dicho que no.

—No quería decir que no. Quería verla.

—¿Por qué?

—Porque es mi amiga.

—Ah, ¿sí?

—Sí. A veces parece que se te olvide. —Kate se sentó en una losa de mármol y se encendió un cigarrillo—. Tenemos que hablar.

—¿De qué?

—De Lana.

—No quiero hablar de Lana.

—Lo sabe, Jason.

—¿Qué? —La miró fijamente un segundo—. ¿Se lo has dicho?

Kate negó con la cabeza.

—No, pero lo sabe. Estoy segura.

Jason observó su expresión unos instantes y, aliviado, decidió que no la creía. Estaba poniéndose dramática, como de costumbre.

—Son imaginaciones tuyas.

—No.

Durante unos segundos se hizo el silencio. Jason apartó la mirada mientras toqueteaba el rifle. Cuando volvió a hablar, su voz tenía un tono suspicaz.

—Más te vale no contarle nada, Kate. Lo digo en serio.

—¿Es una amenaza? —Tiró el cigarrillo y lo hundió en la tierra con el pie—. Cariño, qué romántico...

Jason la miró a esos ojos oscuros, refulgentes y heridos que tenía, y en ellos percibió un ligero brillo que indicaba que había bebido. Aun así, no estaba borracha, no tanto como la noche anterior.

En los ojos de Kate también pudo ver reflejado su propio rostro. Su expresión de infelicidad. ¿Se planteó Jason por un segundo bajar todas sus defensas? ¿Estuvo a punto de caer de rodillas, hundir la cabeza en el regazo de Kate... y liberarse, contarle la verdad sobre el terrible lío en el que se había metido? Que los malabares que había hecho con el dinero de otras personas se habían venido abajo, que todas las bolas se le habían caído de las manos. Que necesitaba una inyección económica descomunal, un dinero que no tenía, pero que Lana, crucialmente, sí. Y que, sin ese dinero, era casi seguro que iría a la cárcel.

Solo con pensar en eso, en la cárcel, en verse enjaulado como un pájaro, se le aceleró el pulso. Sería capaz de cualquier cosa por evitarlo. Tenía mucho miedo, tanto como un niño. Quería llorar hasta quedarse sin lágrimas, pero no lo hizo.

En lugar de eso, apoyó el arma en una columna. Se inclinó, le pasó un brazo a Kate por la cintura... y la puso de pie.

Después se inclinó hacia delante y la besó en los labios.

—No —susurró ella—. No.

Intentó apartarse, pero él no se lo permitió y volvió a besarla.

Esta vez, Kate le dejó hacer.

Mientras se besaban, Jason tuvo la extraña sensación —¿una especie de sexto sentido, quizá?— de que alguien los observaba.

«¿Es Nikos? —pensó—. ¿Nos está espiando?».

Se apartó un segundo y miró alrededor, pero allí no había nadie. Solo los árboles y la tierra. Y el sol, por supuesto; blanco, deslumbrante, ardiendo en el cielo.

Lo cegó al mirarlo.

17

El tiempo empezó a cambiar casi de inmediato.

El sol desapareció tras una nube y nos sumió en una penumbra lúgubre. El viento, que llevaba todo el día soplando —primero como un suspiro y luego como un lamento—, comenzó a arremeter contra nosotros desde el agua, colérico. Se lanzaba sobre la arena, sacudía matas y arbustos, hacía traquetear las espinosas hojas de los cactus y crujir las ramas de los árboles, que se balanceaban.

Habíamos pensado salir a Miconos, a cenar en el restaurante Yialos. Agathi nos advirtió que no fuéramos, por el viento, pero decidimos ir de todos modos. Jason insistió en que había sacado la lancha motora en peores condiciones climáticas. Aun así, yo me sentía algo intranquilo, de manera que, antes de aventurarme en esa noche oscura y ventosa, pensé en tomarme algo fuerte... para infundirme valor, como suele decirse.

Entré en el salón y examiné el mueble bar, aunque llamar «mueble bar» a aquello era quedarse cortísimo.

Era un bar en toda regla, espléndido y perfectamente provisto... Tenía todo lo necesario: cocteleras, cucharas, varillas y demás parafernalia; licores y refrescos caros; limas, limones, olivas; una nevera para el vino y un pequeño congelador para el hielo. Con unos ingredientes tan perfectos, ¿cómo iba a resistirme a preparar un martini?

Verás, tengo unas ideas muy estrictas sobre cómo se hace un martini. Pese a que sea controvertido, prefiero el vodka a la ginebra. Tiene que estar helado, y ser seco, muy seco. El vermú nació en Milán y, tal como dijo una vez Noël Coward en un comentario jocoso, lo máximo que debía acercarse un martini al vermú era haciendo un vago gesto de la mano con la copa en dirección a Italia. Estoy de acuerdo, así que fui con cuidado al echar solo una o dos gotas de vermú para darle apenas un toque sutilísimo. El que había allí era extraordinario, por suerte —francés, no italiano—, y lo tenían frío de la nevera, como debe ser.

Después abrí una botella de vodka. Eché un poco de hielo en la coctelera y me puse manos a la obra. Unos momentos después, vertí el denso líquido blanco y helado en una pequeña copa triangular. Ensarté una oliva con un palillo de plata y la sumergí con delicadeza en la bebida, que acto seguido alcé a la luz para admirarla.

Era, sin duda, «el martini perfecto». Me felicité. Estaba a punto de llevármelo a los labios cuando me detuve, distraído por una rarísima visión.

Detrás de mí, reflejado en la puerta de espejo del mueble bar, vi a Leo pasar a hurtadillas por delante del salón, cargado con un montón de escopetas.

Dejé la copa y me acerqué a la puerta para asomarme.

Leo llevó las armas hasta el final del pasillo y se detuvo ante el gran baúl de madera que había en el suelo, junto a la puerta de la cocina. Lo abrió con una mano y metió las armas dentro con cuidado. Las manejaba con repugnancia, como si apestaran. Después cerró la tapa.

Permaneció inmóvil un momento, contemplando su obra; parecía satisfecho. Se alejó con paso ligero, silbando para sí.

Dudé, pero entonces salí del salón y recorrí el pasillo hasta la habitación que Jason llamaba su «sala de armas». Era una estancia muy poco útil que quedaba cerca de la puerta de atrás. Antaño había sido un trastero donde dejar zapatos embarrados y paraguas que, con ese clima tan seco, casi nunca se usaban, pero Jason lo había vaciado, había instalado soportes para escopetas y allí guardaba todos sus trastos de caza. Tenía tres o cuatro armas, entre ellas un rifle, una escopeta semiautomática y un par de pistolas.

Todos los soportes estaban vacíos.

Se me escapó una risa muda. A Jason no le haría ninguna gracia. Se subiría por las paredes, de hecho. Por mucho que la idea me divirtiera, sabía que no podía hacer como si nada. Me planteé contárselo a Lana, pero decidí darle un par de vueltas más mientras me tomaba el cóctel.

Regresé al salón... y a mi martini perfecto. Sin embargo, ya no estaba tan frío y me resultó decepcionantemente tibio.

Un verdadero chasco, la verdad.

18

Durante el trayecto al restaurante, el ambiente de la lancha era tenso.

Jason fruncía el ceño, obstinado y decidido, mientras intentaba pilotar la lancha motora sobre las grandes olas negras. Lana guardaba silencio y no parecía muy contenta. Me pregunté si habrían discutido. Kate estaba sentada a su lado, también con aspecto taciturno, fumando un cigarrillo detrás de otro y con la mirada fija en las olas.

Yo era el único que estaba de buen humor. Había tenido tiempo de tomar un par de martinis y me moría de ganas de cenar. En lugar de seguir viajando en ese adusto silencio, me volví hacia Leo, que estaba sentado junto a mí. Tuve que gritar para que me oyera por encima del viento.

—Bueno, Leo. ¿Qué es eso que he oído de que quieres ser actor?

Me lanzó una mirada de perplejidad.

—¿Quién te lo ha dicho?

—Tu madre, claro. No puedo decir que me sorprenda.

—Ah, ¿no? —Parecía suspicaz—. ¿Y eso?

—En fin, ya sabes lo que dicen —contesté, guiñándole un ojo—. De tal palo, tal artistilla.

Me eché a reír, pero Leo arrugó la frente.

—¿Es una broma? No la pillo.

Me miró con recelo y se volvió para contemplar la isla reluciente a lo lejos.

—Ya casi hemos llegado —dije—. Es preciosa, ¿verdad?

«Preciosa» es la palabra. Llegar a Míconos de noche es una experiencia cautivadora, casi alucinógena. A medida que te acercas, la isla destella a causa de las innumerables lucecitas blancas que iluminan los edificios de blancas cúpulas que suben y bajan siguiendo las curvas de las colinas.

Yialós significa «orilla» en griego y, como indicaba su propio nombre, el restaurante se encontraba en el muelle del puerto. Atracamos en el embarcadero privado y me alegré al bajar de la lancha tambaleante y verme en tierra firme. Enseguida subimos los escalones de piedra que llevaban al restaurante.

Era un lugar muy pintoresco: las mesas estaban colocadas a lo largo del muelle, junto al agua, tenían manteles de lino blanco y estaban iluminadas por unos farolillos que colgaban de las ramas de los olivos. Desde ellas se oía la marea, que lamía el muro de piedra.

En cuanto Babis nos vio, se acercó a toda prisa e hizo chascar los dedos hacia su bandada de camareros, todos ellos con guantes y pajarita y unas americanas blancas resplandecientes. Los comensales de las demás mesas se giraron para mirarnos. Noté que Leo se revolvía a mi lado; aun habiéndolo padecido durante toda la vida, seguía detestando ser el centro de tantas miradas —¿quién podía reprochárselo?—, y esa noche había muchas.

El Yialos era un restaurante pretencioso y excesivamente caro donde servían a una clientela sofisticada y forrada de dinero. Aun así, la inesperada aparición de Lana surgida de las aguas, como el nacimiento de una Afrodita de nuestro tiempo, dejó a todo el mundo estupefacto. La gente abandonó lo que estaba haciendo para contemplarla.

Esa noche, Lana estaba espectacular: llevaba diamantes que destellaban en su pelo, en las orejas y alrededor del cuello. Iba vestida de blanco, con un modelo sencillo pero exclusivo que se ceñía a su figura a la perfección, reflejaba la luz y la hacía brillar como si fuera una especie de hermosa aparición. Era imposible no quedar maravillado ante tal espectáculo, la verdad. Y entonces, para rematarlo, un niño de unos siete u ocho años se acercó a ella con paso inseguro. Lo habían enviado sus padres. El pequeño levantó en alto una servilleta con timidez y le pidió un autógrafo a Lana.

Esta sonrió y tuvo la gentileza de acceder; firmó la servilleta con un bolígrafo que le dio Babis. Después se inclinó y le dio un beso al niño en la mejilla. El restaurante entero estalló en un aplauso espontáneo y efusivo.

Kate estuvo todo el tiempo a mi lado, así que pude notar su creciente fastidio. Irradiaba ira como si fuera calor corporal.

Eso es algo que deberías saber sobre Kate: tenía bastante mal carácter. Era un hecho bien conocido por sus compañeros del teatro, todos los cuales habían sido blanco de uno de sus arrebatos en algún momento. Cuando la provocaban, su furia era aterradora, candente e incendiaria... Hasta que se consumía. En ese momento, la asaltaba el remordimiento y se desvivía por reparar el daño producido, cosa que, por desgracia, no siempre era posible.

Y en ese instante noté que Kate estaba enfadándose cada vez más y comprendí que su mal genio pronto podría con ella. Cuando nuestras miradas se cruzaron, vi que la suya era asesina.

Entonces habló levantando la voz en un susurro escénico, de manera que se la oyó en casi todo el restaurante.

—¿Y nadie quiere un autógrafo mío? —dijo—. Pues muy bien. Que os den por el culo.

Babis puso cara de horror, pero enseguida reaccionó como si Kate estuviera de broma, y soltó una carcajada larga y estruendosa. Nos condujo a nuestra mesa adulando y lisonjeando a Lana sin parar; sus reverencias eran tan exageradas que casi corría peligro de caer de bruces.

En la mesa, Kate retiró su propia silla con un gesto aparatoso y se sentó antes de que el camarero pudiera atenderla.

—No, gracias, guapo —le dijo al joven—. No necesito ayuda. No quiero ningún tratamiento especial. Yo no soy una «estrella de cine», solo una persona normal.

Lana tampoco quiso ayuda para sentarse. Sonrió.

—También yo soy una persona, Kate —señaló.

—No, no lo eres. —Kate se encendió un cigarrillo y soltó un largo suspiro teatral—. Dios. ¿Nunca te hartas de esto?

—¿De qué?

—De... ¡esto! —Kate abarcó el resto de las mesas con un gesto—. ¿No puedes salir a cenar sin tener a quinientas personas aplaudiéndote?

Lana abrió la carta y empezó a leerla.

—Qué dices, quinientas... Son solo unas mesas. Esto les ha alegrado la noche y a mí no me ha costado nada darles el gusto.

—Pues a mí sí.

—¿De verdad? —Lana levantó la mirada. Le flaqueaba la sonrisa—. ¿Tanto te ha costado, Kate?

Esta no hizo caso y se volvió hacia Babis.

—Necesito una copa. ¿Champán?

—Faltaría más. —Babis se inclinó y miró a Lana—. ¿Y para *madame*?

Lana no contestó; parecía no haberlo oído. Seguía mirando a Kate con una expresión extraña, de desconcierto.

Leo le dio un suave codazo.

—¿Mamá? ¿Podemos pedir ya, por favor?

—Sí —dijo Jason—. Por el amor de Dios, acabemos con este numerito.

—Esperad un momento —dije mientras estudiaba la carta en detalle—. Todavía no sé lo que quiero. Me encanta pedir en los restaurantes griegos, ¿a vosotros no? Lo quiero todito, los setenta y cinco platos.

Eso hizo sonreír a Lana y la sacó de su estado de estupefacción. Enseguida pidió para toda la mesa.

Hay que decir que una de las cualidades más atractivas de Lana era que sabía pedir bien; lo hacía con generosidad de más, casi siempre demasiado, y normalmente insistía en pagar la cuenta, lo cual la convertía en la anfitriona perfecta, según yo lo veo. Escogió una serie de ensaladas y cremas, calamares y langostas de proximidad, albóndigas y puré de patatas. También la especialidad de la casa: una lubina enorme hecha al horno, cubierta por una corteza de sal que después Babis partiría en la mesa para servirla. Un plato delicioso y muy teatral.

Tras tomarnos nota, Babis se alejó haciendo más reverencias y enviando ya a los camareros a por nuestros platos y nuestras bebidas. Enseguida apareció el champán, del que nos sirvieron una copa a todos menos a Leo.

—Me gustaría hacer un brindis —dije levantando la mía—. Por Lana. Para agradecerle su increíble generosidad y...

Kate soltó un bufido y puso los ojos en blanco.

—No pienso participar en este teatrillo.

—¿Perdona? —dije, frunciendo el ceño—. No te entiendo.

—Pues esfuérzate un poco. —Vació su copa de un trago—. Te lo estás pasando bien, ¿no? ¿Te diviertes?

Para mi sorpresa, comprendí que Kate me dirigía esas preguntas a mí. Su voz tenía un tono sarcástico y, cuando la miré a los ojos, en ellos vi una ira ardiente.

Por lo visto, me había puesto en su línea de fuego sin querer. Una rauda mirada a Lana me confirmó que ella también se había dado cuenta. Le dirigí una sonrisa tranquilizadora para demostrarle que era capaz de defenderme yo solito y después me volví otra vez hacia Kate.

—Sí, mucho —contesté—. Gracias, Kate. Lo estoy pasando de maravilla.

—Ah, qué bien. —Se encendió otro cigarrillo—. ¿Disfrutas del espectáculo?

—Muchísimo. Después de un principio algo flojo, está cogiendo mucho ritmo. Qué ganas de ver el gran final. Seguro que tienes pensado algo absolutamente espectacular.

—Haré lo que pueda. Eres un público estupendo. —Kate esbozó una sonrisa peligrosa—. Siempre observando, ¿verdad, Elliot? Siempre intrigando. ¿Qué pasa por esa cabecita tuya? ¿Eh? ¿Qué tramas estás urdiendo?

No sabía por qué Kate me atacaba así. Dudaba que ella misma lo supiera. No tenía ningún motivo para haberse enfadado conmigo, así que pensé que debía de estar arremetiendo contra mí porque suponía que yo no contraatacaría. Bueno, pues se equivocaba. Si algo he aprendido, es que uno tiene que defenderse.

«A nadie le gustan los felpudos —solía decir Barbara West—. Solo se limpian los pies en ellos». Sabe Dios que Barbara se pasó años pisoteándome. Fue una lección que aprendí por las malas.

—Esta noche estás de un humor de perros, Kate. —Di un sorbo de mi champán—. ¿Qué te pasa? ¿Por qué te has empeñado en aguarnos la fiesta?

—¿De verdad quieres que responda a eso? Porque puedo, si es lo que quieres.

—Kate —le advirtió Lana en voz baja—. Déjalo. Ya.

Las dos mujeres se miraron fijamente unos segundos. Los ojos de Lana decían que se había hartado. Para mi sorpresa, su intervención surtió efecto; Kate, a regañadientes, se echó atrás.

Entonces hizo un movimiento brusco, y por una fracción de segundo pensé que estaba a punto de abalanzarse sobre mí, o sobre Lana, que se sentaba al otro lado de la mesa, o alguna locura por el estilo. Pero no fue así.

Solo se levantó con torpeza. Le costaba tenerse en pie.

—Estoy... Tengo que ir al baño.

—¿Vas a empolvarte la nariz? —pregunté.

Kate, sin contestar, se alejó despacio. Miré a Lana.

—¿Qué mierda le pasa?

—No lo sé —repuso Lana, encogiéndose de hombros—. Está borracha.

—No es solo eso. Pero no te preocupes, tengo la sensación de que volverá del baño de mucho mejor humor.

Sin embargo, me equivocaba. Kate regresó a la mesa en un estado mucho peor. Estaba claramente colocada, nerviosa, buscaba pelea. No solo conmigo; cualquiera de nosotros le servía, a esas alturas.

Leo y Jason fueron listos y comieron deprisa y con la cabeza gacha. Querían marcharse lo antes posible, pero no hacían más que llegarnos platos, una cantidad que parecía interminable, así que me concentré en la cena.

Sospecho que fui el único que la disfrutó. Lana solo picó algo de su plato. Kate no tocó nada; fumaba y bebía, fulminándonos con una mirada malévola a todos los de la mesa. Después de un largo silencio incómodo, Lana intentó distraerla con un cumplido.

—Me encanta el pañuelo que llevas —comentó—. Tiene un rojo muy intenso.

—Es un chal... —Kate se lo echó sobre un hombro, con desdén, y procedió a contar una anécdota larga y grandilocuente sobre su chal, que una huérfana a la que tenía apadrinada en Bangladesh le había tejido como gesto para agradecerle que le hubiera costeado la escuela—. No es «moda» —dijo—, así que sé que tú jamás lo tocarías. Pero a mí me encanta.

—En realidad, creo que es muy bonito. —Lana alargó la mano y rozó el extremo de la tela—. Qué trabajo más delicado. Tiene mucho talento.

—Es muy lista, que es más importante. Será médica.

—Y gracias a ti. Eres maravillosa, Kate.

Ese intento de apaciguarla fue como dorarle la píldora a una niña quejica —«Ay, qué lista eres, muy bien hecho»— y resultó torpe por parte de Lana. Sin embargo, comprendí que estaba desconcertada por ese cambio repentino en Kate. Todos lo estábamos.

Si tuviera que elegir un momento de ese fin de semana en el que todo salió mal, sería aquel, en ese restaurante. Traspasamos una línea indefinible, no sé, zarpamos desde un lugar de normalidad hacia un territorio ignoto: una tierra de nadie oscura, sin amigos, de la que no se regresaba sano y salvo.

Todo el tiempo que estuvimos allí sentados estuve oyendo el viento aullar sobre el agua. Cada vez soplaba con más fuerza; los manteles se agitaban, las velas se apagaban. Por debajo de nosotros, unas enormes olas negras chocaban con fuerza contra el muro.

«Será mejor que nos marchemos pronto —pensé—, o tendremos problemas para regresar a la isla».

Cogí mi servilleta de lino blanco con la mano derecha y estiré el brazo más allá del borde del muelle, de manera que esta quedó colgando sobre el agua. Entonces abrí los dedos y la solté...

El viento me la arrebató de la mano y vimos la servilleta bailar unos segundos en el cielo nocturno.

Después se la tragó la oscuridad.

19

Tal como Agathi había predicho, el viento fue peor en el trayecto de vuelta.

La lancha motora daba bandazos por encima de unas enormes olas negras mientras el viento nos escupía la salada espuma marina. El trayecto estaba haciéndose eterno. Cuando por fin llegamos a la isla, estábamos empapados y todavía con el susto en el cuerpo.

Leo, caballeroso como siempre, fue a por toallas para todos. Mientras nos secábamos, Jason hizo un débil intento de poner fin a la velada. Un ataque preventivo, podría decirse. Sinceramente, debería haber sabido que no funcionaría. Cualquier pretensión de «controlar» a Kate, de enviarla a la cama como a una niña que se ha portado mal, estaba condenada al fracaso. Kate no era de las que se dejan manipular.

—¿Y si nos retiramos ya? —dijo Jason—. Estoy hecho polvo.

—Todavía no —replicó Kate—. Antes me tomaré una última copa.

—¿No has bebido suficiente?

—No. Ese trayecto en lancha me ha devuelto la sobriedad de golpe. Necesito una más.

—Buena idea —dije—. Yo también. Una doble de lo que sea, por favor.

Salí a la terraza por las puertas francesas. El muro de piedra que la rodeaba ofrecía cierta protección contra el viento.

Usábamos mucho esa terraza: tenía varios sofás, mesitas de café, un pozo de fuego y una barbacoa. Encendí el fuego y acerqué a las llamas la punta de un porro. Me lo había liado con la esperanza de recuperar las risas de la noche anterior. Ay, qué lejos quedaba eso... Como si perteneciera a una vida diferente.

Leo salió conmigo y señaló el canuto con la cabeza.

—¿Puedo probar?

Me sorprendió un poco su petición. No bebía alcohol, así que yo había supuesto que la marihuana no le hacía mucha gracia. Me lo pensé.

—Hmmm... Supongo que ya tienes edad.

—Casi dieciocho. Todos mis amigos fuman, no es para tanto.

—Pero no se lo digas a tu madre. —Le pasé el porro e hice un gesto con la cabeza en dirección a Kate, que estaba en el salón—. Yo que tú, no me quedaría mucho por aquí. A menos que te apetezca un asiento en primera fila junto al cuadrilátero.

Leo asintió. Se llevó el extremo del canuto a los labios e inhaló con fuerza. Retuvo el humo en los pulmones un momento, después exhaló despacio y consiguió no toser, cosa que me impresionó. Me lo devolvió.

Entonces, sin mediar palabra, dio media vuelta y bajó los escalones de piedra que se alejaban de la casa.

«Un chico sensato», pensé. Enfrentarse al vendaval era infinitamente más seguro que exponerse al humor de Kate en esos momentos. Aun así, tendría que mirar por dónde pisaba.

—¡Ten cuidado! —le grité—. El viento está cogiendo fuerza.

No me contestó. Solo siguió andando.

20

Leo quería contemplar las olas mientras el viento atacaba la línea de costa, así que siguió el camino sinuoso que bajaba hasta la playa.

El porro ya estaba subiéndole. Notaba cómo se le agudizaban los sentidos. Un delicioso hormigueo. Leo veía con malos ojos el alcohol —al fin y al cabo, se había pasado la infancia siendo testigo de sus peores efectos en los amigos de su madre—; la maría, en cambio, le había despertado la curiosidad. Su profesor de teatro de la escuela, Jeff, a quien él admiraba muchísimo, decía que colocarse era bueno para un actor.

«Desbloquea espacios de la mente —decía Jeff—. La maría abre puertas de salas que deberíamos explorar».

Eso sonaba fascinante. Creativo e inspirador. Si no la había probado todavía, solo era porque no había tenido ocasión. Había mentido al decir que todos sus amigos fumaban. No tenía tantos amigos, y los que tenía eran tan responsables y obedientes como él. Yo era el único depravado que había en su vida.

«El perverso tío Elliot». Estupendo, siempre a su disposición.

Por desgracia, Leo no podía describir como «revelación» lo que estaba experimentando después de haberle dado una calada al porro. Se sentía calmado, disfrutaba de notar el viento que soplaba entre sus dedos y le alborotaba el pelo. Pero nada más; nada profundo ni espiritual.

Se quitó los zapatos y los dejó en la arena. Caminó descalzo por entre la espuma de las olas, con el viento silbándole en los oídos.

Mientras paseaba, perdió la noción del tiempo. Tuvo la sensación de desaparecer, como si el temporal se lo hubiera llevado consigo. Sentía una placidez extraña; era uno con el viento y con las olas que agitaban el agua.

Entonces, de súbito, una nube oscura tapó la luna y se detuvo allí. Todo quedó sumergido en la sombra, como si hubieran apagado las luces.

Leo notó algo detrás de él. Un par de ojos en el cogote... y la sensación de que algo se arrastraba y serpenteaba subiéndole por la nuca. Se estremeció.

Giró de golpe, pero no vio a nadie. Solo la playa vacía y los árboles negros que temblaban en el viento. Allí no había nadie. Estaba a punto de volverse otra vez... cuando lo vio.

Más adelante, donde acababa la playa, entre la sombra de los árboles. ¿Qué era? No parecía del todo humano. Leo escudriñó con la mirada, intentando encontrarle sentido a lo que estaba viendo. ¿Era alguna especie de animal? Tenía patas de cabra, o algo por el estilo... Pero caminaba erguido. Y lo de la cabeza... ¿eran cuernos?

Leo recordó las leyendas del fantasma de la isla. ¿Era eso lo que estaba presenciando? ¿O algo más siniestro? Algo maligno... ¿Una especie de demonio?

En ese instante tuvo un horrible presentimiento: supo con total y absoluta certeza que algo terrible estaba a punto de ocurrir. Muy, muy pronto. Algo terrorífico y devastador. Y supo que él no podría hacer nada por impedirlo.

«Basta. Estás colocado y paranoico —se dijo—. Nada más».

Cerró los ojos y se los frotó intentando dejar de ver lo que veía. Entonces, afortunadamente, el viento acudió en su ayuda y se llevó las nubes de delante de la luna, cuya luz iluminó la escena como si fuera un foco y al instante desvaneció la fantasía de Leo.

El monstruo resultó no ser más que una serie de ramas entrelazadas y un poco de follaje. Su imaginación febril había hecho el resto para crear un demonio. No era real, solo un efecto visual. Aun así, le había dado un susto de muerte.

Y entonces se llevó una mano a la tripa y gimió.

De repente tenía ganas de vomitar.

21

Mientras estábamos en el restaurante, Agathi había aprovechado para ocuparse de las dos tórtolas esmirriadas que Jason había logrado abatir por la tarde.

Se sentó a la mesa de la cocina y empezó el lento y paciente proceso de desplumar las aves. Era algo que llevaba haciendo desde pequeña, cuando su abuela le enseñó. Al principio se había resistido; le parecía asqueroso, incluso cruel.

«No seas boba, niña —decía su abuela mientras le agarraba las manos y las colocaba sobre el ave con firmeza—. ¿A que el tacto es suave y agradable?».

Tenía razón, lo era, y mientras arrancaba las plumas y disfrutaba de la sensación, del movimiento rítmico, reconfortada por el recuerdo de su *yiayiá*, Agathi entró en una especie de trance meditativo con el viento de fondo.

Ese viento era como la cólera divina. Aparecía de la nada, igual que un rayo caído desde un cielo azul y despejado. Sin previo aviso. «La furia», así lo llamaba su abuela. Y con razón.

Agathi recordó que la anciana solía contemplar los temporales desde la ventana de la cocina y aplaudía complacida, jaleaba cuando las ráfagas arrancaban ramas de los árboles y las lanzaban por el aire. De niña, Agathi solía creer que su abuela era de algún modo responsable de esos vendavales violentos, que los invocaba ella con uno de sus conjuros, con las pociones mágicas que ponía a hervir en los fogones.

De repente se le saltaron las lágrimas. La echaba de menos, muchísimo. Habría dado cualquier cosa por recuperar a la vieja bruja y hundirse entre sus brazos huesudos.

«Basta —pensó—. Deja de pensar tanto en el pasado».

¿Qué le ocurría? Recobró la compostura y, al secarse las lágrimas de los ojos, se dejó pelusilla y restos de plumas en las mejillas. Se dijo que estaba cansada, que solo era eso. En cuanto terminó de desplumar las tórtolas, se preparó una infusión de menta y subió a acostarse.

Quería estar dormida antes de que la familia regresara del restaurante. Años de experiencia habían afinado el olfato de Agathi para los problemas; intuía que había algo en el ambiente. Si acababa produciéndose algún drama, ella no quería participar.

Al final se durmió nada más poner la cabeza en la almohada. Su infusión de menta quedó en la mesita, sin tocar.

Agathi no estaba segura de qué la había despertado.

Al principio, mientras aún dormía, llegaron a ella unas voces desde la planta baja; voces amortiguadas, exaltadas por la discusión. Después soñó que Jason buscaba a Lana, que gritaba su nombre.

De pronto comprendió que aquello no era ningún sueño. Era real.

—¡Lana! —exclamaba Jason.

Agathi abrió los ojos y despertó completamente de golpe. Prestó atención. No oía más gritos. Solo silencio.

Se levantó de la cama. Se acercó a la puerta con sigilo y la abrió un resquicio. Miró fuera.

En efecto, vio a Jason al final del pasillo, que salía de la habitación de Lana.

Entonces Kate subió por la escalera. Jason y ella hablaron entre susurros, de manera que a Agathi apenas le llegaban sus voces, y aguzó el oído.

—No encuentro a Lana —dijo Jason—. Estoy preocupado por ella.

—¿Y yo qué?

—¿No has recibido ya suficiente atención esta noche? —Jason le dirigió una mirada de desdén—. Vete a la cama...

Intentó pasar junto a ella y forcejearon un momento. Él la lanzó a un lado, quizá con más fuerza de lo que pretendía. Kate perdió el equilibrio y se agarró a la barandilla para no caer.

—Eres patética —espetó Jason.

Agathi cerró la puerta sin hacer ruido. Se quedó allí unos segundos, sintiéndose incómoda. Su instinto le decía que se pusiera la bata y saliera a buscar a Lana. Sin embargo, algo la retenía. Era mejor no involucrarse. «Vuelve a dormir», se dijo.

A lo largo de los años ya había vivido noches similares, llenas de escenas dramáticas, a menudo con Kate de por medio, y siempre se resolvían de forma amistosa a la mañana siguiente. Kate dormiría la mona y sin duda después se disculparía por lo que hubiera hecho. Y Lana la perdonaría.

Todo seguiría igual que siempre.

«Sí —pensó Agathi, bostezando—. Vuelve a la cama».

Se tumbó e intentó conciliar el sueño, pero no había manera con aquel viento que no hacía más que zarandear los postigos de su ventana contra la pared exterior.

Al cabo de un rato se levantó para cerrarlos. Después de eso, durmió profundamente durante una hora, quizá algo más, hasta que su sueño se vio interrumpido de nuevo.

Los postigos volvían a golpear contra la pared: pum, pum, pum.

Cuando abrió los ojos, Agathi comprendió de repente que no podía tratarse de eso. Los había cerrado. Tardó un segundo en comprender qué era lo que acababa de oír.

Unos disparos.

El corazón le iba a mil por hora cuando salió a toda prisa del dormitorio, bajó la escalera y cruzó la puerta trasera corriendo.

El viento era feroz, pero apenas lo notaba. Oyó otros pasos cerca, unos pies descalzos que golpeaban la tierra, pero no se volvió a mirar. Se concentró en correr a toda velocidad en dirección a los sonidos que había oído.

Tenía que llegar allí, tenía que convencerse de que habían sido imaginaciones suyas, que se equivocaba, que no había ocurrido nada terrible.

Por fin llegó al claro del otro lado del olivar. Llegó a las ruinas.

Y en el suelo había un cuerpo. Un cuerpo de mujer... en un charco de sangre. El rostro quedaba en penumbra. Tres heridas de bala en la parte delantera del vestido. Un chal rojo intenso alrededor de los hombros. Un rojo que se volvía negro a medida que se empapaba de sangre.

Leo había llegado justo antes que Agathi. Miró el cuerpo con detenimiento, como si tuviera que asegurarse de quién era, y luego profirió un grito terrible y estrangulado.

Fue entonces cuando llegué yo, a la vez que Jason. Corrí hasta allí y me arrodillé junto al cadáver. Le agarré la muñeca, desesperado por encontrarle el pulso. Era difícil: Leo me estorbaba, la tenía abrazada y la mecía, no quería soltarla. También él estaba cubierto de sangre y hundía el rostro en su pelo, aferrándose a ella mientras sollozaba. Intenté separarlos, pero no lo conseguí.

Jason quiso hacerse con las riendas de la situación, pero parecía perdido. Y asustado.

—¿Qué ha ocurrido? ¿Qué cojones ha ocurrido? ¿Elliot?

—Ya no está con nosotros —dije, negando con la cabeza—. Se nos ha... ido.

—¿Qué?

—Está muerta. —Solté su muñeca intentando contener las lágrimas—. Lana está muerta.

Segundo acto

Todo asesino es probablemente el viejo amigo de alguien.
AGATHA CHRISTIE, *El misterioso caso de Styles*

1

Todavía no puedo creer que ella ya no esté.

A pesar del tiempo que ha pasado, continúa pareciéndome irreal. A veces pienso que si cerrara los ojos, podría tocarla solo con alargar la mano, como si estuviera sentada a mi lado. Pero Lana no está aquí, sino en otra galaxia, a años luz de distancia, alejándose por momentos.

No sé dónde he leído que el infierno siempre se ha representado de una forma equivocada. No es un abismo en llamas lleno de tormentos. En realidad, el infierno solo es una ausencia, la prohibición de estar en presencia de Dios. Verse apartado de Él es el infierno mismo. Por eso es donde me encuentro. Estoy condenado a morar por siempre jamás en un lugar vacío, alejado del esplendor de Lana, alejado de su luz.

Lo sé, lo sé, tengo que dejar esta autocompasión lacrimógena. No le hace bien a nadie, y menos aún a Lana, pero lo cierto es que siento lástima de mí mismo, este pobre desdichado que se ve obligado a vivir sin ella.

Aunque, claro, en cierto sentido sigo teniéndola. Continúa viva para siempre, inmortalizada en sus películas, eternamente joven, eternamente bella, mientras el resto de los mortales envejecemos, nos estropeamos y nos agriamos con cada día que pasa. Pero esa es la diferencia entre lo bidimensional y lo tridimensional, ¿no?

Tal como Lana existe en la actualidad, conservada en celuloide, solo la podemos contemplar. No podemos tocarla. No podemos abrazarla, ni besarla.

Así pues, parece que al final Barbara West tenía razón (aunque por un motivo muy distinto al que ella creía, claro) cuando un día, con toda su malicia, me dijo: «Cariño, de verdad espero que no te estés enamorando de Lana Farrar. Los actores son incapaces de amar. Más te vale colgar su foto en la pared y cascártela mientras la miras».

Curiosamente, tengo una en mi mesa, mientras escribo. Es una foto de promoción antigua, un poco estropeada, con las esquinas curvadas, desvaída y amarillenta. Se la hicieron unos años antes de que nos conociéramos. Antes de que yo le arruinara la vida; la suya y la mía.

Aunque... no estoy siendo justo.

Mi vida ya estaba arruinada de antes.

2

De acuerdo, tengo algo que decirte.

Antes de que continuemos, antes de que revele quién cometió el asesinato —y, lo que es más importante, por qué—, debo hacer una confesión.

Es sobre Lana.

Hay tantas cosas que podría contarte de ella... Podría hablarte de lo mucho que la quería. Podría rememorar nuestra amistad y entretenerte con historias y anécdotas. Podría rodearla de un halo romántico, mitificarla, definirla a través de la mirada favorecedora del artista, idealizarla hasta dejarla irreconocible.

Pero estaría haciéndote un flaco favor. Y también a Lana. Lo que hace falta, si encuentro las agallas para ello, es dibujar un retrato con todas sus imperfecciones, como el que dicen que pidió Oliver Cromwell. Lo que hace falta es la verdad.

Y, por mucho que la amara, la verdad es que Lana no era del todo la persona que yo pensaba. Parece que tenía muchos secretos, incluso con las personas más allegadas a ella. Incluso conmigo.

En cualquier caso, tampoco hay que juzgarla con mucha severidad. Todos ocultamos secretos a nuestros amigos, ¿no? Por lo menos yo sí.

Lo cual me lleva a mi confesión.

Créeme, no es fácil. Detesto marearte de esta manera. Solo te pido que me dejes acabar. Aquí, en el bar imaginario de mi cabeza, donde hablo contigo, te invitaré a otra copa y te recomendaré que te prepares. Yo también pediré una, no un martini perfecto, como en los viejos tiempos, solo un chupito de vodka, algo barato que queme la garganta. Lo necesito para calmar los nervios, ya ves.

¿Por qué estoy nervioso? Ya sé que parecerá ridículo, pero después de contarte mi historia, y de pasar este rato contigo, estoy tomándote cariño. No quiero perderte, ni a ti ni la buena opinión que puedas tener de mí.

Al menos no aún, cuando todavía me queda tanto que contarte.

El caso es que, al empezar este relato, te prometí que no te mentiría, pero repasando lo que ya he escrito sospecho que puedo haberte inducido a error en algunas cosillas.

No he dicho nada que no fuera cierto, puedes estar seguro, solo he cometido el pecado de omisión, eso es todo.

Te he contado la verdad y nada más que la verdad.

Pero no toda.

Y lo he hecho por un motivo legítimo: el deseo de proteger a mi amiga, de no traicionar su confianza. Sin embargo, si no lo sabes todo, no podrás comprender lo que ocurrió en la isla.

Así que debo enmendar mi error. Debo contarte cosas que necesitas saber, llenar ciertas lagunas. Tengo que revelar todos los secretos de Lana.

Y los míos también, ya puestos.

Esa es la trampa de la sinceridad, que es un arma de doble filo, y por eso me da tanto reparo empuñarla.

Allá va.

Para empezar, debo retroceder en el tiempo.

¿Recuerdas la primera vez que viste a Lana, en una calle de Londres?

Pues volvamos un segundo a ese momento. Regresemos a ese día tan deprimente en el Soho y al aguacero que condujo a Lana a tomar la decisión espontánea de huir del clima británico y pasar unos días en la soleada Grecia.

Supongo que mi primera y más grave omisión cuando empecé a contar esta historia fue dejar que supusieras que, una vez que Lana tomó la decisión, telefoneó a Kate de inmediato al Old Vic para invitarla a la isla.

Sin embargo, en realidad transcurrieron veinticuatro horas antes de que Lana hiciera esa llamada.

Veinticuatro horas durante las que, como verás, ocurrieron muchas cosas.

3

Lana caminaba por Greek Street, nada más apropiado, cuando se le ocurrió lo de ir a la isla, pero fue sacar el teléfono para llamar a Kate e invitarla y empezar a llover a cántaros. Un diluvio repentino.

Se apresuró a devolver el móvil al bolsillo y apretó el paso para regresar a casa.

No encontró a nadie cuando llegó. Se secó como pudo y decidió que se daría un baño después de prepararse un té.

Lana había adquirido el hábito de beber té al mudarse a Londres. Una reconfortante taza caliente tras otra era justo lo que pedía ese clima húmedo y deprimente. Se preparó una tetera de earl grey y se acomodó en el asiento de la ventana a mirar cómo llovía.

Allí sentada, sus pensamientos retomaron el mismo camino de antes y volvieron sobre aquello que la preocupaba. Estaba decidida a encontrar la manera de resolverlo. Si seguía dándole vueltas, estaba segura de que la respuesta aparecería por sí sola.

Leo le vino a la mente una vez más. ¿Por qué? ¿Esa sensación angustiante tenía algo que ver con él? ¿Con esa conversación tan incómoda que habían mantenido unos días antes en esa misma cocina?

—Mamá, tengo que contarte algo —dijo Leo.

Lana se puso tensa.

—Dime.

No sabía qué esperar, ¿una confesión típica de la adolescencia, relacionada con el sexo, las drogas o la religión? Nada de aquello la preocupaba. Lo solucionarían juntos, como de costumbre. Lana siempre le había prestado a su hijo un apoyo incondicional en todo lo que hacía.

—Quiero ser actor —anunció Leo.

Se quedó perpleja. Sin palabras. Y no solo por lo que acababa de decir Leo, y que jamás hubiera imaginado, sino también por su propia reacción, inmediata y de una hostilidad visceral. De pronto y sin saber por qué, estaba muy enfadada.

—Pero ¿qué narices estás diciendo?

Leo la miró sin comprender. No sabía qué contestar. Parecía a punto de echarse a llorar. A partir de ahí, la conversación fue de mal en peor. La respuesta de Lana había sorprendido y herido a su hijo, que no perdió ni un segundo en hacérselo saber: estaba siendo «tóxica» y no entendía por qué.

Lana intentó explicarle que su deber como madre era tratar de disuadirlo. Dedicarse a la interpretación era desperdiciar las ventajas y oportunidades de las que disfrutaba: una educación exclusiva, aptitudes naturales para el estudio, inteligencia, así como los contactos de su madre, que tenía en su teléfono los números de muchas de las personas más influyentes del mundo, a una llamada de distancia. ¿No sería mucho mejor para Leo ir a la universidad, allí, en Inglaterra, o en Estados Unidos, y sacarse una carrera con algo más de peso? El año anterior, Leo había mostrado cierto interés por la abogacía y los derechos humanos, ¿no sería más apropiado para él algo así? ¿Y medicina? O psicología. O filosofía. Cualquier cosa... menos ser actor.

Lana estaba agarrándose a un clavo ardiendo y lo sabía. Igual que Leo, que la miró con frío desdén.

—Pero ¿qué dices? ¿Cómo se puede ser tan hipócrita? Tú eres actriz. Y papá también era del ramo.

—Leo, tu padre era productor. Un hombre de negocios. Si dijeras que quieres irte a Los Ángeles y trabajar en producción, sería completamente distinto...

—Ah, ¿sí? ¿En ese caso estarías encantada?

—Encantada no, pero sí más contenta.

—No puedo creer lo que estoy oyendo...

Leo puso cara de exasperación. Respiraba de manera agitada. Lana sabía que su hijo estaba enfadándose y no quería que la situación se le fuera de las manos. Bajó la voz e intentó calmarlo.

—Cariño, escucha. Lo que me pasó a mí no es habitual. Yo tuve una suerte increíble. ¿Sabes cuántos actores en paro hay en Los Ángeles? Tienes una posibilidad entre un millón. Entre diez millones.

—Vale, ya lo pillo, no valgo, ¿no? ¿Es eso lo que piensas?

Lana estuvo a punto de perder la paciencia.

—Leo. No tengo la menor idea de si vales o no. Hasta ahora mismo no habías mostrado ningún interés por la interpretación. Pero si ni siquiera has hecho teatro...

—¿Teatro? —Leo la miró sin comprender, desconcertado—. ¿Qué tiene que ver una cosa con la otra?

Lana tuvo que reprimir una carcajada.

—Bueno, pues diría que bastante...

—¡El teatro me da igual! ¿Quién ha hablado de teatro? Yo quiero ser una estrella de cine, como tú.

«Madre mía —pensó Lana—. Qué desastre».

Al comprender que la situación era mucho más grave de lo que había creído en un principio, Lana me pidió consejo. Me llamó en cuanto se quedó a solas.

Recuerdo lo tensa y angustiada que parecía por teléfono.

Echando la vista atrás, seguramente podría haberme mostrado más comprensivo. Entendía por qué Lana estaba disgustada. Como decía Barbara West: «Una actriz es un poco más que una mujer. Un actor, un poco menos que un hombre».

Supuse, con toda la razón, que a Lana no le haría gracia la ocurrencia en ese momento.

—Bueno, Leo ha encontrado su vocación —dije—, eso está bien. Deberías estar contenta.

—Ahórrate el sarcasmo.

—No estoy siendo sarcástico. ¿Acaso no es justo lo que el mundo necesita? ¿Otro actor?

—Estrella de cine —me corrigió Lana, desanimada.

—Perdona, estrella de cine. —Me reí entre dientes—. Lana, cariño mío, si Leo quiere ser una estrella de cine, pues déjalo. Le irá bien.

—¿Cómo puedes decir eso?

—Es hijo tuyo, ¿no?

—¿Y eso qué tiene que ver?

Busqué una analogía adecuada.

—Bueno, no compras un potro sin mirarle el diente a la yegua, ¿no?

—No sé a qué te refieres. ¿Es un chiste? —Lana parecía molesta—. No lo pillo.

—Me refiero a que, en cuanto sepan de quién es hijo, no habrá agente en Londres o en Los Ángeles que no se deje la piel por representarlo. De todas maneras —proseguí antes de que pudiera replicar—, tiene diecisiete años. Cambiará de opinión en aproximadamente veinticinco minutos.

—No. Leo no. Él no es así.

—Bueno, en cualquier caso no se morirá de hambre. No con los miles de millones de Otto en el banco.

No tendría que haber dicho eso. Lana endureció la voz.

—No son tantos. Lo que acabas de decir es una estupidez, Elliot. Y el dinero que le dejó su padre no tiene nada que ver con esto.

Dio por finalizada la llamada poco después. Los días siguientes estuvo fría conmigo, y supe que había tocado una fibra sensible.

Lana no quería que Leo dependiera de su herencia, y me parecía bien. Quería que trabajara.

Ella consideraba que el trabajo era importante por multitud de motivos. Durante años, su oficio había definido quién era y Lana había extraído una profunda satisfacción de ello: la sensación de que valía para algo, de que tenía un propósito en la vida, por no mencionar la fortuna que había ganado y la que había hecho ganar a otros.

Un día, Leo la heredaría, además del dinero de su padre. Sería un hombre inmensamente rico, pero no hasta que ella muriera.

Lana no dejaba de darle vueltas a lo último que le había dicho su hijo, y con lo que se había despedido al irse de la cocina. Había sido como si le hundiera un puñal entre las costillas.

Leo se había detenido en la puerta y la había mirado de reojo.

—¿Por qué lo hiciste?

—¿El qué?

—Dejar el cine. ¿Por qué lo abandonaste?

—Ya te lo he contado. —Lana sonrió—. Deseaba llevar una vida normal, no una ficticia.

—Eso es como no decir nada.

—Lo que significa es que ahora soy más feliz.

—Lo echas de menos —señaló Leo. No fue una pregunta, sino una afirmación.

—No. —Lana continuó sonriendo—. En absoluto.

—Mentirosa.

Leo dio media vuelta y se fue. La sonrisa de Lana se desvaneció.

«Mentirosa».

Su hijo tenía razón. Lana era una mentirosa. Le mentía a él y se mentía a sí misma.

Por fin comprendió por qué aquella conversación había estado torturándola. Ese era el secreto que la había perseguido por el Soho y que al final le había dado alcance.

«Lo echo muchísimo de menos —pensó—. ¿Cómo no voy a echarlo de menos? Cada día que pasa».

Lo irónico era que Leo ignoraba que el motivo del retiro de Lana era él. Ella nunca se lo había dicho. Le había contado a muy pocas personas por qué lo dejaba, y yo me encontraba entre ellas.

Cuando Otto murió, Leo tenía seis años. A Lana se le vino el mundo encima, pero tenía que seguir adelante, por Leo, así que se repuso de la única manera que sabía: trabajando. Se dedicó de lleno al cine, y aunque su carrera iba de éxito en éxito e hizo una de sus películas con mayor aceptación, *El ser amado*, que finalmente le valió un Oscar, Lana no era feliz. Tenía la horrible sensación de que dejaba mucho que desear como madre. Igual que le había ocurrido a la suya.

Sabía que disfrutaba de una posición privilegiada, ya que no necesitaba trabajar para sobrevivir, así que ¿por qué no se retiraba y se dedicaba a cuidar de su hijo? ¿Por qué no lo anteponía a todo lo demás, no como había hecho su propia madre con ella?

Y eso fue lo que hizo. Dejó el cine.

¿Suena frívolo? ¿Como si Lana tomara decisiones de vital importancia lanzando una moneda al aire? Te aseguro que no fue así. Sospecho que era algo a lo que llevaba muchos años dándole vueltas. El fallecimiento repentino de Otto la había obligado a jugar su baza, y solo hacía falta mirar a Leo para ver que la jugada le había salido bien. Sí, Leo era un adolescente con algún que otro arrebato temperamental, pero también era un chico de natural bondadoso, inteligente, amable y responsable, que se preocupaba por los demás y por el planeta en el que vivía.

Lana estaba orgullosa de cómo había salido, y estaba segura de que se debía a que había acertado a la hora de decidir sus prioridades. No como Kate, que no se había casado, no tenía hijos e iba de una relación desastrosa y autodestructiva a otra.

Pensó en ella. En esos momentos estaba ensayando *Agamenón* en el Old Vic. Se encontraba en la cumbre de su carrera, enormemente realizada en el aspecto creativo, y seguía interpretando papeles principales. ¿La envidiaba? Quizá.

Pero no había vuelta atrás. ¿Qué ocurriría si regresaba a las tablas? Con más años, y siendo consciente de ellos, además, invitaría de manera inevitable a establecer comparaciones desfavorables con una Lana más joven. Cualquier tipo de regreso implicaba dedicación, y era probable que acabara resultando decepcionante. Solo con imaginar una producción desastrosa, o incluso mediocre... Sería demoledor para ella.

No, Lana había tomado una decisión y se había visto recompensada con un hijo feliz y equilibrado, un marido al que había querido y un matrimonio que había funcionado. Todo eso era importante.

«Sí. —Asintió para sí—. Fin de la historia, no hay más que hablar».

En cierto sentido, era incluso poético que, tras una vida agitada y turbulenta, Lana hubiera acabado así, bebiendo té tranquilamente mientras veía llover. Lana Farrar era una señora mayor casada, madre y, algún día, con suerte, abuela.

La invadió la calma. Esa angustiante sensación tan horrible de antes la abandonó.

«Esto es sentirte satisfecha con tu vida —pensó—. Todo es perfecto».

Fue una especial crueldad del destino elegir ese momento —justo cuando había tenido esa epifanía acerca de su vida— para hacer entrar a Agathi en la habitación...

Y que el mundo de Lana se viniera abajo.

4

El día de Agathi había empezado como otro cualquiera.

Los martes siempre eran ajetreados, el momento de la semana que dedicaba a hacer recados. Le encantaba ir de aquí para allá, recorriendo Mayfair con una larga lista en la mano.

Esa mañana, al salir de casa, parecía que iba a hacer un día precioso para pasarlo fuera. El sol brillaba y el cielo estaba despejado. Más adelante, el aguacero sorprendió a Agathi igual que a Lana, pero, a diferencia de esta última, ella había tomado la precaución de llevarse un paraguas.

Fue a la farmacia para dejar una receta de Lana y luego se acercó a la tintorería.

El dueño era un sexagenario llamado Sid, con fama de irritable. Aun así, y a diferencia de lo que ocurría con el resto de su clientela, siempre se mostraba atento con Agathi a causa de su relación con Lana, a quien adoraba.

Sid sonrió de oreja a oreja cuando la vio entrar y le hizo una seña para que se saltara la cola.

—Discúlpame, guapa —le dijo a la clienta que estaba esperando—, atenderé primero a la señora, que tiene prisa. Trabaja para Lana Farrar, ¿sabes?

Agathi torció el gesto casi imperceptiblemente, azorada, mientras dejaba atrás la cola de clientes, ninguno de los cuales se atrevió a protestar. Sid señaló las prendas que colgaban en el riel. Estaban envueltas en plástico, listas para su entrega.

—Aquí tiene —dijo—, los ropajes de su majestad. Bien protegiditos por si cambia el tiempo, que parece que va a llover.

—¿Usted cree? Yo diría que hace muy buen día.

Sid frunció el ceño. No le gustaba que le llevaran la contraria.

—No, hágame caso, de aquí a media hora estarán cayendo chuzos de punta.

Agathi asintió y pagó. Estaba a punto de irse cuando Sid la llamó un momento.

—Espere un segundo, casi lo olvidaba. No sé dónde tengo la cabeza. No se vaya...

Abrió un cajoncito del que extrajo con cuidado una alhaja pequeña y centelleante. Un pendiente.

Lo empujó hacia ella sobre el mostrador.

—Se había quedado prendido en el traje del señor Farrar. Detrás de la solapa.

«Es el señor Miller, no Farrar», pensó Agathi, pero no lo corrigió.

Miró el pendiente. Era de plata, una delicada pieza de joyería con forma de medialuna de la que colgaban tres diamantes en una cadenita.

Le dio las gracias, lo cogió y se fue.

Mientras volvía a casa, Agathi se preguntó si debía comentarle lo del pendiente a Lana. Un dilema tonto, nimio, trivial. Y aun así...

¿Qué habría ocurrido si lo hubiera tirado a una papelera de la calle? ¿O si lo hubiera dejado en el cajón de su mesita de noche, junto al cristal de su abuela, y se hubiera olvidado de él? ¿Y si nunca se lo hubiera mencionado a Lana? ¿Y si hubiera mantenido la boca cerrada?

Bueno, pues que yo no estaría aquí sentado hablando contigo, ¿no? Todo sería distinto. Lo que me hace pensar que la verdadera protagonista de nuestra historia —¿o debería decir villana?— es Agathi, pues fueron sus acciones, y la decisión que estaba a punto de tomar, las que determinaron el destino de todos nosotros. No sabía que tenía la vida y la muerte en la palma de la mano.

Justo en ese momento empezó a llover.

Agathi abrió el paraguas y apretó el paso para volver a casa. Cuando llegó, entró y cruzó el largo pasillo. Estaba sacudiéndole el agua a las prendas envueltas en plástico mientras mascullaba para sí en griego, contrariada, cuando entró en la cocina.

Lana sonrió.

—¿A ti también te ha pillado la lluvia? A mí sí. He acabado calada hasta los huesos.

Agathi no contestó. Dejó la ropa de la tintorería sobre el respaldo de una silla con aspecto atribulado.

Lana la miró un momento.

—Querida, ¿estás bien?

—¿Eh? Ah... Sí, estoy bien.

—¿Qué ocurre? ¿Pasa algo?

—No. —Agathi se encogió de hombros—. No es nada. Nada. Solo... esto.

Sacó el pendiente del bolsillo.

—¿Qué es?

Agathi se acercó y abrió el puño para enseñarle el pendiente.

—Lo ha encontrado el de la tintorería. Estaba prendido en la chaqueta de Jason, detrás de la solapa. Pensó que debía de ser tuyo.

Agathi no la miró al decirlo. Ni Lana a ella.

—A ver.

Alargó la mano.

Agathi dejó caer el pendiente en su palma y Lana fingió que lo examinaba.

—Pues no sé decirte —concluyó. Dio un pequeño bostezo, como si la conversación la aburriera—. Luego lo miro.

—Ya lo hago yo, si quieres —se apresuró a decir Agathi—. Dame.

Tendió la mano...

Lana, devuélveselo. Dale el pendiente a Agathi, deja que lo encubra, que se lo lleve, que lo saque de tu vida. Quítatelo de la cabeza, Lana. Olvídalo, distráete, coge el teléfono, llámame —vamos a cenar, a dar un paseo, a ver una peli— y se evitará esta terrible tragedia...

Sin embargo, Lana no le devolvió el pendiente a Agathi. Simplemente cerró los dedos sobre él.

Y su destino quedó sellado.

Pero no solo el suyo. Me pregunto qué estaría haciendo yo en ese preciso momento. ¿Comiendo con alguien? ¿Visitando una galería de arte? ¿Leyendo un libro? No fui consciente de que mi vida se había ido al traste. Ni tampoco Jason, sudando tinta en su despacho; ni Leo, exteriorizando emociones en clase de teatro; ni Kate, sin dar pie con bola durante el ensayo.

Ninguno de nosotros tuvo siquiera una ligera sospecha de que había ocurrido algo tan formidable que había reescrito nuestros destinos y puesto en marcha una serie de sucesos que, en última instancia, acabarían en un asesinato cuatro días después.

Allí empezó todo.

Allí comenzó la cuenta atrás.

5

La reacción de Lana tuvo poco de comedida, eso puedo asegurártelo.

Solo es comprensible si la conocías de verdad y, a estas alturas, puede decirse que la conoces, ¿no? Al menos un poco. Así que quizá no te sorprenda lo que viene a continuación.

Lana conservó la calma, al principio. Fue a su habitación, se sentó frente al tocador y se quedó mirando el pendiente que tenía en la mano. No era suyo, eso lo había sabido al primer vistazo, aunque creía haberlo visto antes. Pero ¿dónde?

«No es nada —pensó—. Es cosa de la tintorería. Una confusión. Olvídalo».

Sin embargo, no consiguió olvidarlo. Sabía que estaba siendo irracional, una paranoica, pero era incapaz de pasarlo por alto. Verás, para ella, el pendiente era algo más que un simple pendiente. Era un mal presagio, algo que había temido que llegara.

Su vida ya se había hecho añicos una vez, con la muerte de Otto. Después de aquello, dudó que fuera capaz de recuperarse o de volver a encontrar el amor. Por eso, cuando conoció a Jason, fue como si le hubieran concedido una segunda oportunidad. Le costaba creérselo. Se sentía segura, feliz... y amada.

Lana era una romántica empedernida. Lo había sido desde niña, desde aquella infancia fría y solitaria en la que tuvo la desgracia de que le tocara una madre a quien le traía al pairo la suerte de su hija. La pequeña Lana llenó ese vacío con utopías románticas, con sueños de cuentos de hadas en los que escapaba de allí, alcanzaba el estrellato y, lo más importante, encontraba el amor.

—Lo único que siempre quise fue amor —me confesó una vez, encogiéndose de hombros—. Lo demás era... secundario.

Por descontado que Lana quería a Otto, pero no estaba enamorada de él. Cuando murió, fue como perder a un padre, no a su amado. Lo que experimentó con Jason, en cambio, fue abrumadoramente físico, intenso y excitante. Lana se permitió volver a ser una jovencita, una adolescente obnubilada, ebria de deseo.

Y todo ocurrió muy deprisa. Kate se lo presentó un día y, casi sin darse cuenta, al siguiente Lana caminaba hacia el altar.

Ojalá la hubiera agarrado por los hombros esa noche —la que conoció a Jason— y la hubiera zarandeado. «Para —le habría dicho—. Vuelve a la tierra. No conviertas en un príncipe azul a ese extraño al que no conoces de nada. Míralo bien, ¿no ves que no es de verdad? No te dejes engañar por los ojos brillantes, la sonrisa solícita, la risa falsa. ¿No ves que es todo teatro? ¿No ves que es un interesado, lo desesperado que está?».

Pero no dije nada. Y aunque lo hubiera hecho, dudo que me hubiera escuchado. Por lo que parece, además de ciego, el amor también es sordo.

Sentada frente al espejo de su tocador, con los ojos clavados en el pendiente, Lana empezó a sentir un extraño mareo, como si se encontrara al borde de un acantilado y viera que el suelo se hundía ante ella y se precipitaba en una caída infinita hacia las rocas y el mar embravecido. Todo se venía abajo a su alrededor, todo, su vida entera se desmoronaba y desaparecía entre las olas.

¿Jason se acostaba con otra? ¿Era posible? ¿Ya no lo atraía? ¿Su matrimonio era una farsa? ¿No la deseaban?

¿No la querían?

Cabe destacar que ese fue el momento en que Lana perdió la cabeza. Se estremeció de ira y, temblorosa, estremeció también la habitación, que dejó patas arriba. Rebuscó entre las pertenencias de Jason presa del frenesí, en cajones, armarios, trajes, bolsillos, ropa interior, calcetines, buscando cualquier cosa que pudiera esconder, alguna prueba. Estuvo a punto de dejarlo al revolver su neceser, convencida de que encontraría preservativos. Pero no, nada. Tampoco encontró nada remotamente sospechoso o siniestro en su despacho, ni recibos de tarjetas de crédito ni facturas incriminatorias. El otro pendiente tampoco apareció. Nada. Sabía que estaba volviéndose loca. Si quería conservar la cordura tenía que apartar aquello de su mente.

«Jason te quiere —se dijo—, tú lo quieres a él, y confías en él. Tranquilízate».

Pero no logró calmarse. Una vez más, se encontró caminando arriba y abajo, de nuevo atormentada por algo que no lograba identificar.

Echó un vistazo por la ventana. Había dejado de llover.

Cogió el abrigo y salió.

6

Lana estuvo dando vueltas durante una hora. Caminó con paso decidido hasta el Támesis, concentrada en la sensación física de andar, intentando no pensar, intentando no perder la cordura.

Ya cerca del río, pasó junto a una parada de autobús y vio un póster en una valla publicitaria. Se detuvo. Se quedó mirándolo. El rostro de Kate le devolvió la mirada en blanco y negro —salpicado de sangre roja—, junto al título de la obra: *AGAMENÓN*.

«Kate», pensó. Kate la aconsejaría. Ella sabría qué hacer.

Casi como un acto reflejo, paró un taxi que pasaba.

El vehículo frenó con un chirrido y Lana se dirigió al conductor a través de la ventanilla abierta.

—Al Old Vic, por favor.

Notó que empezaba a calmarse a medida que el taxi avanzaba por el puente en dirección al teatro del South Bank. Ya se veía riéndose del asunto con Kate, que le decía que no fuera tonta, que eran imaginaciones suyas; que era absurdo, que Jason la adoraba. Mientras fantaseaba con esa conversación, sintió una repentina oleada de afecto por ella, por su más vieja y querida amiga. Menos mal que tenía a Kate.

Ya, ¿y qué más?

Aunque no lo dijera, ¿no podía ser que Lana sospechara algo? ¿A qué, si no, venían tantas prisas por llegar al teatro? Que sepas que, después de someterse durante décadas a sesiones de fotos en que la maquillaban y peinaban para promocionar una prenda o una joya, Lana había desarrollado una memoria fotográfica para la ropa y los accesorios. Me cuesta creer que el pendiente le sonara, pero, curiosamente, fuera incapaz de recordar dónde lo había visto... o a quién se lo había visto. Puede que me equivoque, pero me temo que nunca lo sabremos.

Para cuando llegó al Old Vic, ya se había tranquilizado, convencida que todo eran imaginaciones suyas, de que estaba comportándose como una paranoica.

Lana dio unos golpecitos en el cristal de la entrada de artistas y le regaló una de sus famosas sonrisas al portero de la garita. Al hombre, un señor mayor, se le iluminó la cara cuando la reconoció.

—Buenas tardes. Busca a la señorita Crosby, ¿verdad?

—Así es.

—En estos momentos está en el ensayo. Le abro. —Bajó la voz y añadió en tono confidencial—: Aunque no está en la lista.

Lana volvió a sonreír.

—Gracias. Esperaré en su camerino, si no le importa.

—Muy bien, señorita.

El hombre apretó un botón.

La puerta se desbloqueó con un fuerte zumbido.

Lana vaciló un instante, luego empujó y entró.

7

Lana recorrió el estrecho pasillo mal ventilado hasta llegar al camerino de la estrella.

Llamó a la puerta y, al no recibir respuesta, abrió con cuidado. No había nadie. Entró y cerró tras ella.

El camerino no era muy grande. Contaba con un maltrecho sofá pegado a una pared, una ducha diminuta —prácticamente un cubículo— y un tocador enorme y bien iluminado. Como era habitual en Kate, estaba hecho un desastre, con bolsas medio abiertas y ropa por todas partes.

Lana respiró hondo. Y entonces, por fin, empezó a ser sincera consigo misma. Con eso me refiero a que comenzó a rebuscar entre las cosas de Kate de manera veloz y metódica.

Mientras estuvo entregada a esa tarea, permaneció mentalmente disociada de lo que hacía. Se mantuvo tranquila e indiferente, como si no ejerciera ningún control sobre sus manos, como si sus dedos curiosearan entre las bolsas y las cajas por voluntad propia. No tenían nada que ver con ella.

En cualquier caso, la búsqueda resultó infructuosa.

«Qué alivio —pensó—. Menos mal».

Por supuesto que no encontró nada, porque no había nada que encontrar. No pasaba nada. Todo eran elucubraciones suyas.

Hasta que reparó en el enorme estuche negro de maquillaje que había encima del tocador. Y se quedó paralizada. ¿Cómo era posible que no lo hubiera visto? Lo tenía delante de las narices.

Lana alargó una mano con dedos temblorosos. Deslizó la cremallera, lo abrió...

Y allí, en su interior, vio un pendiente con forma de medialuna que lanzaba destellos.

Sacó el otro del bolsillo y los comparó, aunque no era necesario. Saltaba a la vista que eran idénticos.

La puerta del camerino se abrió de pronto a su espalda.

—¿Lana?

Dejó caer un pendiente en el estuche de maquillaje, cerró la mano sobre el otro y se dio la vuelta al instante.

Kate entró sonriendo.

—Hola, cielo. Ay, mierda... No habíamos hecho planes, ¿verdad?, porque aún tengo para unas cuantas horas. Hoy está siendo un puto desastre. Con qué ganas me cargaría a Gordon...

—No, Kate, no teníamos planes, solo pasaba por aquí y he pensado entrar a saludar.

—¿Estás bien? —Kate la miró fijamente, preocupada—. Lana..., no tienes buen aspecto. ¿Quieres agua? Ven, siéntate.

—No, gracias. La verdad es que no estoy muy allá. He caminado demasiado, mejor..., mejor me voy.

—¿Seguro? ¿Quieres que te pida un taxi?

—Ya puedo yo.

—¿Seguro que no te pasa nada?

—Estoy bien. Te llamo luego.

Lana se apresuró a abandonar el camerino sin darle tiempo a protestar.

Salió del teatro. No se detuvo hasta que estuvo en la calle. El corazón le latía con fuerza y creía que iba a estallarle la cabeza. Le costaba respirar. Le entró pánico, tenía que volver a casa.

Vio un taxi y, al levantar la mano para pararlo, se dio cuenta de que aún llevaba el pendiente en el puño cerrado.

Abrió la mano y lo miró. Se le había clavado en la palma y le había hecho sangre.

8

De camino a Mayfair, Lana se encontraba en estado de shock.

El dolor físico de la palma de la mano, en el lugar donde se le había clavado el pendiente, era lo único que sentía. Se concentró en ese punto, notando cómo latía y palpitaba.

Sabía que tendría que hablar con su marido cuando llegara a casa, pero ignoraba qué iba a decirle o cómo iba a planteárselo, así que, de momento, guardaría silencio. Jason acabaría dándose cuenta de que estaba disgustada, pero Lana haría cuanto pudiera para disimular.

Sin embargo, cuando esa noche Jason por fin llegó a casa, ocurrió lo habitual con él, y es que no se percató de que algo iba mal. Estaba absorto en sus propios problemas; atendió una tensa llamada de negocios nada más entrar en la cocina y luego se puso a enviar correos electrónicos a través del móvil mientras ella preparaba un par de bistecs para la cena.

A Lana le pareció curioso lo agudizados que notaba los sentidos. Todo le parecía muy vívido —el olor de los bistecs, el chisporroteo de la sartén, la sensación del cuchillo en la mano mientras cortaba los ingredientes de la ensalada—, como si su cerebro se detuviera en cada instante. En esos momentos era lo único que se veía capaz de controlar. No se atrevía a pensar en el futuro. Si lo hacía, se desmoronaría en el suelo de la cocina.

Aun así, logró seguir adelante y la velada transcurrió como cualquier otra. Un par de horas después de cenar, subieron al dormitorio. Lana vio a Jason desnudarse y meterse en la cama. Poco después, estaba dormido.

Sin embargo, ella no lograba conciliar el sueño. Se levantó de la cama y se quedó de pie a su lado, mirándolo.

No sabía qué hacer. Tenía que hablar con él, pero ¿cómo? ¿Qué iba a decirle? ¿Que sospechaba que tenía una aventura con su mejor amiga? ¿Basándose en qué? ¿En un pendiente? Era ridículo. Seguro que Jason se echaba a reír y le daba una explicación la mar de inocente.

Se dijo que, si estuvieran en una película —una de esas azucaradas comedias románticas que solía hacer—, resultaría que Kate se veía con Jason en secreto para ayudarlo a escoger el regalo de cumpleaños de Lana —¿o quizá un regalo de aniversario?— y que, de algún modo, que además añadiría un momento de intensidad a la comedia a través de algo material, el pendiente de Kate se había quedado prendido en la solapa de la chaqueta de Jason.

Ahí lo tenía. Más inocuo no podía ser.

No, no se lo tragaba. Lana empezó a reconocer la verdad mientras seguía mirando cómo dormía Jason. Y la verdad era que ya hacía un tiempo que sabía que había algo entre Kate y él; lo notaba. Puede que siempre hubiera existido, desde el principio. ¿Desde el primer día?

Verás, el caso es que Kate lo había conocido primero. Incluso habían salido unas cuantas veces. Y la noche que se lo presentaron a Lana, Jason había acudido en calidad de pareja de su amiga.

Ya imaginarás lo que ocurrió: como tantos otros antes que él, en cuanto Jason la vio, se quedó prendado de Lana y desde ese momento solo tuvo ojos para ella. Kate tuvo la deferencia de hacerse a un lado y todo se resolvió de forma bastante amistosa. Le dio a Lana su aprobación y le aseguró que no le guardaba rencor, que no había nada serio entre ellos.

Aun así, Lana se sintió culpable, y quizá esa culpa le puso una venda en los ojos. Quizá por eso se había empeñado en desoír las persistentes sospechas cuando, a pesar de lo que afirmaba Kate, su mirada no se apartaba de Jason cuando él estaba en la habitación, o cuando le echaba cumplidos inesperados, o cuando tonteaba con él después de un par de copas e intentaba hacerlo reír. Lo tenía allí mismo, todo lo que Lana necesitaba saber, delante de sus narices.

Había cerrado los ojos.

Lana se apresuró a vestirse y salió del dormitorio. Avanzó a tientas por el pasillo a oscuras y subió a la azotea, donde escondía un paquete de cigarrillos y un encendedor, guardados en una caja de lata para protegerlos de los elementos. Ya casi nunca recurría al tabaco, pero en ese momento necesitaba un cigarrillo.

De pie en la azotea, abrió la caja. Sacó el paquete. Las manos le temblaban cuando se encendió un cigarrillo. Le dio una calada profunda, tratando de tranquilizarse.

Mientras fumaba, paseó la mirada por encima de los tejados, contemplando las luces de Londres y las estrellas que titilaban en lo alto.

Y entonces, asomándose al borde, clavó la vista en la acera. Lanzó el cigarrillo por encima del parapeto. El ascua roja desapareció en la oscuridad.

Lana sintió el deseo repentino de seguirla.

«Sería tan fácil», pensó. Un par de pasos y se precipitaría al vacío, su cuerpo caería y se estamparía contra el suelo. Todo habría acabado.

Sería un alivio. No tendría que enfrentarse a ninguno de los momentos horribles que la aguardaban: el dolor, la traición, la humillación. No quería sentir nada de todo aquello.

Dio un pequeño paso al frente, hacia el borde. Y luego otro...

Se quedó en el filo de la azotea. «Un paso más y todo habrá acabado, sí —pensó—, sí, hazlo...». Levantó el pie...

Y en ese momento el móvil vibró en su bolsillo.

Una pequeña distracción, pero suficiente para sacarla de su trance. Se apartó del borde conteniendo la respiración.

Sacó el teléfono y lo miró. Era un mensaje de texto. ¿Adivinas de quién?

De un servidor, naturalmente.

«¿Te apetece ir a tomar algo?».

Lana vaciló. Y entonces, por fin, hizo lo que debería haber hecho desde el principio.

Fue a verme.

9

Aquí es donde empieza mi historia.

Si el héroe de este relato fuera yo, y no Lana, empezaría la narración aquí mismo, con Lana aporreando mi puerta a las once y media de la noche.

Ese fue mi «desencadenante», como se conoce en la técnica teatral. Todo personaje tiene uno. Puede ser algo tan inusitado o violento como un tornado que te arrastra a un mundo diferente, o tan corriente como una amiga que una noche se presenta de manera inesperada.

Verás, a menudo aplico la estructura teatral a mi propia vida. Me resulta de lo más útil. Te sorprendería la de veces que se siguen las mismas reglas.

Aprendí a estructurar una historia tras un aprendizaje muy intenso: me pasé años escribiendo una obra de mierda tras otra, compulsivamente, vomitándolas como en una cadena de producción de dramas irrepresentables, cada uno peor que el anterior —construcción forzada, diálogos insulsos e interminables, páginas y más páginas de personajes pasivos y absurdos que no hacían nada—, hasta que, de una forma lenta y dolorosa, conseguí dominar el oficio.

Teniendo en cuenta que vivía con una escritora de fama mundial, podrías pensar que Barbara West era la opción más evidente para hacerme de mentora. ¿Crees que me dio consejos útiles o me alentó lo más mínimo? No, nunca. Debo decir que era mezquina por defecto. Una única vez hizo un comentario sobre mi creación, y solo de pasada, después de leer una obra breve que había escrito: «Bah, tus diálogos no valen un pimiento —dijo al devolvérmela—. La gente de verdad no habla así».

Jamás volví a enseñarle nada.

Ironías de la vida, el mejor profesor que tuve fue un libro que encontré en la biblioteca de Barbara. Un volumen antiguo y aparentemente inextricable, publicado a principios de la década de los cuarenta. *Las técnicas de la dramaturgia*, de un tal Valentine Levy.

Lo leí una mañana de primavera, sentado a la mesa de la cocina. Enfrascado en su lectura, de pronto tuve una epifanía. Por fin todo cobraba sentido. Por fin alguien me explicaba el arte de la narración en términos que entendía.

Tanto el teatro como la realidad, decía el señor Levy, se reducían a solo tres palabras: motivación, intención y objetivo.

Todo personaje tiene un objetivo: hacerse rico, pongamos por ejemplo. Esto se complementa con una intención que está pensada para alcanzarlo, como trabajar duro, casarse con la hija del jefe o robar un banco. Hasta aquí, todo sencillo. El componente final es el más importante y, sin él, los personajes no pasan de ser bidimensionales.

Debemos cuestionarnos el porqué.

«¿Por qué?» no es una pregunta que nos hagamos a menudo. No es fácil de responder. Requiere cobrar conciencia de uno mismo y ser sincero. Pero, si deseamos entendernos, a nosotros y a otras personas —ya sean reales o ficticias—, debemos explorar nuestra motivación con la misma diligencia que Valentine Levy.

¿Por qué deseamos algo? ¿Cuáles son nuestros motivos?

Según el señor Levy, solo existe una respuesta: «Nuestra motivación —escribe— es eliminar el dolor».

Ahí lo tienes. Tan simple, y a la vez tan profundo.

Nuestra motivación siempre es el dolor.

Resulta evidente, en realidad. Todos intentamos escapar del dolor y ser felices. Y todas las acciones que llevamos a cabo para conseguirlo... constituyen el material del que se compone la historia.

Ese es el arte de narrar. Así funciona.

De manera que, si nos detenemos en el momento en que Lana se presentó en mi piso, verás que mi motivación era el dolor. Lana sentía tal dolor esa noche que a mí me angustiaba verlo. Mi fallido intento de aliviar su sufrimiento, y el mío propio, fue mi intención. ¿Y mi objetivo? Ayudar a Lana, por supuesto. ¿Lo conseguí? Bueno, ahí es donde el teatro difiere de la realidad, por desgracia.

En la vida real, las cosas no salen exactamente como habías planeado.

Lana estaba destrozada cuando llegó a mi casa. Apenas lograba mantener la compostura, y no hizo falta mucho —solo un par de copas— para abrir las esclusas y que se viniera abajo por completo.

Nunca había presenciado nada semejante. Ni una sola vez la había visto perder el control así. No diré que no sintiera miedo, porque, claro, siempre acongoja ser testigo de las emociones descontroladas de otra persona, ¿verdad? Sobre todo cuando se trata de un ser querido.

La conduje a mi salón, un espacio pequeño, abarrotado de libros casi por completo, con una gran biblioteca que ocupaba toda una pared. Nos sentamos en los dos sillones de la ventana. Empezamos con unos martinis, pero ella enseguida se pasó a los lingotazos de vodka a palo seco.

Lo que explicaba era confuso e incoherente, salía de sus labios a trompicones y en retazos inconexos, a veces con palabras ininteligibles, entre llantos. Cuando lo sacó todo, me pidió mi opinión: quería saber si creía posible que Kate y Jason tuvieran una aventura.

Vacilé. Me resistía a contestar, pero mis dudas hablaron con más elocuencia que nada de lo que pudiera decir.

—No sé —respondí, evitando sus ojos.

Lana me miró con consternación.

—Joder, Elliot. Qué mal actor eres. ¿Tú lo sabías? —Se hundió más en el sillón, exhausta tras esa confirmación de sus peores miedos—. ¿Cuánto hace que lo sabes? ¿Y por qué narices no me habías dicho nada?

—Porque no estaba seguro. Solo era un presentimiento... Además, Lana, no era yo quien debía decírtelo.

—¿Y eso por qué? Eres mi amigo, ¿no? Mi único amigo. —Se enjugó las lágrimas de los ojos—. No crees que Kate lo planeara, ¿verdad? Lo del pendiente. Para que yo lo encontrase.

—¿Qué? ¿Estás de broma? Claro que no.

—¿Y por qué no? Es la típica treta a la que recurriría.

—No creo que el cerebro le dé para tanto, sinceramente. Ni que ninguno de los dos sea muy listo. Ni buena persona.

Lana se encogió de hombros.

—No sé.

—Yo sí. —Cada vez más envalentonado, abrí otra botella de vodka y rellené los vasos—. «No es amor —dije— el amor que cambia cuando un cambio encuentra». No es amor tener una aventura, ni mentir ni andar a hurtadillas.

Lana no contestó. Volví a intentarlo, porque era importante.

—Escúchame. El amor es respeto mutuo, y constancia... Y amistad. Como tú y yo. —Le así la mano y la apreté—. Esos dos imbéciles son demasiado superficiales y egoístas para saber lo que es amar. Lo que sea que tengan, o lo que crean que tienen, no durará. No es amor. Se resquebrajará en cuanto se vea sometido a la más leve presión. Y se desmoronará.

Lana no dijo nada. Miraba al vacío, desolada. Era como si no pudiera llegar a ella. Verla así me resultaba insoportable. De repente me invadió la ira.

—¿Qué te parece si consigo un bate de béisbol y lo muelo a palos de tu parte? —propuse, bromeando solo a medias.

Ella logró ofrecerme la sombra de una sonrisa.

—Sí, por favor.

—Dime lo que quieres. Lo que sea. Y lo haré.

Levantó la mirada y clavó en mí sus ojos enrojecidos.

—Quiero recuperar mi vida.

—Vale. Entonces tienes que enfrentarte a ellos. Te ayudaré, pero debes hacerlo. Aunque solo sea para conservar la cordura, por no hablar de tu amor propio.

—¿Enfrentarme a ellos? ¿Y cómo voy a hacer eso?

—Invítalos a la isla.

—¿Qué? —Lana parecía sorprendida—. ¿A Grecia? ¿Por qué?

—En Aura no tendrán escapatoria. Estarán atrapados. ¿Qué mejor lugar para esa conversación? ¿Para una confrontación?

Lana lo sopesó un segundo y luego asintió.

—Muy bien. Lo haré.

—¿Te enfrentarás a ellos?

—Sí.

—¿En la isla?

Asintió.

—Sí. —De pronto me miró con miedo—. Pero, Elliot... Cuando me haya enfrentado a ellos, entonces ¿qué?

—Bueno —dije, esbozando una sonrisa apenas—. Eso depende de ti, ¿no?

10

Al día siguiente estaba en la cocina de Lana, bebiendo champán.

Ella hablaba con Kate por teléfono y yo la observaba con atención.

—¿Te vienes? —dijo—. A la isla. Por Semana Santa.

Me quedé impresionado. Lana estaba ofreciendo una actuación impecable, lograda tras un mínimo ensayo. En su entonación no había ni rastro del disgusto de la noche anterior; tanto su aspecto como su voz resultaban frescos, ligeros y despreocupados.

—Seremos solo nosotros —siguió diciendo—. Tú, yo, Jason, Leo. Y Agathi, claro. No sé si decírselo también a Elliot, que me está incordiando mucho últimamente.

Me guiñó un ojo al decir eso. Yo le saqué la lengua.

Lana rio y luego se concentró otra vez en Kate.

—Bueno, ¿qué me dices?

Ambos contuvimos la respiración.

Lana soltó el aire y sonrió.

—Genial. Genial. Vale. Adiós. —Colgó el teléfono—. Vendrá.

—Bien hecho. —Y aplaudí.

Lana hizo una leve reverencia.

—Gracias.

Alcé la copa.

—Se levanta el telón —anuncié— y empieza la función.

11

A lo largo de los días siguientes, la vida de Lana continuó teniendo una pátina teatral.

Era como si participara en una improvisación permanente; no se salía del personaje en ningún momento, siempre fingía ser otra persona.

Solo que, por supuesto, la persona que fingía ser era ella misma.

«Inspiración profunda, hombros relajados, sonrisa amplia», ese era el mantra que Otto le había enseñado a recitar para sí antes de una prueba. A Lana le vino muy bien.

Actuaba como si todavía fuese la misma persona que unos días antes. Actuaba como si no le hubieran destrozado el corazón, como si no estuviera desesperada y rota de dolor.

A menudo pienso que la vida no es más que una representación. Que nada de esto es real. Una ficción sobre la realidad, nada más. Solo cuando alguien o algo que amamos muere, abrimos los ojos... y vemos lo artificial que es todo, esta realidad construida que habitamos.

De repente comprendemos que la vida no es en absoluto eterna ni permanente; el futuro no existe y nada de lo que hagamos importa. Y entonces, desolados, aullamos y gritamos y clamamos a los cielos, hasta que en algún momento hacemos lo inevitable: comemos, nos vestimos, nos lavamos los dientes. Continuamos con la vida como si fuéramos una marioneta, por desquiciante que nos resulte. Y así, muy lentamente, la ilusión vuelve a tomar el mando y otra vez olvidamos que solo somos actores en una obra teatral. Hasta que sobreviene la siguiente tragedia, por supuesto, y abrimos los ojos de nuevo.

Lana, que acababa de abrirlos, era hiperconsciente de lo teatrales que resultaban todas sus relaciones, de lo frágiles y falsas que eran todas sus sonrisas, de lo mal que actuaba. Por suerte, nadie pareció notar nada.

Lo que más le dolió fue lo fácil que resultó engañar a Jason. Estaba segura de que él intuiría su dolor, el descomunal esfuerzo que le costaba algo tan simple como rozarlo al pasar o hablar con él. Mirarlo a los ojos la aterrorizaba. ¿No vería Jason en ellos todo lo que sentía, expuesto a plena vista?

Pero Jason no vio nada. «¿Siempre ha sido así? —se preguntó Lana—. ¿Tan indiferente? Debe de creer que soy idiota. No sabe lo que es la mala conciencia...».

Sin embargo —y seguro que Lana se planteó esa posibilidad—, tal vez Jason no tenía ningún cargo de conciencia porque... ¿era inocente?

No llegué a saberlo con certeza, pero sospechaba que, mientras Lana hacía las maletas para ir a la isla, empezó a pensar en las horas que había pasado en mi casa como si hubieran sido una pesadilla. La histeria, las lágrimas, las promesas de venganza; nada de eso era real, solo una psicosis inducida por el vodka.

Lo real era aquello, ese momento, las prendas de ropa en sus manos; una ropa que había elegido y comprado ella misma para el hombre al que amaba. ¿Podía estar la propia Lana dejándose llevar, dejándose arrastrar de vuelta a... la ignorancia?

«Negación» es la palabra que usaría yo.

Me dije que Lana debía de ser consciente de ello, y que por eso intentó evitarme los días siguientes. No me contestaba al teléfono, sus mensajes de texto apenas contenían monosílabos. La entendía. No olvides que ella y yo éramos íntimos. Prácticamente podía leerle el pensamiento.

Se arrepentía de haberme contado lo de la aventura, por supuesto. Contármelo lo había hecho real. Y después, tras haber descargado sobre mí sus sospechas y su sufrimiento, Lana pretendía que todo quedara allí, encerrado en mi apartamento.

Deseaba olvidarlo.

Menos mal, pues, que me tenía a mí para recordárselo.

12

Desde el momento en que puse un pie en Aura, noté que Lana me eludía.

Se mostraba amable conmigo, desde luego, pero había cierta distancia en su trato. Cierta frialdad. Para los demás era invisible, pero yo lo percibía.

Subí a mi cuarto a deshacer la bolsa. Me encantaba esa habitación. Tenía un papel de un verde deslavazado en las paredes, muebles de pino, una cama con dosel. Olía a madera vieja, a piedra y a ropa limpia. A lo largo de los años la había hecho mía dejándome cosas a propósito: mis libros preferidos en los estantes, mi loción de afeitado, un bronceador, el bañador y las gafas de buceo... Todo esperaba fielmente mi regreso.

Mientras guardaba mis cosas, me pregunté cuál debía ser mi siguiente paso. Decidí que la mejor forma de abordar la situación era de frente: iría a buscar a Lana y le recordaría por qué estábamos allí. Ensayé un pequeño discurso pensado para sacarla de su negación y devolverla a la realidad.

Intenté hablar con ella toda la tarde, pero no conseguí que nos quedáramos a solas. Estaba convencido de que intentaba evitarme.

Durante la cena, la observé con atención mientras trataba de leerle el pensamiento.

Me maravillaba que fuera la misma mujer que, solo tres días antes, había sufrido un ataque de histeria en mi sofá. De pronto blandía un cuchillo con mano experta, pero no para clavarlo en el corazón infame de su marido, sino para servirle otra tajada de asado. Y con una sonrisa tan convincente en la cara, tan sincera, una expresión tan relajada y feliz, que casi me engaña incluso a mí.

Pensé que la capacidad de Lana para la negación era absolutamente sobrecogedora. Empezaba a parecer más que probable que, a menos que yo interviniera, dejara pasar todo el fin de semana como si nada hubiera ocurrido.

Kate, por otro lado, daba la sensación de que hacía lo indecible por provocarla. Era menos discreta aún que de costumbre.

El asunto del cristal, por ejemplo.

Después de cenar, estábamos sentados fuera, junto al pozo de fuego, y Kate se levantó de un salto con una petición repentina.

—El cristal de Agathi —dijo Kate—. ¿Dónde está?

Lana dudó unos instantes.

—Agathi estará durmiendo ya. ¿No puede esperar?

—No. Es urgentísimo. Me colaré en su cuarto para buscarlo. No la despertaré.

—Cielo, no lo encontrarás. Estará en el fondo de a saber qué cajón.

Eso era mentira.

Lana sabía perfectamente que Agathi nunca se separaba mucho de ese cristal; siempre lo dejaba en la mesita de noche, a su lado, mientras dormía.

—Agathi está despierta —dijo Leo, señalando la casa con un gesto de la cabeza—. Tiene la luz encendida.

Kate entró dando saltitos, algo tambaleante pero sin duda decidida. Regresó unos minutos después... con el cristal en la mano. Victoriosa.

—Lo tengo.

Se sentó junto al fuego, donde las llamas le iluminaban el rostro, e hizo balancear el cristal sobre la palma de su mano izquierda. Sus facetas destellaban a la luz de las llamas mientras los labios de Kate se movían susurrando una pregunta muda.

Ya imaginaba cuál sería. Seguro que alguna variante de: «¿La dejará por mí?», o: «¿Debería cortar con él?».

Increíble, ¿verdad? Semejante falta de sensibilidad, hacer alarde de su aventura con Jason en las narices de Lana. Qué estúpido por su parte sentirse tan segura, tan por encima de toda sospecha.

¿O acaso estoy siendo injusto? ¿Estaba Kate demasiado borracha para autocensurarse? ¿Se daba cuenta siquiera de lo que decía, de lo cerca que estaba de desvelar su secreto?

¿Sería esa exhibición solo para Jason, quizá? Como una amenaza encubierta, una advertencia dirigida a él, para hacerle saber que no aguantaba más. En tal caso, malgastaba saliva. Jason no se dejó impresionar lo más mínimo. Parecía más preocupado por que Leo le ganara al backgammon.

Kate observó mientras el cristal empezaba a temblar en el aire. Se balanceaba adelante y atrás, adelante y atrás, igual que un metrónomo, en una clara línea recta.

La respuesta a su pregunta era un «no» rotundo.

El rostro de Kate se ensombreció. Parecía dolida. Encerró el cristal en su puño, detuvo la oscilación y se lo lanzó a Leo.

—Toma. Te toca.

Leo levantó la mirada del tablero de backgammon y negó con la cabeza.

—No, paso de eso. Ya he descubierto cómo funciona.

—Ah, ¿sí? ¿Y cómo funciona?

—Lo haces tú, aunque ni siquiera eres consciente de ello. Tu mano hace que se mueva como tú quieres.

—No, cielo —dijo Kate, y suspiró—. Te equivocas. Me habría dado una respuesta diferente.

¿Qué le había preguntado Kate al cristal?

Lo he pensado a menudo durante estos años. Me he preguntado hasta qué punto influyó en las siguientes veinticuatro horas, y en la vileza que demostró Kate.

¿Todo lo que ocurrió fue por orden del cristal? ¿Se rindió Kate a su decisión sin más, fueran cuales fuesen las consecuencias?

Aun en tal caso, no sé, no creo que Kate tuviera la más remota idea de cómo acabaría todo. ¿Cómo habría podido saberlo?

Las cosas llegaron mucho más lejos de lo que cualquiera de nosotros habría podido imaginar.

13

No tuve ocasión de hablar a solas con Lana hasta la mañana siguiente.

Acabábamos de llegar a la pequeña playa con la cesta de pícnic y, tras disponer las toallas y las mantas en el suelo, esperé a que Leo se alejara un poco y entonces puse en marcha mi jugada.

—Lana —dije en voz baja—. ¿Podemos hablar un momento?

—Después —repuso para quitárseme de encima—. Me voy a nadar.

Vi cómo se acercaba a la orilla y fruncí el ceño. No tenía más opción que seguirla.

El agua estaba lisa como el cristal. Lana empezó a nadar hacia la plataforma y yo la seguí.

Cuando llegué, subí por la escalerilla y me dejé caer boca arriba dando bocanadas de aire.

Ella estaba en mejor forma que yo y apenas le faltaba el aliento. Se sentó abrazada a sus rodillas para contemplar el horizonte a lo lejos.

—Me estás evitando —dije cuando por fin pude respirar con normalidad.

—Ah, ¿sí?

—Sí. ¿Por qué?

Tardó unos segundos en contestar, tras encogerse de hombros.

—¿No lo adivinas?

—No, a menos que me lo digas. No soy vidente.

Había decidido que la mejor forma de tratar con Lana era hacerme el tonto, así que le dirigí una mirada inocente y esperé.

Por fin habló:

—Esa noche, en tu apartamento...

—Sí.

—Dijimos muchas cosas.

—Ya lo sé. —Hice un gesto de indiferencia—. Y ahora me estás evitando. ¿Qué se supone que tengo que inferir de eso?

—Necesito saber algo. —Lana me observó con atención—. ¿Por qué haces esto?

—¿Hacer qué? ¿Intentar ayudarte? —Le sostuve la mirada—. Soy tu amigo, Lana. Te quiero.

Me miró un momento como si no me creyera.

Sentí un atisbo de enfado. ¿No es de locos? Durante todos esos años, entre Lana y yo nunca había habido una mala palabra, ni una sola desavenencia; la nuestra era una amistad caracterizada por la adoración mutua, libre de todo conflicto. Hasta que me metí en sus problemas matrimoniales.

«Ninguna buena acción queda sin castigo», pensé. ¿Quién dijo eso? Tenía razón.

Me encontraba en una posición delicada y lo sabía. No debía presionarla demasiado. Me arriesgaba a perderla, pero no pude contenerme.

—Lo siento —dije—, pero no puedo quedarme sentado mientras veo cómo te pisotean. No está bien dejar que te traten así.

No obtuve respuesta.

—Lana. —Arrugué la frente—. Contéstame, por el amor de Dios.

Pero Lana no contestó. Se limitó a levantarse y lanzarse de cabeza desde la plataforma. Desapareció en el agua.

Después del pícnic, volvimos andando a la casa. Solo que Lana no entró.

Se quedó en la terraza, fingiendo que se había cansado al subir todas esas escaleras y estaba recuperando el aliento.

Yo sabía que no era así. Quería observar a Kate, que se encontraba en el nivel inferior.

Kate se alejaba de la casita de verano en dirección al olivar, a las ruinas.

Sabía lo que estaba pensando Lana. Fingí un bostezo.

—Voy a darme una ducha —dije—. Hasta dentro de un rato.

No contestó. Entré en el salón y me detuve nada más cruzar la puerta, donde me quedé un momento antes de volver a salir. Lana ya no estaba. Tal como había esperado, descendía los escalones hacia el nivel inferior.

La seguí. A cierta distancia, para que no me viera. Aunque no tendría por qué haberme preocupado, porque Lana no volvió la cabeza ni una sola vez. Tampoco Kate, que avanzaba entre los árboles, felizmente ignorante de que la seguían no una, sino dos personas.

En el claro, Lana se escondió detrás de un árbol. Yo me detuve algo más atrás, a una distancia segura, y ambos presenciamos la escena que se desarrolló en las ruinas.

Jason y Kate hablaron un rato. Después, él dejó el arma y se acercó a ella. Empezaron a besarse. Qué extraño debió de ser para Lana ver cómo se besaban. Visualicé todos sus mecanismos de defensa viniéndose abajo en ese preciso instante: su negación, su autoengaño, la proyección de su ira sobre mí. Todo reducido a cenizas. ¿Cómo puedes negar algo que está sucediendo delante de tus narices?

Las rodillas de Lana cedieron de pronto. Cayó al suelo y se quedó a gatas. Parecía que se hubiera arrodillado para rezar, pero estaba llorando. Era una visión tristísima. Sentí lástima por ella. Sin embargo, sería hipócrita no reconocer que una parte de mí experimentó alivio. Porque, si Lana necesitaba alguna prueba más aparte del pendiente, el destino acababa de entregársela.

Jason, de algún modo, notó que alguien estaba espiándolos. Levantó la mirada, pero el sol lo cegaba y no vio nada.

Lana dio media vuelta y se alejó de las ruinas tambaleándose. Regresó a la casa cruzando el olivar. Caminaba deprisa, pero la seguí.

Me inquietaba pensar lo que sería capaz de hacer a continuación.

14

Lana rodeó la casa y entró por la puerta de atrás.

Recorrió el pasillo deprisa, directa a la sala de armas de Jason. Este se había llevado un par con él, pero aún quedaban otras tantas en sus soportes.

Lana alargó la mano y cogió una pistola.

Volvió a salir al pasillo, fue al salón, salió a la terraza por las puertas francesas y se detuvo junto al murete, mirando al nivel inferior.

Por debajo de ella, Jason regresaba ya a la casa con un par de tórtolas muertas. Lana levantó la pistola... y le apuntó con ella.

¿Pretendía matar a Jason? ¿O solo asustarlo?

Si te soy sincero, no sé hasta qué punto era consciente de sus actos. En ese momento estaba muy afectada psicológicamente, muy desestabilizada. Tal vez un instinto de supervivencia antiguo, primitivo, había tomado el control. ¿La necesidad de sentir un arma en sus manos? De haber tenido un hacha por ahí cerca, tal vez se habría hecho con ella, como Clitemnestra. En su caso, fue una pistola.

«Vamos —pensé—. Hazlo. Aprieta el gatillo. Dispara».

Pero, justo entonces, Leo apareció en el nivel inferior, de camino a la piscina, y Lana bajó el arma de inmediato y la escondió a su espalda.

Leo miró arriba y vio a su madre. Saludó con la mano. Lana le devolvió el saludo con una sonrisa forzada.

Ya despierta de su trance, dio media vuelta y entró corriendo en la casa. Avanzó por el pasillo, pero no dejó la pistola en su sitio. Siguió andando, pasó de largo por la sala de armas y subió a la planta de arriba.

En su habitación, Lana se sentó ante el tocador y se miró en el espejo... con la pistola aún en la mano. Se asustó bastante al ver su reflejo.

Oyó que la puerta se abría y guardó la pistola en un cajón. Por el espejo, vio entrar a Agathi sonriendo.

—Hola —dijo esta—. ¿Necesitas algo?

—No —contestó Lana, negando también con la cabeza.

—¿Alguna idea para la cena?

—No. A lo mejor salimos. Ahora no puedo pensar... Voy a darme un baño.

—Te lo preparo.

—Ya me las arreglo sola.

Agathi asintió y observó a Lana un instante. No era propio de ella ofrecer una opinión si no se la habían pedido, pero estaba a punto de hacer una excepción.

—Lana —dijo—. ¿Estás... bien? No, ¿verdad?

Como no obtuvo respuesta, insistió:

—Podemos marcharnos ahora mismo. Si quieres. —Le dedicó una sonrisa de ánimo—. Deja que te lleve a casa.

—¿A casa? —Lana parecía confundida—. ¿Y dónde está eso?

—En Londres, por supuesto.

Lana negó con la cabeza.

—Londres no es mi casa.

—¿Dónde, entonces?

—No lo sé. No sé adónde ir. No sé qué hacer.

Se levantó y se metió en el baño. Abrió los grifos y llenó la bañera.

Unos minutos después, cuando regresó a la habitación, Agathi ya no estaba, pero había dejado algo allí.

El colgante de cristal descansaba en el tocador, reluciendo a la luz del sol.

Lana lo cogió y lo miró. No creía en la magia, pero ya no sabía en qué creer. Hizo oscilar el colgante sobre la palma de su mano.

Se quedó mirándolo mientras movía los labios murmurando una pregunta muda.

Casi de inmediato, el cristal empezó a temblar, a sacudirse, a bailar en el aire.

Un pequeño movimiento circular, que crecía y crecía sobre su palma extendida, cada vez más amplio, más alto... Un círculo que daba vueltas en el vacío.

En el exterior, una hoja solitaria que había en el suelo se movió.

Se elevó como por obra de una fuerza invisible que empezó a hacerla girar en círculo. Un círculo que se hacía cada vez mayor, más amplio, más alto, a medida que el viento cogía fuerza...

... y daba comienzo la furia.

15

«La furia» era un nombre acertado, o eso pensé, dado el estado de ánimo de Kate.

Se había pasado toda la cena en el Yialos buscando pelea y, ahora que estábamos de vuelta en casa, parecía decidida a encontrarla.

Me dije que lo mejor sería no cruzarme en su camino. Así que me quedé fuera, fumándome el porro junto a las puertas francesas, y desde ese mirador seguro observé el drama que se desarrollaba en el salón.

Kate estaba sirviéndose otro whisky generoso. Jason se acercó a ella, se detuvo con incomodidad y le habló en voz baja.

—Ya has bebido suficiente.

—Este es para ti. —Kate quiso darle el vaso a la fuerza—. Toma.

Él negó con la cabeza.

—No. No lo quiero.

—¿Por qué no? Venga, bébetelo.

—Que no.

—Creo que todos deberíamos acostarnos —dijo Lana con firmeza.

Clavó los ojos en Kate un momento; fue una mirada de advertencia, la más inequívoca que había visto nunca. Y por un segundo pareció que Kate iba a recular.

Pero no. Kate aceptó el reto. Se quitó el chal rojo de un tirón, lo hizo girar en el aire, como un capote en una corrida de toros, y lo lanzó al respaldo del sofá.

Después se llevó el vaso de whisky a los labios y lo vació de un solo trago.

Lana ponía cara de póquer, pero me di cuenta de que estaba furiosa.

—Jason —dijo—, ¿podemos subir ya? Estoy cansada.

Kate alargó la mano y agarró a Jason del brazo.

—No, Jason. Quédate aquí conmigo.

—Kate...

—Lo digo en serio —insistió ella—. No te vayas. Si lo haces, lo lamentarás.

—Me arriesgaré —repuso él, y apartó la mano de Kate de su brazo.

«Mala jugada», pensé. Sabía que eso la enfurecería. Y acerté.

—Vete a tomar por culo —le siseó.

Jason se quedó atónito. No esperaba ese nivel de ira. Sentí lástima por él... o casi.

Por fin lo comprendí. La ira de Kate la había traicionado: toda esa charada iba dirigida solo a Jason, no era para Lana ni para mí. Era con Jason con quien estaba cabreada.

También Lana lo entendió entonces. Poseía el apabullante instinto de una gran actriz y supo que aquel era su pie para entrar en escena. Como siempre, su interpretación fue contenida.

—Jason —dijo—. Toma una decisión, por favor.

—¿Qué?

—Debes elegir. —Lana señaló con la cabeza a Kate sin apartar los ojos de él—. O ella o yo.

—¿De qué estás hablando?

—Sabes perfectamente de lo que estoy hablando, joder.

Se hizo un breve silencio. La cara de Jason era digna de ver: fue como presenciar un accidente de tráfico a cámara lenta. Atrapado entre esas dos mujeres, la cosa estaba a punto de acabar muy mal para él. A menos que, de algún modo, lograra impedirlo.

La reacción que tuvo entonces resultó de lo más reveladora. Existe un viejo truco de escritor que Barbara West me explicó una vez, y que consiste en presentar a una persona o un objeto en concreto haciéndole elegir entre dos alternativas. Lo que alguien está dispuesto a sacrificar a cambio de otra cosa lo dice todo sobre cuánto lo valora.

Jason tenía una elección muy clara: o Kate, o Lana. Y estábamos a punto de descubrir —si es que teníamos alguna duda— a quién valoraba más.

Pensé que a Barbara le habría encantado. Era justo la clase de situación que habría hecho suya para incluirla en un libro.

Recordar a Barbara me hizo sonreír, lo cual fue poco oportuno, porque vi que Jason me miraba fijamente y con una expresión furiosa.

—¿Y a ti qué coño te pasa? —me increpó—. ¿Todo esto te parece divertido, hijo de puta?

—¿Yo? —Reí—. Creo que ahora mismo soy el menor de tus problemas, colega.

Al oír eso, Jason perdió los papeles. Saltó hacia donde yo estaba, se abalanzó sobre mí y me agarró del cuello. Me inmovilizó contra la pared y levantó el puño como si fuera a estampármelo contra la cara.

—¡Para! ¡Para! —Kate le golpeaba la espalda—. ¡Déjalo en paz! Jason...

Al final, Jason me soltó. Recuperé el aliento y me recoloqué el cuello de la camisa con toda la dignidad que fui capaz de reunir.

—¿Ya te sientes mejor?

Jason, en lugar de contestar, solo me fulminó con la mirada. Después, recordando sus prioridades, dio media vuelta... para suplicarle a Lana.

—Lana —dijo—. Escucha...

Pero Lana ya no estaba allí. Se había marchado.

16

Nikos estaba en su cabaña, sentado en el sillón, frente a la chimenea. Bebía ouzo, con el rugido del viento de fondo.

Le gustaba escuchar el viento y sus distintos estados anímicos. Esa noche estaba furioso. Otras, se lamentaba como un anciano achacoso o gemía como un niño perdido en la tempestad. A veces, Nikos se convencía de que había una joven gritando en mitad del vendaval. Entonces salía y trataba de ver algo en medio de la noche, de la oscuridad, solo para asegurarse. Pero siempre era el viento, que le jugaba malas pasadas.

Se sirvió otro ouzo. Estaba un poco borracho, tenía la cabeza tan enturbiada como el líquido del vaso. Se recostó en el sillón y pensó en Lana. Imaginó cómo sería si ella viviera allí, en Aura, con él. Era una de sus fantasías favoritas.

Estaba seguro de que Lana sería feliz en la isla. Allí siempre revivía, era como si se iluminara por dentro en cuanto bajaba de la lancha. Además, si estuviera allí, Lana podría rescatarlo de su soledad. Sería como la lluvia sobre un suelo agostado, un trago de agua fresca con que saciar sus labios resecos y salados.

Nikos cerró los ojos y se dejó arrastrar hacia una ensoñación erótica. Imaginó que se despertaba al alba, en la cama, con Lana. Ella estaba vuelta hacia él, con el cabello dorado extendido sobre la almohada... Qué suave era, y qué bien olía ella, a flor de azahar. Tomaba su cuerpo suave entre sus brazos, acercaba la nariz a su cuello, la besaba. Pegaba sus labios a los de ella...

Nikos estaba medio excitado, medio borracho, medio dormido, y por eso creyó que estaba soñando cuando abrió los ojos y... la vio allí.

Lana.

Parpadeó. Se incorporó, repentinamente despabilado.

Lana estaba allí, en la puerta. Estaba allí, en carne y hueso, no era cosa de su imaginación. Estaba preciosa, toda vestida de blanco. Parecía una diosa. Pero una diosa triste. Y asustada.

—Nikos —le susurró—. Necesito tu ayuda.

17

Jason, Kate y yo nos quedamos solos en el salón. Esperé a ver quién decía algo primero. Fue Kate. Parecía arrepentida.

—Jason —dijo—. ¿Podemos hablar?

Su voz sonaba un tanto vacía. La rabia había desaparecido, se había extinguido, solo quedaban las cenizas.

—¿Jason? —repitió.

Este volvió la cabeza hacia ella, pero la miró sin verla. Me resultó un gesto escalofriante, como si Kate no existiera. Dio media vuelta y salió de la habitación.

De pronto, Kate parecía una niña al borde de las lágrimas y, a pesar de todo, sentí lástima por ella.

—¿Quieres tomar algo? —pregunté.

Negó con la cabeza, muy brevemente.

—No.

—Te pongo algo de todos modos.

Fui al mueble bar y preparé un par de copas. Hablé un poco del tiempo para dejar que se recuperase, aunque saltaba a la vista que no me prestaba atención.

Sujeté su vaso delante de ella como mínimo veinte segundos antes de que reparara en él.

—Gracias.

Kate lo cogió y lo dejó en la mesa que tenía delante, ausente. Alargó la mano hacia los cigarrillos.

Me froté el cuello. Lo tenía dolorido después del agarrón de Jason. Fruncí el ceño.

—¿Sabes, Kate? Tendrías que haber acudido a mí —dije—. Te habría abierto los ojos. Te habría avisado.

—¿Avisado? ¿De qué?

—No va a dejar a Lana por ti —contesté—. No te engañes.

—No me engaño.

Golpeó el cigarrillo sobre la mesa, repetida y enérgicamente, se lo puso en la boca y lo encendió.

—Yo creo que sí.

—Tú no tienes ni puta idea.

Le dio varias caladas al cigarrillo con mano temblorosa y lo apagó en el cenicero con brusquedad.

—El caso es que ¿a ti qué te importa? —dijo, volviéndose hacia mí con un vestigio de su rabia anterior—. ¿A qué viene tanto interés por el matrimonio de Lana? Aunque se separaran, no se casaría contigo ni en broma.

Solo lo había dicho para fastidiarme, pero entonces vio la punzada de dolor en mis ojos y ahogó un grito.

—Madre mía. ¿Eso es lo que crees? ¿De verdad piensas... que Lana y tú...?

Las carcajadas le impidieron acabar la frase. Unas carcajadas crueles y burlonas.

Esperé a que dejara de reír.

—Solo intento ayudar. Nada más —dije entonces, con voz glacial.

—No, no, qué va. —Kate negó con la cabeza—. A mí no me engañas, príncipe Maquiavelo. Aunque al final tendrás tu merecido, ya lo verás.

Lo pasé por alto. Quería que me escuchara, era importante.

—Lo digo en serio, Kate. No pongas a Jason en esa disyuntiva, no lo hagas elegir entre ella y tú, porque te arrepentirás.

—Vete a la mierda.

Aunque lo dijo con desgana. Estaba claro que tenía la cabeza en otra parte, no apartaba los ojos de la puerta.

De pronto, tomó una decisión. Se levantó y salió con paso decidido.

Con el salón todo para mí, traté de imaginar lo que ocurriría a continuación.

Era obvio que Kate había ido a buscar a Jason, pero Jason no quería saber nada de Kate, eso acababa de dejarlo bastante claro.

Su prioridad era Lana, por lo que trataría de recuperarla. La consolaría, le aseguraría que no había nada entre Kate y él. Le mentiría, insistiría en su inocencia, le juraría que nunca le había sido infiel.

¿Y Lana? ¿Qué haría ella? Ese era el quid de la cuestión. Todo dependía de eso.

Imaginé la escena. ¿Dónde estaban? ¿En la playa, quizá? No, en las ruinas, un escenario más romántico, un encuentro a medianoche junto a las columnas iluminadas por la luz de la luna.

Podía hacerme una ligera idea de cómo reaccionaría Lana. Pensándolo bien, estaba seguro de que la había visto interpretar un papel similar en alguna de sus películas. Se mostraría estoica, una mártir, ¿qué mejor manera de apelar a la sensibilidad del actor principal? ¿A su sentido del honor y del deber?

Al principio recibiría a Jason con frialdad y luego, poco a poco, iría dejando a un lado sus reservas. No le echaría nada en cara. No, se culparía a sí misma mientras trataba de reprimir las lágrimas. Eso se le daba bien.

Finalmente le dedicaría a Jason su mirada especial, la que reservaba para los primeros planos: abriría mucho esos ojos enormes e hipnóticos, vulnerables, llenos de dolor y, sin embargo, aguerridos —«poner caritas para la cámara», lo llamaba Barbara West—, pero de gran efectividad.

Antes de que se diera cuenta, Jason estaría hechizado, cautivado por la interpretación de Lana y, de rodillas, le suplicaría que lo perdonara y le prometería que haría propósito de enmienda, convencido de lo que decía. Kate se perdería entre los bastidores de su memoria. Fin.

En un momento de desesperación, pensé en echar a correr junto a Lana y Jason para tratar de intervenir. Pero no. Debía confiar en ella.

Al fin y al cabo, cabía la posibilidad de que me sorprendiera.

18

—¿Y bien? —dijo Lana—. ¿Lo harás?

Nikos la miraba atónito. No daba crédito a lo que había oído. No daba crédito a las palabras que acababan de salir de la boca de Lana, ni a lo que esa mujer le había pedido que hiciera.

No sabía qué responder, así que se quedó callado.

—¿Qué quieres? —preguntó Lana.

De nuevo, permaneció en silencio.

Ella alargó los brazos por detrás del cuello y se desabrochó el collar de diamantes, que enrolló en su mano para tenderle el montoncito reluciente de piedras preciosas.

—Toma. Véndelo. Cómprate lo que quieras. —Y luego, leyéndole la mente como solo ella sabía hacerlo, añadió—: Un barco. Eso es lo que quieres, ¿no? Con esto puedes comprarte uno.

Nikos continuó mudo.

Lana frunció el ceño.

—¿Te sientes ofendido? No lo estés, es un intercambio justo. Dime qué quieres por hacer lo que te pido.

Nikos no la escuchaba, solo podía pensar en lo hermosa que era. Sin darse cuenta, las palabras abandonaron sus labios:

—Bésame.

Ella lo miró como si no lo hubiera oído.

—¿Qué?

Nikos no contestó. Lana lo miró a los ojos, desconcertada.

—No entiendo... ¿Es eso? ¿Ese es el precio?

Nikos volvió a quedarse callado. No dijo nada ni se movió. Simplemente continuó allí de pie.

Se hizo un silencio.

Y entonces Lana se acercó un poco más y sus rostros quedaron a escasos centímetros el uno del otro.

Se miraron a los ojos. Ella nunca se había fijado, pero advirtió cierta belleza en los de él, que irradiaban una luz azul diáfana. Una idea disparatada cruzó por su mente: «Tendría que haberme casado con Nikos. Habría podido vivir aquí y ser feliz».

A continuación, adelantó el cuerpo y pegó sus labios a los de él.

Cuando se besaron, el fuego prendió en el agostado interior de Nikos, que se consumió en llamas. Nunca había sentido nada igual. En ese momento supo que ya no volvería a ser el mismo.

—Lo haré —susurró entre besos—. Haré lo que quieras.

Lana salió de la cabaña de Nikos y enfiló el camino que atravesaba los olivos y se adentraba en el claro, en dirección a las ruinas.

El denso olivar rodeaba las columnas y las protegía de los rigores del viento. Lana se sentó un momento en las piedras rotas. Cerró los ojos y esperó, absorta en sus pensamientos.

Poco después, entre la maleza, a su espalda, oyó el chasquido de una ramita partiéndose bajo un pie.

Abrió los ojos y volvió la cabeza para ver de quién se trataba.

Sonaron tres disparos.

Segundos después, Lana yacía en el suelo, en medio de un charco de sangre.

19

Leo fue el primero en llegar a las ruinas. Lo siguió Agathi, tras la que aparecimos Jason y yo.

Cuando nos reunimos alrededor del cuerpo de Lana, el tiempo pareció detenerse un instante y quedamos suspendidos en ese momento mientras todo se movía a nuestro alrededor. El viento aullaba creando remolinos y los árboles se balanceaban, pero nosotros continuábamos quietos, paralizados, detenidos en un minuto infinito, incapaces de pensar o sentir.

Solo fueron unos segundos, pero parecieron una eternidad, hasta que Kate llegó y rompió el hechizo. Parecía desorientada y confusa. Su expresión pasó del desconcierto a la incredulidad, y de ahí al horror.

—¿Qué ha ocurrido? —repetía sin cesar—. Dios mío...

De alguna manera, la aparición de Kate hizo que nos pusiéramos en movimiento. Me arrodillé junto a Leo.

—Hay que tumbarla —dije—. ¿Leo? Tienes que soltarla...

Leo se balanceaba adelante y atrás, llorando. Intenté convencerlo para que se separara de ella.

—Vamos, Leo, por favor...

—Déjala en el suelo, Leo —dijo Jason, que perdió la paciencia e hizo un movimiento repentino en su dirección.

Leo reaccionó como si lo hubiera mordido una serpiente y le gritó:

—¡Aléjate de ella! ¡Ni te acerques!

Con el rostro manchado de sangre, era una visión sobrecogedora.

Jason dio un respingo y retrocedió.

—Déjala en el suelo, por amor de Dios.

Le lancé una mirada exasperada.

—Ya me ocupo yo. ¡Llama a una ambulancia!

Jason asintió y se palpó los bolsillos buscando el teléfono. Lo encontró, lo desbloqueó y se lo entregó a Agathi con brusquedad.

—Llama a la comisaría de Miconos —dijo—. Di que necesitamos una ambulancia... y a la policía. ¡Que vengan ya!

Agathi asintió, aturdida.

—Sí, sí...

—Voy a buscar un arma. Esperad aquí. No os mováis.

Sin más, Jason echó a correr hacia la casa. Kate vaciló y luego salió tras él.

Agathi y yo conseguimos que Leo soltara a Lana y la tumbamos en el suelo con cuidado.

Leo levantó la vista abriendo mucho los ojos.

—Las armas —dijo con voz estrangulada.

—¿Qué?

Pero ya se había levantado... y corría tras los otros dos.

20

Kate entró rápidamente en la casa buscando a Jason, pero no lo vio por ninguna parte.

—¿Jason? —susurró—. Jason...

Apareció de pronto, saliendo de la sala de armas, y se la quedó mirando con una expresión extraña y confusa.

—No están.

Kate no sabía a qué se refería.

—¿Qué?

—Las armas. No están ahí.

—¿Qué quieres decir? ¿Dónde están?

—¿Y yo qué cojones sé? Alguien se las ha llevado.

Oyeron unos pasos al final del pasillo y volvieron la cabeza.

Leo estaba allí, mirándolos. Una aparición escalofriante: cubierto de sangre, enloquecido, desesperado. Como si hubiera perdido la cabeza.

—Las armas —dijo Leo—. Las...

Jason se puso tenso.

—¿Qué?

—Las cambié de sitio. Las escondí. Solo era una broma, no...

Sin detenerse a escuchar más, Jason se abalanzó sobre él y lo agarró por los hombros.

—¿Dónde están? ¡Dímelo!

—¡Jason, suéltalo! —gritó Kate.

—¿Dónde están las armas?

—¡Suéltalo!

Jason lo dejó ir y Leo se desmoronó en el suelo, contra la pared, lloriqueando abrazado a sus rodillas.

—¡Está muerta! —gritó Leo—. ¡¿Es que te da igual?!

Se tapó la cara con las manos. Kate se acercó a él y lo estrechó contra sí.

—Cariño, shhh, shhhh. Por favor, dínoslo. ¿Dónde están las armas?

Leo levantó una mano y señaló el baúl de madera.

—Ahí dentro.

Jason corrió hacia la caja y abrió la tapa.

Frunció el ceño.

—¿Es una broma?

—¿Qué? —Leo se levantó y se acercó al baúl. Miró dentro.

Estaba vacío.

Se quedó desconcertado.

—Pero... yo las dejé ahí...

—¿Cuándo?

—Antes de cenar. Alguien las ha cambiado de sitio.

—¿Quién? ¿Por qué iban a hacerlo?

Kate frunció el ceño; acababa de ocurrírsele algo.

—¿Dónde está Nikos?

—Aquí —contestó alguien a su espalda.

Todos se dieron la vuelta. Nikos estaba en la puerta. Con una escopeta en la mano.

—Han disparado a Lana —dijo Jason con cautela tras un breve silencio.

Nikos asintió.

—Sí, lo sé.

Jason miró el arma que empuñaba Nikos.

—¿De dónde la has sacado?

—Es mía.

—¿Seguro? Las mías no están.

Nikos se encogió de hombros.

—Esta es mía.

Jason alargó la mano.

—Bueno, será mejor que me la des.

Nikos negó con la cabeza; un no rotundo.

Jason decidió no insistir.

—Hay que registrar la isla —añadió en cambio, despacio y de manera enérgica—. ¿Lo entiendes? Hay un intruso. Está armado y es peligroso. Tenemos que encontrarlo.

En ese momento aparecí yo, el portador de malas nuevas. No sabía cómo informarles de aquello, así que lo dije como me salió:

—Agathi ha hablado con la policía de Miconos.

Jason levantó la vista.

—¿Y? ¿Cuánto tardarán en llegar?

—No van a venir.

—¿Qué?

—Que no van a venir. Por el viento. No pueden enviar una lancha.

Kate se quedó mirándome. Se puso tensa.

—Pero tienen que... Han de...

—Dicen que el viento habrá amainado por la mañana y que lo intentarán entonces.

—Pero... para eso faltan cinco horas.

—Lo sé. —Asentí—. Hasta entonces, tendremos que arreglárnoslas solos.

21

Decidimos que Jason, Nikos y yo inspeccionaríamos la isla en busca del intruso. Les advertí de que era una pérdida de tiempo.

—Es una locura. ¿De verdad creéis que alguien ha venido en barca hasta aquí con este tiempo? ¡Es imposible!

—¿Y qué otra opción hay, si no? —dijo Jason, fulminándome con la mirada—. Aquí hay alguien y vamos a encontrarlo. Venga, en marcha.

Y así, pertrechados con linternas a pilas, nos adentramos en la noche.

Recorrimos el sendero que atravesaba el olivar apuntando las linternas hacia la oscuridad. Los olivos estaban muy juntos y solo se veían telarañas y nidos de pájaros.

Durante todo el camino, Jason no dejó de echarle miradas a la escopeta que llevaba Nikos. Era evidente que no se fiaba de él. Para serte sincero, a mí tampoco me inspiraba mucha confianza ver a ninguno de los dos con un arma en la mano, así que los vigilaba tan de cerca como ellos se vigilaban entre sí.

Llegamos a la costa y empezamos a peinar las playas. Una tarea ardua, con el viento fustigándonos a cada paso. La furia era implacable, nos azotaba el rostro y nos lanzaba arena; aullaba en nuestros oídos y trataba de derribarnos a la menor oportunidad. Sin embargo, no cejamos en nuestro empeño y al final tardamos poco más de una hora en recorrer el serpenteante camino de tierra que ascendía y descendía a lo largo de la costa, bordeando la isla.

Por fin llegamos al extremo norte de Aura, dominado por un acantilado escarpado que se precipitaba hacia el

mar, donde era imposible que nadie amarrara una barca.
Y no había lugar donde esconderse entre las rocas.

Al final, lo que ya había dicho antes se hizo entonces
patente para los demás: no había ni barca ni intruso. No
había nadie más en la isla.

Nadie, salvo nosotros seis.

22

Quizá este sea un buen momento para detenernos y hacer balance de la situación, antes de seguir.

Conozco las convenciones del género. Sé lo que debería suceder a continuación. Sé lo que estás esperando. La investigación del asesinato, el desenlace, el giro.

Así es como se supone que debería ser, pero ya te advertí al principio que no irá de esa manera.

Por lo tanto, antes de que nuestra historia se aparte por completo de la típica secuencia de los hechos —antes de que tomemos una serie de desvíos siniestros—, pensemos en cómo podría haberse desarrollado una narración alternativa.

Imaginemos por un momento que un detective —¿una versión griega del belga de Agatha Christie, quizá?— aparece en la isla unas horas después, cuando el viento ha amainado.

Ya no está en la flor de la vida, por lo que desembarca con cuidado de la lancha policial, ayudado por un subalterno. Es alto y delgado, con el pelo canoso y un bigotito muy cuidado, tan negro que parece pintado. Tiene los ojos oscuros y penetrantes.

—Soy el inspector Mavropoulos, de la policía de Miconos —dice con un fuerte acento griego.

Su nombre, nos informa Agathi, significa «pájaro negro», el mensajero de la muerte.

Y, más bien como si de un ave de presa se tratara, el inspector se sienta en el borde de la mesa de la cocina. Una vez que sus agentes y él se terminan sus tacitas de café griego y devoran las galletas dulces que Agathi ha hecho aparecer como de la nada, el inspector da inicio a la investigación.

Se limpia unas migas del bigote y solicita entrevistarse con todos, uno por uno, para tomarnos declaración.

Durante los interrogatorios, Mavropoulos no tarda en establecer los hechos.

Las ruinas, donde se halló el cadáver de Lana, se encontraban a unos doce minutos a pie de la casa principal, siguiendo el camino que atravesaba el olivar. El asesinato había tenido lugar a medianoche, cuando se oyeron los disparos. El cuerpo se descubrió poco después.

Dado que Leo fue el primero en aparecer en las ruinas, es el primero con el que se reúne Mavropoulos.

—Hijo, mi más sentido pésame —dice con amabilidad—. Me temo que debo pedirte que te repongas un momento y contestes mis preguntas con toda la claridad posible. ¿Dónde estabas cuando oíste los disparos?

Leo explica que estaba vomitando en el huerto recién cavado, en el que Nikos y él habían estado trabajando. El inspector da por sentado que la indisposición de Leo se debe al alcohol y Leo decide no sacarlo de su error, sospechando que la marihuana aún podría ser ilegal en Grecia.

El inspector, apiadándose del complicado estado emocional de Leo, no lo presiona y lo deja ir tras unas pocas preguntas más.

El siguiente en someterse a su interrogatorio es Jason. Sus respuestas le resultan evasivas, incluso extrañas. El marido insiste en que, a medianoche, estaba en la otra punta de la isla, junto a los acantilados.

Cuando Mavropoulos lo presiona para que le explique el motivo, Jason sostiene que estaba buscando a Lana, ya que no la había encontrado en la casa. Los acantilados le parecen un lugar un poco extraño donde buscar, pero el inspector no dice nada..., de momento.

Simplemente anota que Jason no dispone de coartada.

Tampoco Kate, sola en la casita de verano. Ni Agathi, que ya estaba en la cama, durmiendo. Como Nikos, que echaba una cabezada en su cabaña.

¿Que dónde estaba yo, dices? Empinando el codo en el salón, aunque tendrás que fiarte de mi palabra. De hecho, ninguno de nosotros puede demostrar dónde estaba.

Lo que significa que cualquiera de los seis podría haberlo hecho.

Pero ¿por qué?

¿Por qué íbamos a matar a Lana? Todos la queríamos.

Al menos yo sí. Aunque, como dudo que el inspector Mavropoulos comprenda el concepto de almas gemelas en toda su extensión, hago cuanto puedo por explicarle que no tenía motivos para asesinarla.

Cosa que no es estrictamente cierta.

No le informo, por ejemplo, de que Lana me había dejado una fortuna en su testamento.

¿Que cómo lo sé? Porque me lo dijo ella misma cuando yo estaba organizando la venta de la casa que Barbara West me había dejado en Holland Park. Lana me preguntó por qué me deshacía de ella y contesté que, además de odiar aquel lugar y todos sus recuerdos, la realidad era que necesitaba dinero. Necesitaba algo con lo que ir tirando, o acabaría viviendo en la calle, en la más absoluta indigencia. Bromeaba, pero Lana se puso seria. Me dijo que ella jamás lo permitiría, que siempre se ocuparía de mí, mientras viviera, y que me había legado siete millones de libras en su testamento.

Su generosidad me dejó pasmado y profundamente conmovido. Lana, quizá arrepintiéndose de su indiscreción, me pidió que olvidara lo que había dicho e insistió en que, sobre todo, nunca se lo mencionara a Jason. Aunque no lo dijo, se sobreentendía que se enfurecería. ¿Cómo no iba a enfurecerse? Jason era codicioso, rastrero y mezquino. Justo lo opuesto a Lana y a mí.

Por cierto, saber lo de la herencia no cambió ni un ápice lo que yo sentía por ella. Te aseguro que yo no planeé el asesinato de Lana, si es lo que estás pensando.

Aunque puedes pensar lo que te plazca, esa es la gracia de una novela de misterio, ¿no? Que puedes apostar por el caballo que quieras.

Yo que tú, lo haría por Jason.

Todos sabemos lo desesperado que estaba, lo mucho que necesitaba el dinero, cosa que no reconoce ante Mavropoulos. Sin embargo, lo envuelve cierto aire de culpabilidad, como humo de tabaco. Cualquier inspector que se precie se percataría de algo así y sospecharía.

¿Y Kate? Bueno, su móvil no era económico. En el caso de Kate se trataría de un crimen pasional, ¿no? La cuestión es si Kate sería capaz de matar a Lana para robarle el marido. Yo no lo tengo tan claro.

Ni tampoco que Agathi pueda considerarse una verdadera sospechosa. Como en mi caso, ella también heredaría y, del mismo modo, era sumamente leal. No hay motivos para pensar que le haría daño a Lana. La quería, puede que incluso un poco demasiado.

¿Quién nos queda?

A Leo ni siquiera me lo planteo. ¿Tú sí? ¿Cómo va a matar un hijo a la madre que adora solo porque ella no le deja asistir a la escuela de teatro? Aunque la verdad es que estoy seguro de que se han cometido asesinatos por motivos menos poderosos. Y si al final resultara ser Leo, sin duda sería una sorpresa bastante impactante, un dramático colofón para nuestro relato.

Aunque es probable que un detective de sillón más experimentado se decantara por Nikos, un personaje siniestro desde el principio, cada vez más obsesionado con Lana, solitario y excéntrico.

¿O se trata de un sospechoso demasiado obvio? ¿Una versión griega e isleña del «ha sido el mayordomo»?

Pero, entonces, ¿quién queda?

Solo hay una posible solución alternativa. Un truco que la propia Christie usaba a veces. Un extraño, alguien cuyo nombre no aparecía en la lista de los seis sospechosos. Alguien que, a pesar del mal tiempo, desembarcó en un lugar prohibido de la isla armado con una escopeta y las ansias de matar. ¿Alguien del pasado de Lana?

¿Era posible? Sí. ¿Probable? No.

Aun así, no descartemos la idea por completo, al menos hasta que el inspector Mavropoulos haya llegado a una conclusión y nos pida que nos reunamos para la resolución del asesinato.

El inspector nos convoca en el salón de la casa principal, o en las ruinas, si quiere darle un aire más teatral. Seis sillas, una al lado de la otra, frente a las columnas.

Nos sentamos y miramos a Mavropoulos, que camina arriba y abajo mientras nos guía a través de su investigación, relatándonos las vueltas y los giros que ha tomado su razonamiento. Finalmente deduce que, en realidad, para la inmensa sorpresa de todos, el asesino es...

Bueno, y hasta aquí puedo desvelar, de momento.

Todo lo anterior es lo que podría haber sucedido si esta historia la hubiera escrito una mano más firme que la mía, la pluma resuelta e implacable de Agatha Christie.

Pero mi mano no es firme. Es débil y tremendamente errática, como yo. Desorganizada y sentimental. Cuesta imaginar cualidades peores para un escritor de novelas de misterio. Por fortuna, solo soy un aficionado; nunca me ganaría la vida con esto.

Lo cierto es que nada se desarrolló como acabo de describirlo.

No hubo ningún inspector Mavropoulos, ni ninguna investigación, ni nada tan organizado, metódico o fiable. Cuando por fin llegó la policía, ya era de día y conocíamos muy bien la identidad del asesino. Para entonces, estábamos sumidos en el caos.

Para entonces, ya se había desatado el infierno.

¿Que qué ocurrió? Deja que te llene el vaso y te lo cuento.

Como suele decirse, muchas veces la realidad supera la ficción.

Tercer acto

No es insólito que los mejores escritores sean grandes mentirosos. Buena parte de su oficio consiste en inventar o mentir, y suelen hacerlo cuando están borrachos, o a sí mismos o a desconocidos.

ERNEST HEMINGWAY

1

En este punto, supongo —como ese pobre desgraciado de *La balada del viejo marinero* que se ve obligado a prestar oídos al extraño relato del marinero en cuestión—, te estarás preguntando cómo narices has acabado accediendo a escuchar mi historia.

Pues se vuelve más extraña por momentos, me temo.

Ojalá supiera lo que piensas de mí ahora mismo. ¿Estás ligeramente cautivado, incluso embelesado, como solía ocurrirle a Lana? ¿O, al igual que Kate, me encuentras irritante y con tendencia al drama y a la autocompasión?

Puede que todo lo anterior se acerque a la verdad. Sin embargo, nos gusta que las cuestiones morales sean sencillas, ¿a que sí? Bueno/malo, inocente/culpable. Eso está muy bien en la ficción; en la vida real, nada es tan «blanco o negro». Los seres humanos somos criaturas complejas, todos tenemos matices de luces y de sombras que operan en nuestro interior.

A lo mejor da la sensación de que estoy a punto de justificarme; te aseguro que no es así. Soy muy consciente de que, a medida que avancemos y escuches el resto de la historia, tal vez no apruebes mis actos. No pasa nada. No busco tu aprobación.

Lo que busco... No, lo que exijo es comprensión por tu parte. De otro modo, mi historia jamás te llegará al corazón. No será más que un folletín policíaco, algo que podrías comprar en un aeropuerto para devorarlo en la playa... y luego deshacerte de ello y olvidarlo cuando regreses a casa. No permitiré que mi vida quede reducida a literatura barata. No, señor.

Si has de entender lo que sigue, si has de encontrarle sentido a alguno de los increíbles acontecimientos que estoy a punto de relatar, antes debo explicar ciertos detalles sobre mi persona. Ciertas cosas que me dio la sensación de que no podía revelar nada más presentarnos. ¿Por qué no? Porque quería que me conocieras un poco mejor, supongo. Esperaba que, entonces, excusaras algunas de mis cualidades menos atractivas.

Ahora, no obstante, se ha apoderado de mí el deseo de aligerar mi carga. No podría parar aunque quisiera. Como el viejo marinero, necesito desahogarme.

Debo advertirte que lo que sigue es, en ocasiones, difícil de asimilar. No cabe duda de que resulta duro escribir sobre ello. Si creías que el asesinato de Lana era el clímax de este sórdido cuento, estabas tristemente equivocado.

El verdadero horror aún está por llegar.

De nuevo, tengo que volver atrás. Esta vez no hasta la calle del Soho de Londres, sino a mucho, muchísimo antes.

Te hablaré de Lana y de mí, de nuestra amistad, de lo extraña y extraordinaria que era. Pero, para serte sincero, eso es solo la punta del iceberg. Mi relación con Lana Farrar empezó mucho antes de que nos conociéramos.

Empezó cuando yo era otra persona.

2

Resulta curioso que, cuando el novelista Christopher Isherwood escribía sobre su yo más joven, siempre lo hacía en tercera persona.

Escribía acerca de «él»: un niño llamado Christopher.

¿Por qué? Creo que porque eso le permitía mostrar cierta empatía consigo mismo. Es mucho más fácil sentir empatía por los demás, ¿verdad? Si ves a un niño asustado en la calle, maltratado, avergonzado, humillado por un progenitor despótico, al instante sientes compasión por él.

Sin embargo, cuando se trata de nuestra propia infancia, es difícil verlo tan claramente. Nuestra percepción está empañada por la necesidad de acomodar, justificar y perdonar. A veces hace falta un observador imparcial, como un psicólogo cualificado, para que nos ayude a ver la realidad: que, de niños, estábamos solos y asustados en un lugar aterrador, y nadie prestó atención a nuestro dolor.

En aquel entonces no podíamos reconocer eso ante nosotros mismos. Nos daba demasiado miedo, así que lo barrimos debajo de una alfombra enorme con la esperanza de que desapareciera. Pero no fue así. Siguió allí, amenazando para siempre, como un residuo nuclear.

Ya va siendo hora de levantar la alfombra y echar un buen vistazo, ¿no crees? Aunque, por seguridad, tomaré prestada la técnica de Christopher Isherwood.

Lo que viene a continuación es la historia del niño, no la mía.

Sus primeros años no fueron felices.

Tener un hijo supuso sin duda una molestia para sus padres. Un experimento fallido que jamás habrían de repetir. Le proporcionaron alimento y un techo, pero prácticamente nada más, salvo alguna que otra lección esporádica sobre alcoholismo y brutalidad.

Su casa era un lugar horrible. El colegio, peor aún. El niño no era popular. No era deportista, ni guay ni listo. Era tímido y retraído, solitario. Los únicos compañeros de clase que hablaban con él alguna vez eran los matones, una pandilla de cuatro chavales muy crueles. Él les puso el mote de «los Neandertales».

Los Neandertales esperaban al niño todas las mañanas junto a la verja del colegio y le vaciaban los bolsillos para quitarle el dinero de la comida, darle empujones, ponerle la zancadilla y gastarle bromas pesadas. Les encantaba chutarle balones de fútbol a la cabeza —para tirarlo al suelo— mientras le dedicaban lindezas como «marginado», «bicho raro» o insultos peores.

Y, cuando lo tenían inmovilizado boca abajo, siempre oía un coro de risas a su espalda. Agudas risas infantiles. Burlonas, malévolas.

En alguna parte he leído que la risa tiene un origen cruel, puesto que requiere un objeto de ridículo, un blanco, un bufón. Un matón jamás es el blanco de sus propias bromas, ¿verdad?

El cabecilla de los Neandertales se llamaba Paul y era todo un bromista. También era popular, como suelen serlo los chicos malos. Era un graciosillo, le encantaban las jugarretas. Se sentaba al fondo de la clase, mofándose de profesores y alumnos por igual.

En un alarde de dominio precoz de la guerra psicológica, Paul decidió que ninguno de sus compañeros podía hablar con el niño. Lo trataron como a un leproso; demasiado repugnante, demasiado asqueroso, demasiado apestoso y demasiado rarito para dirigirle la palabra, o saludarlo, o tocarlo. Había que evitarlo a toda costa.

A partir de ese momento, las niñas disfrutaban huyendo de él entre risas y grititos cuando el niño se les acercaba en el patio. Los chicos le hacían muecas y fingían tener arcadas cuando se cruzaban con él por la escalera. Le dejaban notas crueles en el pupitre, en las que le deseaban toda clase de males. Y siempre, a su espalda, resonaban esas risas agudas y burlonas.

De vez en cuando disfrutaba de algún respiro en ese sufrimiento constante.

Cuando tenía doce años, actuó por primera vez en una obra teatral. Una adaptación escolar del magnífico clásico entre los clásicos estadounidense que es *Nuestra ciudad*, de Thornton Wilder. Puede que fuera una elección extraña para un colegio de secundaria de las afueras de Londres, pero su profesora de teatro, Cassandra, era de Estados Unidos. Debía de añorar su tierra y por eso decidió representar esa carta de amor a las pequeñas ciudades americanas desde Basildon, Essex.

Al niño le gustaba Cassandra. Tenía un rostro afable y caballuno, y llevaba un collar de cuentas de ámbar con moscas prehistóricas atrapadas en él. Fue ella quien le proporcionó algunos de los momentos más cercanos a la felicidad que había conocido jamás.

Le adjudicó (supuestamente sin ironía) el papel de Simon Stimson, un director de coro alcohólico y cínico que termina ahorcándose. El niño disfrutó al máximo de ese personaje. Angustia existencial, sarcasmo, desesperación; no tenía ni idea de lo que significaban sus frases en un sentido literal, pero, créeme, entendía la esencia.

La primera noche de función, el niño recibió un aplauso por primera vez en su vida. Jamás había experimentado nada igual: fue como una oleada de afecto, de amor, que inundó el escenario y lo empapó de arriba abajo. Cerró los ojos y dejó que le calara hasta dentro.

Pero entonces volvió a abrirlos... y vio a Paul y a los demás Neandertales sentados en la última fila, riéndose, poniendo caras y haciendo gestos obscenos. Sus expresiones vengativas le dieron a entender que pagaría un precio muy alto por ese fugaz instante de felicidad.

No tuvo que esperar demasiado. A la mañana siguiente, durante el recreo, lo arrastraron a los lavabos de los chicos. Le dijeron que iban a castigarlo por chulearse. Por creerse especial.

Un Neandertal hizo guardia junto a la puerta para asegurarse de que nadie los molestara mientras otros dos lo empujaban para que se pusiera de rodillas y lo retenían allí, junto al urinario apestoso.

Paul metió una mano en su taquilla y, con gesto de mago, sacó un tetrabrik grande de leche.

—Llevo semanas guardándolo —anunció—, dejando que fermente bien para una ocasión especial.

Abrió un poco el tetrabrik, lo olisqueó con cuidado y puso cara de asco, como si fuera a vomitar. Los demás rieron tontamente, llenos de expectación.

—Prepárate —dijo Paul.

Abrió el tetrabrik del todo y ya estaba a punto de verterlo sobre la cabeza del niño cuando, de repente, tuvo una idea mejor.

Le pasó la leche al niño.

—Hazlo tú.

Él negó con la cabeza, intentando no llorar.

—No. Por favor... Por favor, no...

—Es tu castigo. Hazlo.

—No...

—¡Que lo hagas!

Ojalá pudiera decir que el niño se resistió, pero no fue así. Agarró el tetrabrik que Paul le había puesto en las manos y, lenta y ceremoniosamente, bajo la supervisión del matón, se vertió el contenido sobre la cabeza. Una leche agria con grumos babosos de un verde blancuzco y un olor apestoso le resbalaron por la cara, le cubrieron los ojos, le llenaron la boca. Sintió náuseas.

Oyó a los demás chicos riendo, histéricos. Sus carcajadas desternillantes fueron casi tan crueles como el castigo en sí.

«Nada puede ser peor que esto», pensó. La vergüenza, la humillación, la ira que bullía en su interior; nada, jamás, podría ser tan horrible.

Se equivocaba, por supuesto. Aún tendría que caer mucho más bajo.

Al escribir esto, siento mucha ira. Siento indignación por él. Aunque sea demasiado tarde, y aunque al fin y al cabo sea yo mismo, me alegro de que por fin alguien empatice con él. Nadie lo hizo, y él menos aún.

Heráclito tenía razón, ¿sabes? «El carácter del hombre escribe su destino». Otros chavales, con infancias más positivas, que fueron educados para respetarse y defenderse, tal vez se hubieran resistido o, al menos, habrían avisado a las autoridades. Pero en el caso del niño, por desgracia, cada vez que recibía una paliza, pensaba que se la merecía.

Después de eso empezó a saltarse las clases y a pasarse las horas vagando solo por la ciudad, de tienda en tienda, o colándose en el cine.

Y fue allí, en la oscuridad, donde se encontró con Lana Farrar por primera vez.

Lana, apenas unos años mayor que él, también era casi una niña. La película que vio fue una de sus primeras, *Persiguiendo a una estrella*, un fracaso de sus inicios: una comedia romántica sin ninguna gracia sobre una estrella de cine naciente que se enamora de un *paparazzo*, interpretado por un actor lo bastante viejo para ser su padre.

El niño no hizo caso de los chistes sexistas y las artificiosas situaciones cómicas. Lo único que veía era a Lana. Esos ojos, esa cara... Proyectada en la pantalla, tenía nueve metros de alto y era la cara más bonita que había visto jamás. Tal como descubría todo cineasta que trabajaba con ella, Lana no tenía ángulo malo. Solo daba planos perfectos; era el rostro de una diosa griega.

El niño quedó hechizado en ese instante y jamás se recuperó.

Iba al cine continuamente. Solo para contemplarla, para admirarla. Vio todas sus películas, y sabe Dios que en aquellos primeros tiempos las hacía como churros. Pero a él le interesaba poco su cuestionable calidad; se las tragaba todas, una y otra vez, de buena gana.

Cuando se cruzó con Lana, el niño se encontraba en su momento más bajo. Estaba al borde de la desesperación, y ella le ofreció belleza. Le ofreció alegría. Puede que no fuera mucho, pero sí lo suficiente para servir de sustento, para mantenerlo con vida.

Se sentaba solo en mitad de la sala de cine, en la fila quince, y contemplaba a Lana en la oscuridad.

Nadie podía verlo, pero en su rostro había una sonrisa.

3

Nada dura para siempre. Ni siquiera una infancia desgraciada.

Los años pasaron y el niño se hizo mayor.

A medida que crecía, los sucesivos aluviones de hormonas fueron provocando afloramientos asociados con su desarrollo en toda clase de lugares extraños. La necesidad de afeitarse fue algo que lo torturó durante meses. Se miraba en el espejo y, abatido, veía su barba cada vez más poblada, vagamente consciente de que aprender a afeitarse era una especie de rito ancestral e iniciático masculino: un momento de vinculación afectiva entre padre e hijo, el acompañamiento del niño hacia la edad adulta. La idea de compartir ese ritual con su padre le hacía sentir náuseas.

El chico decidió ahorrarse el mal trago escapándose a la tienda de la esquina sin decírselo a nadie para comprar cuchillas y una espuma de afeitado que escondió en el cajón de su mesita de noche, como si fueran revistas porno.

Solo se permitió hacerle una única pregunta a su padre, una que le pareció lo bastante inofensiva.

—¿Cómo haces para no cortarte? —dijo como de pasada—. Cuando te afeitas, me refiero. ¿Te aseguras de que la cuchilla no esté demasiado afilada?

Su padre le lanzó una mirada de desprecio.

—Si te cortas, es porque la cuchilla está desafilada, idiota, no afilada.

Eso puso fin a la conversación. Así pues, sin ningún otro lugar al que recurrir en esa época anterior a internet, el chico se metió en el cuarto de baño con la espuma y las cuchillas y, a base de ensayo y sangriento error, aprendió a ser un hombre.

Poco después de aquello, se marchó de casa. Escapó unos días después de cumplir los diecisiete años.

Se fue a Londres, como Dick Whittington, en busca de fama y fortuna.

Quería ser actor. Suponía que todo lo que tenía que hacer era presentarse a una de las audiciones abiertas al gran público que se anunciaban en las páginas posteriores de *The Stage*, y que allí lo descubrirían y lo catapultarían al estrellato. No salió exactamente así.

Con el paso de los años, es fácil ver por qué. Prescindiendo del hecho de que no era muy buen actor —demasiado tímido y poco natural—, tampoco resultaba lo bastante guapo para destacar entre la multitud. Tenía aspecto de pilluelo, más dejado cada día que pasaba.

Aunque él no era capaz de verlo en aquel entonces, claro. De haberlo hecho, tal vez se habría tragado el orgullo, habría regresado a casa con la cola entre las piernas y se habría hecho mucho menos daño. En cambio, el chico optó por repetirse que el éxito estaba a la vuelta de la esquina, que solo tenía que aguantar un poco más, eso era todo.

Por desgracia, pronto se le agotó el poco dinero que tenía. Se quedó sin blanca y lo echaron del albergue de King's Cross donde se hospedaba.

Fue entonces cuando las cosas se pusieron muy feas muy deprisa.

Nadie lo diría ahora que está gentrificado y limpio —todo acero reluciente y ladrillo visto—, pero, madre mía, qué sórdido era King's Cross en aquel entonces... Un lugar sombrío, peligroso: un inframundo dickensiano, poblado por traficantes de drogas, prostitutas y niños indigentes.

Siento escalofríos al recordarlo allí, solo, tan extremadamente mal equipado para la supervivencia. Se convirtió en un sintecho y estuvo durmiendo en los bancos de los parques. Hasta que, durante una tormenta, su suerte cambió y encontró refugio en el cementerio de Euston.

Trepó por la tapia para colarse dentro buscando un lugar donde protegerse de la lluvia, y en el lateral de la iglesia descubrió un búnker subterráneo —un espacio excavado y reforzado con cemento— lo bastante grande para que dos o tres personas pudieran tumbarse con comodidad. Bueno, toda la comodidad que puede uno encontrar en una cripta vacía, pues eso es lo que era. Aun así, le proporcionó cierta protección.

Para el chico fue como un pequeño milagro.

A esas alturas estaba un poco trastornado. Tenía hambre, miedo, estaba paranoico y cada vez más aislado del mundo. Se sentía sucio, como si hediera —cosa que sin duda era cierta—, y no le gustaba acercarse demasiado a las personas.

Sin embargo, también estaba desesperado, así que hizo ciertas cosas por dinero que...

No, no soy capaz de escribir sobre eso.

Lo siento, no me gusta andarme con remilgos, pero seguro que tú también tienes alguna cosilla de la que preferirías no hablar. Todos guardamos algún que otro secreto inconfesable, digámoslo así. Deja que este sea el mío.

La primera vez que lo hizo, el chico se sintió completamente disociado y lo borró de su recuerdo, como si le hubiera sucedido a otra persona.

La segunda fue mucho peor, así que cerró los ojos y pensó en la loca que vivía en los escalones de la iglesia y les gritaba a los transeúntes que se lanzaran a los brazos de Jesús. Se imaginó a sí mismo yendo hacia los brazos de Jesús, que lo salvaba. Sin embargo, la salvación parecía estar muy lejos aún.

Cuando terminó, abrumado y asustado, el chico se pasó toda la noche sentado en la estación de Euston con un vaso de café en la mano, hasta que llegó el alba. Intentando no pensar, intentando no sentir.

Siguió allí sentado durante toda la hora punta de la mañana, un pordiosero deprimido, ignorado por las hordas de personas de camino al trabajo. Contando los minutos que faltaban para que los pubs abrieran y él pudiera beber algo.

Por fin, el lúgubre local del otro lado de la calle abrió las puertas y ofreció refugio a las almas perdidas y desesperanzadas.

El chico entró y se sentó en la barra. Pagó un vodka en metálico; era la primera vez que lo probaba, ahora que lo pienso. Lo vació de un trago y se estremeció al notar el ardor en la garganta.

Entonces oyó una voz ronca al final de la barra:

—¿Qué hace un chico guapo como tú en un sitio infecto como este?

Ese fue, bien mirado, el primero y el último cumplido que recibió de ella.

El chico levantó la mirada y ahí estaba Barbara West. Una mujer mayor llena de arrugas, con el pelo teñido de rojo y montañas de rímel. Tenía los ojos más oscuros y penetrantes que había visto jamás; punzantes, brillantes, aterradores.

Barbara se rio. Fue una risa muy característica, un cacareo gutural. El chico descubrió que se reía con facilidad, sobre todo de sus propios chistes. Él acabaría odiando ese sonido, pero ese día tan solo sintió indiferencia. Se encogió de hombros y respondió a la pregunta dando unos golpecitos a su vaso vacío.

—¿A ti qué te parece?

Barbara pilló la indirecta y le hizo una señal al camarero.

—Ponle otro, Mike. Y a mí también, ya que estás. Dobles.

Esa mañana, Barbara había ido directa al pub desde una firma de libros en la librería Waterstone's, que estaba al lado, porque era alcohólica. El carácter del hombre escribe su destino y, si Barbara no hubiera necesitado un gin-tonic a las once de la mañana, el chico y ella jamás se habrían conocido. Procedían de dos mundos diferentes y, al final, solo estaban destinados a hacerse daño el uno al otro.

Se tomaron un par de copas más. Barbara no le quitaba los ojos de encima ni un momento, como si estuviera calándolo. Y le gustaba lo que veía. Después de tomarse la última de verdad, llamó a un taxi y se lo llevó a casa con ella.

En principio iba a ser solo por una noche. Pero esa noche llevó a otra, y a otra... Y él ya no se marchó.

Sí, Barbara West lo utilizó, se aprovechó de ese niño desesperado en un momento de necesidad. Era una depredadora, sin duda; aunque, a diferencia de su alcoholismo, eso no se percibía a simple vista. Era uno de los seres humanos más oscuros con los que me he cruzado jamás. Me horroriza pensar qué habría hecho con su vida si no se le hubiese dado tan bien escribir novelas.

Pero tampoco subestimemos al chico. Sabía perfectamente dónde se metía. Sabía lo que ella deseaba y se alegraba de poder proporcionárselo. En cualquier caso, el que salía ganando era él. A cambio de sus servicios, no solo conseguía un techo sino también una educación, algo que necesitaba de una manera igual de imperiosa.

En esa casa de Holland Park tenía acceso a una biblioteca privada. A un mundo lleno de libros.

—¿Puedo leer alguno? —preguntó, mirándolos con reverencia.

A Barbara pareció sorprenderle esa petición. Quizá había dudado de que supiera leer.

—Escoge el que quieras —dijo con un gesto de indiferencia.

Él sacó un libro de una estantería al azar: *Tiempos difíciles*, de Charles Dickens.

—Bah, Dickens. —Barbara hizo una mueca—. Muy sentimentaloide. Aun así, supongo que por algún sitio hay que empezar.

Pero al chico Dickens no le pareció sentimentaloide. Le pareció maravilloso y entretenido. Divertido, profundo. Así que después leyó *David Copperfield*, y su placer aumentó, igual que su apetito. No solo por Dickens, sino por cualquier cosa que encontrara en las estanterías de Barbara, de modo que devoró todos los grandes autores que cayeron en sus manos.

Cada día que seguía en esa casa contribuía a su educación. No solo a causa de los libros, sino también de la propia Barbara y el círculo en el que se movía: la tertulia literaria que organizaba en su sala de estar.

Con el paso del tiempo, a medida que el chico iba descubriendo más y más partes de la vida de Barbara, intentaba tener siempre los ojos bien abiertos, y también las orejas. Quería asimilar todo lo que pudiera de las conversaciones de sus invitados, de lo que decía esa gente sofisticada, de cómo lo decía. Memorizaba frases, opiniones y gestos, y los practicaba cuando estaba a solas, delante de un espejo; se los probaba como si fueran prendas incómodas que estuviera decidido a lucir a toda costa.

No olvidemos que aspiraba a ser actor. Y, seamos francos, ese fue su único papel, así que lo ensayó incansable y meticulosamente, una y otra vez, durante años, hasta que consiguió bordarlo.

Llegó un día en que se miró en el espejo y no encontró rastro alguno del chico.

Otra persona le devolvía la mirada.

Pero ¿quién era esa persona nueva? Lo primero que tenía que hacer era buscarle un nombre. Robó uno de una obra de teatro que encontró en las estanterías de Barbara, *Vidas privadas*, de Noël Coward.

A ella le pareció hilarante, por supuesto. Sin embargo, a pesar de sus burlas, le siguió la corriente. Le dijo que prefería su nuevo nombre porque era menos horrible que el de verdad. Pero, entre tú y yo, creo que solo era porque la idea comulgaba con su querencia por lo retorcido.

Esa noche, mientras vaciaban una botella de champán, quedó bautizado como Elliot Chase.

Había nacido yo.

Y entonces, en el momento perfecto, apareció Lana.

4

He olvidado muchas cosas en mi alcoholizada vida. Incontables nombres y rostros, lugares en los que he estado, ciudades enteras, han caído en un vacío de mi mente. Pero algo que jamás olvidaré, hasta el día que me muera, algo grabado para siempre en mi memoria y marcado a fuego en mi corazón, es el momento en que vi por primera vez a Lana Farrar en persona.

Barbara West y yo habíamos ido a una obra de Kate. Se trataba de una nueva traducción de *Hedda Gabler*, en el Teatro Nacional. Era la noche del estreno y, aunque la producción, en mi humilde opinión, era un bodrio pretencioso, fue recibida con una ovación desaforada y presagiada como un gran éxito.

Después del estreno había una fiesta a la que Barbara accedió a ir a regañadientes. Cualquier renuncia por su parte era pura fachada, créeme. Si había bebercio y comida gratis, Barbara siempre estaba la primera de la fila. Sobre todo en un sarao lleno de histriónicos actores teatrales que harían cola para decirle lo mucho que significaban sus obras para ellos y, en general, besarle el culo. Todo eso le encantaba, como podrás imaginar.

El caso es que yo estaba a su lado, aburrido como una ostra, reprimiendo mis bostezos y paseando la mirada por una variopinta pandilla de actores y aspirantes a actores, productores, periodistas y demás.

Entonces reparé en que, al otro lado de la sala, un nutrido grupo de personas, admiradores y parásitos, se reunían alrededor de alguien: una mujer, a juzgar por lo que atisbé a través del emocionado gentío. Alargué el cuello para ver de quién se trataba, pero su rostro quedaba oculto por los cuerpos que se movían a su alrededor. Por fin alguien se apartó, se abrió un hueco... y logré divisar su rostro un instante.

No podía creerlo. ¿De verdad era ella? No podía ser, ¿o sí?

Alargué el cuello más aún para intentar ver mejor, pero no hacía falta. Sí que era ella.

Me volví hacia Barbara, emocionado, y le di un suave codazo. Ella estaba soltándole un discurso a un dramaturgo que no parecía muy contento sobre por qué el hombre no tenía más éxito comercial.

—¿Barbara?

Se me quitó de encima con un gesto de la mano.

—Estoy hablando, Elliot.

—Allí. Mira. Es Lana Farrar.

Refunfuñó un poco.

—¿Y qué?

—Bueno, la conoces, ¿verdad?

—Hemos coincidido una o dos veces.

—Preséntamela.

—De ninguna manera.

—Venga, por favor. —La miré lleno de esperanza.

Barbara me sonrió. Nada la complacía más que negarse a una petición sincera.

—Va a ser que no, bombón.

—¿Por qué no?

—Eso no es cosa tuya. Ve a buscarme otra copa, anda.

—Ve tú misma a por tu puta copa.

En un insólito acto de rebelión, la dejé allí plantada. Sabía que se pondría furiosa y me lo haría pagar más tarde, pero no me importaba.

Crucé la sala, directo hacia Lana.

El tiempo pareció ralentizarse a medida que me acercaba a ella. Me sentía como si estuviera abandonando la realidad y entrando en un estado de conciencia superior. Debí de apartar a la muchedumbre; no lo recuerdo. No era consciente de nada que no fuera ella.

De pronto me encontré allí, en su círculo más cercano, a su lado. Me quedé mirándola, hechizado, mientras ella escuchaba con educación a un hombre que le decía algo. Sin embargo, no pudo dejar de reparar en que yo estaba ahí y miró en mi dirección.

—Te quiero —declaré.

Esas fueron las primeras palabras que le dirigí a Lana Farrar.

Los que la rodeaban se sobresaltaron. Estallaron en carcajadas.

Por suerte, también Lana se rio.

—Yo también te quiero —repuso.

Y así fue como empezó todo. Seguimos hablando el resto de la noche, lo que significa que conseguí rechazar las interrupciones de posibles competidores. La hice reír mofándome de la recargada producción que nos acababan de obligar a soportar. También dejé caer que Kate era una amiga común; un descubrimiento que consiguió que Lana se relajara visiblemente en mi compañía.

Aun así, tenía por delante un duro trabajo. Sabía que debía convencer a Lana de que no era un rarito, un fan obsesionado o un posible acosador. Debía persuadirla de que era su igual, por lo menos en intelecto, ya que no en fama ni en fortuna. Deseaba impresionarla más que ninguna otra cosa. Necesitaba gustarle. ¿Por qué? No creo que ni yo mismo lo supiera, para serte sincero. Sentía el vago e inconsciente deseo de aferrarme a ella. Ya entonces, por lo visto, no soportaba la idea de dejarla marchar.

Lana se mostró cautelosa al principio, pero estuvo receptiva a mi conversación. A ver, ser ingenioso no es precisamente una de mis características; puedo encontrar una réplica ocurrente, pero solo si me das tres días para escribirla. Esa noche, sin embargo, todas las estrellas se alinearon como por milagro a mi favor. Por una vez, mi timidez no me saboteó.

Al contrario, me mostré seguro, lúcido, achispado gracias a la cantidad justa de vino, y me encontré charlando de forma inteligente, entretenida e incluso ingeniosa sobre una amplia gama de temas.

Hablé con conocimiento de causa sobre el teatro, sobre las obras que estaban representándose en ese momento, lo que estaba preparándose, y le recomendé un par de producciones poco conocidas que, según le dije, valía la pena ver. También le sugerí varias exposiciones y galerías de las que Lana no había oído hablar. Dicho de otro modo, ofrecí una actuación más que convincente de la persona que yo siempre había deseado ser: un hombre de mundo, seguro, sofisticado y agudo. Ese era el hombre que vi reflejado en sus ojos. Esa noche, para ella, brillé.

Barbara West acabó cediendo y se unió a nosotros, toda sonrisas, para saludarla como si fuera una vieja amiga. Lana fue exquisitamente cortés con ella, pero me dio la impresión de que no le caía bien, lo cual hablaba aún más a su favor.

En cierto momento, cuando Barbara fue al baño y nos dejó solos, Lana aprovechó para preguntarme por la naturaleza de nuestra relación.

—¿Sois pareja? —quiso saber.

Debo confesar que fui algo evasivo. Dije que era el «compañero» de Barbara y lo dejé ahí.

Entendía por qué me lo preguntaba. Verás, cuando nos conocimos estaba soltera, Jason no había entrado en escena todavía. Sospecho que Lana quería asegurarse de que conmigo estaba «a salvo». Si constataba que yo era propiedad de otra persona, le parecía menos probable que fuese a abalanzarme sobre ella o a hacer algún movimiento repentino. Supongo que le ocurría a menudo.

Al final de la noche quedamos en vernos otra vez el domingo para dar un paseo junto al río. Cuando Barbara no miraba, le pedí su teléfono.

Y, para mi absoluta dicha, Lana me lo dio.

Esa noche, cuando Barbara y yo nos fuimos de la fiesta, no podía dejar de sonreír. Me sentía como si caminara a diez centímetros del suelo.

Ella, en cambio, estaba de un humor de perros.

—Vaya mierda de producción —gruñó—. Le doy tres semanas antes de que acaben con su sufrimiento.

—Pues no sé... —Miré el cartel, donde Kate, en el papel de Hedda Gabler, empuñaba una pistola, y sonreí—. Yo me lo he pasado bastante bien.

Barbara me lanzó una mirada envenenada.

—Sí, ya lo sé. Lo he visto.

No comentó nada más. Por el momento.

Esperó mucho para castigarme por mi insolente conducta de esa noche. Pero al final, como verás, me lo hizo pagar.

Ya lo creo. Me lo hizo pagar pero bien.

5

Me cuesta mucho escribir sobre mi amistad con Lana. Hay demasiado que decir. ¿Cómo describir, en solo una serie de estampas selectas, el lento y complicado proceso de formación del vínculo de confianza y afecto que surgió entre nosotros?

Tal vez debería elegir un único momento de los años que compartimos, igual que en un número de magia se elige una carta de la baraja al azar, y así presentar un atisbo de cómo era. ¿Por qué no?

En tal caso, escojo nuestro primer paseo juntos: un domingo por la tarde, a finales de mayo. Eso lo explica todo. Sobre lo que vino después, quiero decir. Y sobre cómo dos personas tan unidas en todos los sentidos pudieron, al final, malinterpretarse el uno al otro de una manera tan absoluta.

Quedamos en el South Bank para dar un largo paseo por el Támesis, y me presenté con una rosa roja que había comprado en el puesto de delante de la estación.

En cuanto le ofrecí la rosa a Lana, por su expresión comprendí enseguida que había sido un error.

—Espero que esto no signifique que empezamos con mal pie —dijo.

—¿Y qué pie es ese? —pregunté como un bobo—. ¿El derecho o el izquierdo?

Lana sonrió y no insistió, pero la cosa no terminó ahí.

Paseamos un rato. Después nos sentamos frente a un pub, en un banco de la orilla, cada uno con una copa de vino en la mano.

Estuvimos callados unos minutos. Lana toqueteaba la rosa y por fin se lanzó.

—¿Sabe Barbara que estás aquí? —preguntó.

—¿Barbara? —Negué con la cabeza—. Te aseguro que se interesa muy poco por mis idas y venidas. ¿Por qué?

Se encogió de hombros.

—Por curiosidad.

—¿Te daba miedo que viniera ella también? —Reí—. ¿Crees que Barbara nos estará espiando desde detrás de esos arbustos? ¿Con unos prismáticos y una pistola? La veo capaz.

Entonces rio ella también. Su risa, tan familiar para mí por sus películas, me hizo sonreír de oreja a oreja.

—No te preocupes —dije—. Soy todo tuyo.

Eso fue una torpeza. Ahora, al recordarlo, me muero de vergüenza.

Lana sonrió sin contestar nada y siguió jugueteando con la rosa. Entonces la sostuvo en alto y ladeó la cabeza para mirar la flor y a mí al mismo tiempo.

—¿Y esto? ¿Qué significa?

—Nada. Solo es una rosa.

—¿Sabe Barbara que me has comprado una rosa?

Reí.

—Claro que no. No significa nada. Solo es una flor. Siento que te haya incomodado.

—No es eso. —Apartó la mirada un instante—. No importa. ¿Vamos?

Nos terminamos el vino y dejamos el pub.

Seguimos paseando a lo largo del Támesis. Mientras caminábamos, Lana me miró y luego, en voz muy baja, dijo:

—No puedo darte lo que quieres, ¿sabes? No puedo darte lo que estás buscando.

Sonreí, aunque estaba nervioso.

—¿Y qué estoy buscando? ¿Te refieres a una amistad? No busco nada.

Lana sonrió a medias.

—Sí que lo buscas, Elliot. Buscas amor. Es evidente.

Noté que me sonrojaba y aparté la mirada, abochornado.

Lana, con mucho tacto, siguió hablando de otras cosas. Nos acercábamos al final del paseo.

Y eso fue todo: sutil como nadie, Lana me había hecho saber con educación pero con firmeza que no pensaba en mí como en un posible amante. Me había desterrado al reino de la amistad.

O eso pensé en aquel momento. Al recordarlo ahora, no estoy tan seguro. Mi forma de interpretar esa conversación estaba condicionada en gran parte por mi pasado y por quien creía que era, por la lente distorsionada a través de la que veía el mundo. En aquel entonces, estaba firmemente convencido de mi *indeseabilidad*, si es que existe la palabra. Así me sentía desde niño. Feo, poco atractivo. No deseado.

Pero ¿y si, durante un segundo, hubiera dejado la egocéntrica mochila emocional que insistía en llevar conmigo a todas partes?

¿Y si de verdad hubiera prestado atención a lo que Lana estaba diciéndome?

Bueno, tal vez habría descubierto que sus palabras tenían muy poco que ver conmigo, y todo que ver con ella.

En retrospectiva, entiendo lo que estaba diciéndome. Decía que estaba triste, que estaba perdida... y que estaba sola. O jamás habría acabado sentada allí conmigo, casi un desconocido, un domingo por la tarde.

Cuando me acusó de querer amor, en realidad se refería a que yo quería que me salvaran. «No puedo salvarte, Elliot —me decía Lana—. No puedo, porque yo misma necesito que me salven».

Si hubiera comprendido eso en aquel momento, si no hubiera estado tan ciego, tan asustado, si hubiera tenido más valor, bueno..., tal vez habría actuado de una forma muy diferente.

Y entonces, quizá, esta historia habría tenido un final más feliz.

6

A partir de entonces empecé a acompañar a Lana en sus paseos por Londres.

Caminábamos durante horas y pasábamos muchas tardes felices cruzando puentes, pateándonos canales, vagando por parques. Descubriendo viejos pubs curiosos y escondidos por la ciudad, o a su alrededor, o, a veces, bajo ella.

A menudo recuerdo esos paseos. Pienso en todas las cosas de las que hablábamos... y de las que no. Todas las cosas que eludíamos, desoíamos, descartábamos. Las cosas que no supe ver.

Antes te he dicho que Lana solo veía lo bueno de los demás y eso hacía que quisieras estar a la altura de las circunstancias y encarnar la mejor versión posible de ti mismo. Bueno, pues lo mismo valía para ella. Ahora me doy cuenta de que Lana intentaba ser quien yo deseaba que fuera. Ambos interpretábamos para el otro. Me entristece escribir esto. A veces echo la vista atrás y me pregunto si eso fue todo: una interpretación.

Pero no, no es justo. Fue muy real, en el fondo. A su manera, Lana era una fugitiva de su pasado tanto como yo del mío. O, por expresarlo de una forma menos poética, estaba igual de jodida. ¿No fue eso lo que nos unió desde el principio? ¿Lo que hizo que conectáramos? El hecho de que ambos estábamos perdidísimos.

En aquel entonces no era capaz de ver nada de eso. Mi omnisciencia es enteramente retrospectiva. Ahora estoy aquí sentado, sabiendo lo que sé, y contemplo el pasado intentando intuir el final ya en el principio, reunir todas las pistas ocultas y las señales que me perdí en su momento, cuando era joven y estaba enamorado y perseguía a mi estrella.

Lo cierto es que no quería ver a la mujer triste y herida que caminaba a mi lado. La persona asustada y rota. Estaba mucho más interesado en su actuación y en la máscara que llevaba puesta. Cuando miraba a Lana, entornaba un poco los ojos para evitar ver las grietas.

A veces, mientras paseábamos, le preguntaba por sus películas antiguas. Ella enseguida las despreciaba, y reconozco que me dolía bastante; eran películas que yo adoraba y había visto incontables veces.

—Hiciste feliz a mucha gente —repuse un día—. Yo incluido. Deberías estar orgullosa de ello.

Se encogió de hombros.

—No sé yo...

—Pues yo sí. Era muy fan tuyo.

No me extendí más. No quería incomodarla. No deseaba desvelarle el alcance de mi... ¿Mi qué? Seamos buenos, no lo llamemos «obsesión». Llamémoslo «amor», porque eso era.

Y así nos hicimos amigos. Pero ¿de verdad alguna vez fuimos solo amigos?

No estoy seguro. Ni siquiera un hombre tan —aquí me cuesta encontrar adjetivos que no resulten insultantes— poco amenazador, poco viril y tan tímido como yo es inmune a la belleza. Al deseo. ¿No existía entre nosotros, ya entonces, una tensión que ninguno de los dos reconocía? Era muy sutil, un estremecimiento vaporoso. Un susurro de sexualidad. Pero estaba ahí, pendiendo a nuestro alrededor como una telaraña en el aire.

Cuanto más unidos estábamos Lana y yo, menos tiempo pasábamos fuera. Casi siempre nos quedábamos en su casa, esa enorme mansión de seis plantas de Mayfair.

Cómo echo de menos esa casa, Dios... Solo su olor, la fragancia que se percibía nada más entrar por la puerta. Solía detenerme en el inmenso vestíbulo, cerraba los ojos y me imbuía de ella. El olor es muy evocativo, ¿a que sí? Se parece al sabor: ambos sentidos son máquinas del tiempo que te transportan, más allá de tu control, o incluso en contra de tu voluntad, a lugares del pasado.

En la actualidad, solo me hace falta percibir un tenue aroma a madera pulida o losas frías para volver a estar allí, en esa casa, con sus olores de fresco mármol veneciano, roble oscuro y bien pulido, azucenas, lilas, incienso de madera de sándalo... Y me invade una satisfacción repentina, una agradable sensación de bienestar. Si pudiera embotellar esa fragancia y venderla, me haría de oro.

Llegué a ser un habitual de esa casa. Me sentía parte de la familia. Era algo extraño pero maravilloso. Los rasgueos de Leo practicando con la guitarra acústica en su habitación; los seductores aromas que salían de la cocina, donde Agathi hacía su magia; y mientras tanto, en el salón, Lana y yo, charlando o jugando a las cartas o al backgammon.

«Qué prosaico —te oigo decir—. Qué trivial». Puede, no lo niego. La domesticidad es un rasgo peculiarmente británico. Que no se diga que la casa de un inglés no es su castillo.

Lo único que deseaba era estar a salvo dentro de esas paredes, junto a Lana, y con el puente levadizo levantado del todo.

Llevaba anhelando amor, signifique eso lo que signifique, la vida entera. Anhelaba que otro ser humano reparara en mí, me aceptara... Que se preocupara por mí. Sin embargo, de joven me había volcado por completo en ser ese impostor en el que deseaba convertirme, ese yo falso. Por eso fui incapaz de establecer una relación con otro ser humano; nunca dejaba que nadie se acercara lo suficiente. Siempre estaba actuando y, curiosamente, si recibía algo de afecto, me resultaba insatisfactorio. Iba dirigido a mi actuación, no a mí.

Esos son los desquiciados contorsionismos a los que nos sometemos las personas heridas: estamos desesperadas por recibir amor, pero, cuando nos lo dan, no somos capaces de sentirlo. Esto ocurre porque una creación artificial, una «máscara», no necesita amor. Lo que necesitamos, lo que anhelamos con desesperación, es obtener amor para lo único que jamás le enseñaremos a nadie: el niño feo y asustado que llevamos dentro.

Con Lana, sin embargo, era diferente. A ella sí se lo enseñé.

O, al menos, dejé que lo entreviera.

7

Mi terapeuta solía citar de vez en cuando esa frase tan famosa de *El mago de Oz*.

Ya sabes cuál digo. Cuando el Espantapájaros, al encontrarse frente al oscuro y aterrador Bosque Embrujado, dice: «Yo no sé nada, pero creo que aún se hará más oscuro antes de que claree».

Mariana lo decía metafóricamente, por supuesto, refiriéndose al proceso terapéutico en sí. Y tenía razón: las cosas se vuelven más oscuras antes de aclararse, antes del alba de la terapia.

Resulta gracioso —como acotación al margen—, pero tengo debilidad por una teoría que dice que, en esta vida, todo el mundo se corresponde con algún personaje de *El mago de Oz*. Tenemos a Dorothy Gale, una niña perdida que busca su lugar en el mundo; a un Espantapájaros inseguro y neurótico que busca validación intelectual; a un León abusón, que en realidad es un cobarde y tiene más miedo que nadie; y, por último, al Hombre de Hojalata, que no tiene corazón.

Durante años creí que yo era el Hombre de Hojalata. Pensaba que me faltaba algo vital: un corazón, o la capacidad de amar. El amor estaba por ahí, en algún lugar, fuera de mi alcance, en la oscuridad. Me había pasado la vida buscándolo a tientas... hasta que conocí a Lana. Ella me enseñó que sí tenía corazón, solo que no sabía cómo usarlo.

Pero, entonces, si no era el Hombre de Hojalata, ¿quién era?

Para mi consternación, comprendí que debía de ser el propio Mago de Oz. No era más que una ilusión, un truco de magia realizado por un hombre temeroso, oculto tras una cortina.

¿Y quién serás tú? Siento curiosidad. Pregúntatelo con franqueza y tal vez te sorprenda la respuesta. Aunque ¿serás sincero?

Creo que esa es la verdadera cuestión.

«Un niño asustado se esconde dentro de tu mente, donde sigue sin sentirse seguro, escuchado ni amado».

La noche que oí a Mariana pronunciar esas palabras, mi vida cambió para siempre.

Llevaba años fingiendo que mi infancia no había tenido lugar. La había borrado de mi memoria, o eso creía, y había perdido de vista al niño. Hasta esa tarde de niebla, un enero en Londres, cuando Mariana volvió a encontrarlo para mí.

Al salir de la sesión de terapia fui a dar un largo paseo. Hacía un frío glacial. El cielo estaba blanco y las nubes tenían un aspecto plomizo. Parecía a punto de nevar. Recorrí a pie todo el camino desde Primrose Hill hasta la casa de Lana, en Mayfair. Necesitaba quemar energía nerviosa. Necesitaba pensar... sobre mí y sobre el niño atrapado en mi cabeza.

Lo imaginé, pequeño y asustado, temblando. Languideciendo desatendido, desnutrido, encadenado en la mazmorra de mi mente. Y, mientras caminaba, toda clase de recuerdos empezaron a regresar a mí. Todas las injusticias, las crueldades que me había esforzado por olvidar, todo lo que había tenido que soportar.

En ese mismo momento le hice una promesa al niño. Un juramento, un compromiso, llámalo como quieras. A partir de entonces lo escucharía y cuidaría de él. No era feo, ni estúpido ni inútil. No era cierto que no lo amaran. Sí que lo amaban, por Dios; yo lo amaba.

A partir de entonces sería el padre que necesitaba. Demasiado tarde, lo sé, pero mejor tarde que nunca, y lo criaría como debía ser.

Sin detenerme, miré hacia abajo... y allí estaba. El pequeño caminaba a mi lado y le costaba seguirme el ritmo, así que aminoré el paso.

Alargué el brazo y lo tomé de la mano.

«No pasa nada —susurré—. Todo irá bien. Estoy aquí. Estás a salvo, te lo prometo».

Llegué a casa de Lana tiritando de frío justo cuando empezaba a nevar. Estaba sola. Nos sentamos junto al fuego a beber un whisky y ver cómo caía la nieve fuera. Le hablé de mi..., no sé cuál sería la palabra adecuada. ¿«Epifanía», tal vez?

Tardé un rato en contárselo todo. Mientras hablaba, luchaba contra el miedo a no conseguir explicarme bien, aunque no tendría por qué haberme preocupado. Lana me escuchaba, la nieve caía en la calle, y entonces la vi llorar por primera vez.

Esa noche lloramos los dos. Yo le conté mis secretos —casi todos— y Lana me contó los suyos. Esos secretos oscuros de los que tanto nos avergonzábamos ambos, los horrores que creíamos que debíamos ocultar. Esa noche, todo salió a borbotones, sin vergüenza, sin juicios, sin complejos. Solo hubo franqueza, solo hubo verdad.

Sentí que era la primera conversación real que había tenido nunca con otro ser humano. No sé cómo describirlo: por primera vez me sentí vivo. No interpretando una vida, entiéndeme. No fingiendo, no posando, no «casi» viviendo, sino «viviendo de verdad».

También fue la primera vez que atisbé a la otra Lana: la persona secreta a quien mantenía oculta del mundo y que yo no había deseado encontrar. La descubrí con toda su desnuda vulnerabilidad mientras escuchaba cómo había sido su verdadera infancia: aquella niña triste y solitaria, y las cosas terribles que le ocurrieron. Me enteré de cómo habían sido el verdadero Otto y los aterradores años de su matrimonio. Por lo visto, Otto solo fue uno de una larga serie de hombres que la trataron mal.

Me juré que yo sería diferente. Yo sería la excepción. Protegería a Lana, la valoraría, la amaría. Jamás la traicionaría. Jamás la decepcionaría.

Alargué un brazo sobre el sofá y le apreté la mano.

—Te quiero —dije.

—Yo también te quiero.

Nuestras palabras quedaron flotando en el aire como si fueran humo.

Me incliné hacia delante, todavía asiendo su mano, mientras, muy despacio, mirándola a los ojos, me acercaba a ella centímetro a centímetro... y nuestros rostros se tocaron.

Mis labios se posaron en los suyos.

Y la besé con suavidad.

Fue el beso más dulce que jamás había experimentado. Tan inocente, tan tierno... Tan lleno de amor.

Los días siguientes pasé mucho tiempo pensando en ese beso y en lo que había significado. Me parecía el reconocimiento final de una tensión entre ambos que venía de lejos, el cumplimiento de una antigua promesa tácita.

Era, como podría haberlo expresado el señor Valentine Levy, la consecución de un objetivo fervientemente anhelado por mi parte. ¿Y cuál era ese objetivo?

Ser amado, por supuesto. Al fin me sentía amado.

Lana y yo estábamos hechos el uno para el otro. Entonces lo comprendí con claridad. Era más profundo que nada que pudiera haber imaginado.

Era mi destino.

8

Voy a contarte algo que nunca le he contado a nadie.

Iba a pedirle a Lana que se casara conmigo.

Ya ves, en ese momento entendía que ahí era adonde nos habíamos estado dirigiendo todo el tiempo; que, lentos pero seguros, habíamos estado internándonos en territorio romántico. Puede que no tuviéramos grandes llamas de pasión —que, por cierto, se extinguen con la misma rapidez que prenden—, pero sí unas ascuas de afecto sincero y profundo, de respeto mutuo, que ardían lenta e ininterrumpidamente. Eso es lo que perdura. Eso es el amor.

Por entonces, Lana y yo estábamos juntos a todas horas y me parecía que el paso siguiente, la progresión lógica, era irme de casa de Barbara West e instalarme en la suya. Casarnos y vivir felices para siempre jamás.

¿Qué hay de malo en eso? Si tuvieras hijos es lo que querrías para ellos, ¿no? Que vivieran en un mundo de belleza, prosperidad y seguridad. Que fueran felices, que se sintieran seguros... y amados. ¿Qué hay de malo en desear algo así para mí? Habría sido un buen marido.

Hablando de maridos, he visto bastantes fotos de Otto y no era ningún Adonis, créeme.

Sí, mantengo lo dicho: a pesar de la discrepancia en nuestra apariencia y nuestros saldos bancarios, Lana y yo hacíamos una gran pareja. Puede que no sexy ni glamurosa como la que hacían Jason y ella, pero menos afectada y más satisfecha.

Como dos niños con zapatos nuevos.

Decidí proceder de manera formal, como en las películas de antes. Pensé que lo más apropiado sería una declaración romántica, confesarle mis sentimientos; la historia de una amistad que se convierte en amor, ese tipo de cosas. Practiqué un discursito que concluía con la pedida de mano.

Incluso compré un anillo. Algo barato, sí, un sencillo aro de plata. No podía permitirme nada mejor. Mi intención era sustituirlo por algo de más valor algún día, cuando me hiciera rico. Pero, aunque solo se tratara de atrezo, como símbolo de mi afecto, ese anillo era tan significativo o importante como cualquier isla que Otto pudiera comprarle.

Un viernes por la tarde, con el anillo de compromiso en el bolsillo, fui a reunirme con Lana en la inauguración de una galería del South Bank.

Mi plan era llevarla a la azotea sin que nadie se diera cuenta, bajo las estrellas, y declararme con el Támesis a nuestros pies. ¿Qué telón de fondo más apropiado, dados todos nuestros paseos junto al río?

Sin embargo, cuando llegué a la galería, Lana aún no estaba allí. En cambio, Kate sí, acaparando la atención en el bar.

—Hola —dijo, mirándome con extrañeza—. No sabía que vendrías. ¿Dónde está Lana?

—Iba a preguntarte lo mismo.

—Se retrasa, como de costumbre. —Señaló al hombre alto que tenía al lado—. Te presento a mi nuevo novio. ¿No es rematadamente guapo? Jason, este es Elliot.

En ese momento llegó Lana. Se acercó a nosotros, le presentaron a Jason y luego... Bueno, ya conoces el resto.

Esa noche, Lana se comportó de manera muy atípica. Estuvo encima de Jason todo el rato, coqueteando con descaro. Se echó en sus brazos. Conmigo estuvo muy rara, fría y despectiva. Esquivó todos mis intentos de hablar con ella, como si yo no existiera.

Me fui de la galería confuso y desmoralizado. El anillo frío y duro continuaba en mi bolsillo y fui dándole vueltas

222

entre los dedos. Acabé rindiéndome a una sensación conocida de desesperación, de inevitabilidad.

Oía al niño sollozar en mi cabeza: «Pues claro —lloraba—, pues claro que no te deseaba. Se avergüenza de ti. No eres lo bastante bueno para ella, ¿no lo ves? Se arrepiente de haberte besado. Y lo de esta noche ha sido su manera de ponerte en tu sitio».

«Está bien», pensé. Quizá era cierto. Quizá nunca había tenido nada que hacer con Lana. A diferencia de Jason, yo no era un seductor nato. Salvo con las ancianas, por lo visto.

Mi carcelera estaba esperándome cuando volví a casa. Había estado escribiendo toda la tarde y en esos momentos se relajaba en el salón, acompañada de una generosa copa de whisky escocés.

—Bueno, ¿qué tal ha ido? —preguntó Barbara, sirviéndose otro trago—. Ponme al día de todos los chismes. Quiero un informe completo.

—No hay chismes. Ha sido muy aburrido.

—Venga ya, seguro que ha pasado algo. He estado trabajando duro todo el día, ganándome el pan que nos da de comer. Lo mínimo que podrías hacer es entretenerme un poco antes de que nos vayamos a la cama.

No estaba de humor para complacerla, así que continué respondiendo con monosílabos. Barbara se percató de lo desdichado que me sentía y, como una verdadera depredadora, no pudo resistirse a caer sobre su presa.

—¿Qué ocurre, cariño? —dijo, mirándome fijamente.

—Nada.

—Estás muy callado. ¿Algo va mal?

—Nada.

—¿Seguro? Cuéntamelo. ¿Qué pasa?

—No lo entenderías.

—Bueno, creo que puedo imaginármelo.

De pronto, se echó a reír llena de regocijo, como una niña traviesa deleitándose con una trastada.

Sin saber por qué, empecé a ponerme nervioso.

—¿Qué te hace tanta gracia?

—Es un chiste privado. No lo entenderías.

Era muy consciente de que no debía insistir. Estaba intentando provocarme, pero no conseguiría nada enzarzándome con Barbara. Había aprendido por las malas que nunca se gana una discusión con una narcisista. No funciona así. La única victoria posible es una retirada.

—Me voy a la cama.

—Espera. —Apuró la copa—. Ayúdame a subir.

Barbara caminaba con bastón por entonces, y le costaba subir escaleras. Le ofrecí un brazo para que se sujetara a él y se agarró a la barandilla con la otra mano. Empezamos a ascender poco a poco.

—Por cierto —dijo—, hoy he visto a tu amiguita. Lana. Hemos tomado el té y... hemos tenido una charla la mar de simpática y agradable.

—¿Ah, sí? —Eso no tenía sentido. No eran amigas—. ¿Dónde?

—En casa de Lana, naturalmente. Madre mía, menudo casoplón. No sabía que fueras tan ambicioso, tesoro. Deberías tener cuidado con esas miras tan altas, recuerda lo que le pasó a Ícaro.

—¿Ícaro? —Me reí—. Pero ¿qué dices? ¿Cuántas copas te has tomado?

Barbara esbozó una amplia sonrisa que dejó sus dientes a la vista.

—Ay, haces bien en tener miedo. Yo que tú, también lo tendría. Me he visto obligada a pararlo, claro.

Llegamos a lo alto de la escalera y Barbara me soltó el brazo cuando le devolví el bastón. Fingí que me estaba divirtiendo.

—¿Parar el qué?

—A ti, tesoro —dijo Barbara—. He tenido que aclararle las cosas a la pobre chica. No se merece a alguien como tú. Ni ella ni nadie.

Me quedé mirándola, helado.

—Barbara. ¿Qué has hecho?

Rio, regodeándose en mi angustia. Mientras hablaba, golpeaba el bastón contra las tablas del suelo al compás de sus palabras. Resultaba evidente que estaba disfrutando con lo que decía.

—Se lo he contado todo sobre ti —prosiguió Barbara—. Le he dicho cómo te llamas de verdad. Y lo que eras cuando te encontré. Le he contado que te he hecho seguir, que sé en qué andas por las tardes y todo lo demás. Le he dicho que eres peligroso, un mentiroso, un sociópata... y que vas tras su dinero, igual que conmigo. Le he contado que hace poco te pillé cambiando mi medicación no una, sino dos veces. «No te sorprendas si de aquí a poco me pasa algo, Lana», le he dicho.

Barbara aporreaba con el bastón contra el suelo mientras reía.

—La pobre chica estaba horrorizada —siguió relatando—. ¿Sabes qué ha contestado? «Si lo que dices es verdad, ¿cómo soportas vivir con él en la misma casa?».

Hablé en voz baja, desapasionado, inexpresivo. Me invadió un cansancio extraño.

—¿Y tú qué le has dicho?

Barbara enderezó la espalda y respondió, muy digna:

—Simplemente le he recordado a Lana que soy escritora. «Lo tengo en casa no por lástima ni por aprecio, sino como objeto de estudio, como algo que me produce una fascinación repulsiva», he dicho. «Como quien tiene un reptil en una jaula».

Se echó a reír y golpeó con el bastón contra el suelo repetidas veces, como si aplaudiera su agudeza.

No dije nada, pero, créeme, en ese momento odié a Barbara. La odié profundamente.

Me entraron deseos de matarla.

Pensé en lo fácil que sería darle una patada al bastón y hacerle perder el equilibrio.

225

Luego, el más leve empujoncito la enviaría rodando escaleras abajo, su cuerpo rebotaría en los escalones, uno tras otro, hasta abajo del todo, hasta que se rompiera el cuello con un chasquido contra el suelo de mármol.

9

No sería de extrañar que, después de todo lo que Barbara West le contó a Lana sobre mí, esta no quisiera volver a hablar conmigo nunca más. Hay amistades que han peligrado por menos.

Por fortuna, Lana estaba hecha de otra pasta. Me imagino cómo reaccionó a las palabras difamatorias de Barbara, al intento cruel de desacreditarme ante ella y destruir nuestra amistad.

—Barbara —dijo Lana—, la mayoría de lo que me has contado sobre Elliot no es cierto. Lo demás, ya lo sabía. Es amigo mío. Y lo quiero. Ahora sal de mi casa.

Al menos es así como me gusta imaginarlo. Lo cierto es que, después de aquello, entre Lana y yo se instaló una frialdad evidente.

Y empeoró por el hecho de que nunca volvimos a hablar del tema. Ni una sola vez. La única prueba que tenía de que el encuentro se había producido era la palabra de Barbara. ¿Te lo puedes creer? Lana nunca lo mencionó. A menudo pensaba en sacarlo a colación, en obligarla a enfrentarse a ello. Nunca lo hice, pero odiaba que de pronto hubiera secretos, temas que debíamos evitar... Nosotros, que habíamos compartido tantas cosas.

Por fortuna, Barbara West murió poco después. Sin duda, el universo suspiró aliviado tras su fallecimiento. Yo al menos lo hice. Casi de inmediato, Lana empezó a llamarme de nuevo y reanudamos nuestra amistad. Era como si hubiera decidido enterrar las palabras envenenadas de Barbara junto con la vieja bruja.

Sin embargo, ya era demasiado tarde para Lana y para mí. Demasiado tarde para «nosotros».

Verás, por entonces, Jason y Lana ya estaban inmersos en su «idilio arrollador», como el *Daily Mail* se había apresurado a llamarlo. Unos meses después se casaron.

Sentado en la iglesia, contemplando la ceremonia, fui muy consciente de que no era el único invitado con el corazón roto.

Kate estaba a mi lado, llorosa y algo más que un poco ebria. Si te soy sincero, me impresionó el valor que le había echado, al más puro estilo Kate, asistiendo a la boda con la cabeza bien alta, a pesar de haber perdido a su amante de manera ignominiosa a manos de su mejor amiga.

Quizá Kate no debería haber ido. Quizá lo que debería haber hecho, por su salud mental, y lo mismo digo de mí, era apartarse y distanciarse de Lana y Jason. Pero no fue capaz.

Kate los quería demasiado para renunciar a ninguno de los dos. Esa es la verdad.

Después de que Lana se casara con Jason, Kate intentó enterrar lo que sentía por él y dejar el pasado atrás.

Si lo consiguió o no, está por verse.

Quizá sea mejor que confiese: sabía desde hacía bastante tiempo que Kate y Jason estaban liados.

Lo descubrí por pura casualidad. Fue un jueves por la tarde. Yo estaba en el Soho para... Bueno, digamos que había quedado con alguien y había llegado pronto, así que decidí meterme en un pub y tomarme algo.

¿Adivinas a quién vi salir del Coach and Horses cuando doblé por Greek Street?

Kate asomó por la puerta del local de manera furtiva, mirando a izquierda y derecha.

Estaba a punto de llamarla cuando Jason apareció justo detrás de ella, y con la misma sensación de azoramiento.

Los observé desde la acera de enfrente. Podrían haberme visto, cualquiera de los dos, si hubieran levantado la cabeza, pero no lo hicieron. La mantuvieron agachada y se despidieron sin una palabra. Cada uno tomó un camino distinto, como si tuvieran prisa.

«Vaya, vaya... —pensé—, ¿qué está pasando aquí?».

Qué comportamiento tan raro. Por no decir revelador. Me informó de algo que no sabía hasta este momento: que Jason y Kate estaban viéndose a espaldas de Lana.

¿Estaría ella al tanto? Decidí que ya le daría vueltas más tarde... y que pensaría en la manera de utilizarlo en mi provecho.

Como ves, no había tirado la toalla, seguía queriendo a Lana y aún creía que un día nos casaríamos. No tenía ninguna duda al respecto. Obviamente, en esos momentos ella estaba casada con Jason —un detalle que complicaba las cosas—, pero mi objetivo, como diría el señor Levy, seguía siendo el mismo.

Cuando Lana y Jason contrajeron matrimonio, di por supuesto, como todo el mundo, que no durarían. Pensaba que al cabo de unos meses de estar casada con el pelmazo de Jason, Lana entraría en razón, se daría cuenta del terrible error que había cometido y me vería allí, esperándola. Comparado con él, yo parecería tan cortés y sofisticado como Cary Grant en una película antigua —apoyado en un piano, con un cigarrillo en una mano y un martini en la otra, ingenioso, humilde, afectuoso, adorable— e, igual que Cary, al final me quedaría con la chica.

Sin embargo, para mi asombro, el matrimonio perduró. Un mes tras otro, año tras año. Para mí fue una tortura. No me cabía duda de que aquello solo se sostenía gracias a que Lana era puro amor. Jason habría puesto a prueba la paciencia de un santo y estaba claro que Lana era más que una santa. ¿Una mártir, quizá?

Por lo tanto, en lo que a mí respectaba, aquel encuentro sorpresa con Kate y Jason en el Soho fue una verdadera intervención divina.

Tenía que aprovecharlo.

Decidí que no estaría mal empezar a seguir a Kate.

Cosa que, cómo no, hace que el asunto parezca más intrigante y misterioso de lo que era. No había que ser George Smiley para espiar a Kate Crosby, no pasaba inadvertida; era imposible perderla entre una multitud, mientras que yo siempre quedaba en un segundo plano.

Por entonces, Kate participaba en *Un profundo mar azul*, de Rattigan, un nuevo montaje que estaba teniendo bastante éxito y que se había trasladado al teatro Prince Edward, en el Soho. Así que solo tuve que apostarme en la acera de enfrente de la entrada de artistas y vigilar entre las sombras a la espera de que la obra acabara y Kate saliera a firmar autógrafos para la multitud de admiradores.

Luego, cuando por fin pudo marcharse y echó a andar, fui tras ella.

No tuve que seguirla mucho rato, solo de la entrada de artistas a la del pub. Dobló la esquina y se coló por la puerta lateral de —sí, lo has adivinado— el Coach and Horses. Espiando por una de las estrechas ventanas del local, vi que Jason la esperaba sentado en un rincón, con un par de copas. Kate lo saludó con un largo beso.

Me quedé impactado, la verdad. No tanto por el descubrimiento de que eran amantes —cosa que, ¿para qué engañarnos?, tenía cierta inevitabilidad sórdida—, sino por su total e increíble falta de discreción. Estuvieron haciéndose arrumacos toda la velada, más borrachos y menos comedidos conforme avanzaba la noche, tan ajenos a cuanto los rodeaba que consideré seguro apartarme de la ventana y entrar en el pub.

Me senté en el otro extremo del local, pedí un vodka con tónica y observé lo que sucedía desde allí. Ni hecho aposta, un viejecito estaba sentado al piano vertical cantando «If Love Were All», de Noël Coward, a voz en cuello: *I believe the more you love a man, the more you give your trust, the more you're bound to lose.*

Cuando finalmente decidieron irse, los seguí y fui testigo de cómo se paraban en un callejón para besarse.

Luego, habiendo visto suficiente, me subí a un taxi y me fui a casa.

10

A partir de ese momento, llevé un registro detallado en mi cuaderno de todo lo que veía: fechas, horas, ubicación de sus encuentros clandestinos. Lo anotaba todo. Tenía la sensación de que podría ser útil más adelante.

A menudo, durante mi vigilancia, me daba por reflexionar sobre la clase de aventura que tenían Kate y Jason —lo que obtenían de ella (aparte de lo obvio)— y por qué estaban decididos a seguir un camino que a mí me parecía destinado al desastre.

A veces, aplicaba el sistema Valentine Levy a su relación, la analizaba en términos de intención, motivación y objetivo. Como de costumbre, la motivación era la clave.

¿Podría ser que el motivo de Jason para embarcarse en aquella aventura tuviera que ver con el aburrimiento, la atracción sexual o el egoísmo? Quizá esté pasándome.

Siendo generoso, diría que le resultaba más fácil hablar con Kate. Lana era maravillosa, desde luego, pero su costumbre de ver solo lo bueno de los demás te obligaba a esforzarte por estar a la altura de sus expectativas. Kate, en cambio, tenía una visión mucho más descreída de la naturaleza humana y, por lo tanto, era más fácil confiarse a ella, aunque eso no quiere decir que Jason fuera sincero del todo con ella.

Francamente, creo que el verdadero motivo por el que Jason era infiel residía en el más oscuro de los lugares. Le gustaba considerarse un hombre poderoso. Era competitivo y agresivo, incapaz de perder siquiera una partida de backgammon sin montar en cólera, por el amor de Dios.

¿Y qué ocurre cuando un hombre así se casa con una mujer como Lana? Una mujer infinitamente más poderosa en todos los sentidos. ¿Acaso no desearía castigarla, aplastarla, destruirla... y llamarlo amor? Su aventura con Kate era una venganza. Un acto de odio, no de amor.

El motivo de Kate para continuar adelante con la relación era muy distinto. Me recuerda algo que decía Barbara West: que la traición emocional era mucho peor que la infidelidad sexual. «Puedes joder con otra mujer, no hay problema, pero llévala a cenar, cógela de la mano, háblale de tus sueños e ilusiones... y me habrás jodido a mí».

Y eso era justo lo que Kate quería de Jason: conversaciones a la luz de las velas, ir cogiditos de la mano, un romance apasionado... Dicho de otro modo, una historia de amor. Kate quería que Jason abandonara a Lana y se fuera con ella. No dejaba de presionarlo para que se decidiera. Y él no dejaba de darle largas.

¿Quién no lo hubiera hecho, en su lugar? Tenía mucho más que perder.

Una noche, ya tarde, seguí a Kate hasta un bar de Chinatown donde había quedado con una amiga, una pelirroja llamada Polly. Se sentaron junto a la ventana y se pusieron a charlar.

Yo estaba en la acera de enfrente, acechando entre las sombras. No tendría que haberme preocupado que me vieran, Polly y Kate estaban enzarzadas en una acalorada discusión. En cierto momento, Kate se echó a llorar.

No hacía falta saber leer los labios para adivinar lo que estaban diciendo. Conocía a Polly muy bien. Era la directora de escena de Gordon, con quien estuvo liada bastante tiempo, algo de lo que todo el mundo estaba al tanto, salvo la mujer de Gordon.

Polly era una persona con muchos problemas en muchos sentidos, pero me caía bien. Era abierta y directa, así que me resultó fácil imaginar cómo se había desarrollado la conversación con Kate.

Kate se sinceró con ella, sin duda con la esperanza de encontrar a alguien que la escuchara y la comprendiera. Desde donde yo estaba, me dio la impresión de que no había tenido suerte.

—Corta con él —dijo Polly—. Ya.

—¿Qué?

—Kate. Escúchame. Si a estas alturas no ha dejado a su mujer, ya no lo hará. Todo seguirá igual. Dale un ultimátum. Treinta días para dejarla; un mes. Si no, cortas con él. Prométemelo.

Sospecho que esas palabras acabaron persiguiendo a Kate, porque transcurrieron los treinta días y no siguió el consejo de Polly. Además, a medida que pasaba el tiempo, la gravedad de lo que estaba haciendo comenzó a calar en ella y a crearle remordimientos.

Esto no debería sorprenderte. Salvo que haya hecho muy mal mi trabajo, debería estar clarísimo que, a pesar de sus muchos defectos, en esencia Kate era una buena persona, con conciencia y corazón. Y aquella traición prolongada a su vieja amiga, su infame crueldad, empezó a atormentarla.

La culpabilidad aumentó, la obsesionó hasta que se obcecó con la idea de «aclarar las cosas», como decía ella. Quería hablarlo con Lana y Jason, tener una conversación abierta y sincera entre los tres. Cosa que, huelga decir, Jason estaba decidido a evitar.

Personalmente, creo que la intención de Kate era ingenua, en el mejor de los casos. Quién sabe qué había imaginado que ocurriría. ¿Una confesión seguida de lágrimas y, luego, el perdón y la reconciliación? ¿De verdad pensaba que Lana les daría su aprobación? ¿Que aquello tendría un final feliz?

Kate debería haber sabido que la vida no funciona así.

Al final, parece que también era una romántica. Y eso es justo lo que Lana y ella, tan distintas en todo lo demás, tenían en común. Las dos creían en el amor.

Y, como pronto verás, eso sería su perdición.

11

Teniendo en cuenta lo indiscretos que eran Kate y Jason, estaba convencido de que no podía ser la única persona que supiera lo suyo. El mundo del teatro de Londres no es muy grande. Debían de ser la comidilla de todos.

Lo lógico es que solo fuera cuestión de tiempo que los rumores llegaran a Lana, ¿verdad?

Pues no necesariamente. A pesar de su fama y sus paseos inmersivos por la ciudad, Lana llevaba una vida tranquila. Su círculo social era reducido, y solo había una persona en él de quien yo sospechara que sabía la verdad o, al menos, había adivinado lo que ocurría: Agathi. Y ella jamás le diría una palabra.

No, me tocaba a mí darle la mala noticia. Un cometido nada envidiable.

Pero ¿cómo iba a hacerlo? Solo tenía claro que no debía saberlo por mí de manera directa. De lo contrario, podría cuestionar mi motivación. Podría darle por sospechar y negarse a creerme. Un desastre.

No, yo debía quedar al margen por completo de aquel asunto tan desagradable. Era la única manera de poder presentarme luego como su salvador —su *deus ex machina* de radiante armadura—, para rescatarla y llevármela en brazos.

De manera invisible e indetectable, tenía que urdir el modo en que Lana descubriera la aventura, haciéndole creer que había sido cosa de ella. Era más fácil de decir que de hacer, pero siempre me han gustado los retos.

Empecé con el planteamiento más sencillo y directo de todos: intenté amañar un encuentro fortuito, casual, en el que Lana y yo nos toparíamos con la culpable pareja de forma inesperada, *in flagrante delicto*, por decirlo así.

Siguió entonces un periodo de alta comedia —o de baja farsa, lo que prefieras— durante el que intenté llevar a Lana al Soho mediante varios pretextos. Un esfuerzo inútil que, siguiendo la línea de una pantomima, pronto se vio que no conducía a ninguna parte.

Por descontado, la razón evidente del fracaso fue que era imposible llevar a Lana Farrar a ningún lado y pasar inadvertido. La única vez que logré hacerla entrar en el Coach and Horses justo cuando la obra de Kate estaba acabando, la aparición de Lana causó un pequeño revuelo de alegres borrachos que la rodearon y le suplicaron que les firmara sus posavasos. Si Kate y Jason se hubieran acercado siquiera al pub, habrían visto aquel circo mucho antes de que nosotros los viéramos a ellos.

Eso me obligó a volverme más audaz en mis métodos. Empecé a dejar caer comentarios durante nuestras conversaciones, frases cuidadosamente ensayadas que esperaba que quedaran registradas en la memoria de Lana, como: «¿No es curioso que Jason y Kate tengan el mismo sentido del humor? Siempre ríen cuando están juntos».

O: «Me pregunto por qué Kate no sale con nadie. Ya hace bastante tiempo, ¿no?».

Y una tarde le eché en cara a Lana que no me hubiera invitado a comer al Claridge's y luego, cuando quedó patente que no tenía la menor idea de a qué me refería, fingí que me azoraba y traté de restarle importancia diciendo que Gordon había visto a Kate y a Jason comiendo allí, por lo que yo había dado por sentado que Lana estaría con ellos; pero seguro que Gordon los había confundido con otras personas.

Lana me miró fijamente con esos ojos azul claro, impertérrita, sin sospechar nada, y sonrió.

237

—Es imposible que fuera Jason —dijo—. Odia el Claridge's.

En una obra de teatro, mis pequeñas insinuaciones habrían calado en ella, habrían creado una pátina general y subliminal de sospecha, imposible de pasar por alto. Sin embargo, lo que funciona en el escenario, por lo visto, no lo hace en la vida real.

Aun así, no cejé en mi empeño. Otra cosa no, pero a persistente no me gana nadie. Ni a ridículo, a veces. Por ejemplo, me compré el perfume de Kate, una fragancia floral muy característica, con toques de jazmín y rosa. Si aquello no le hacía pensar en Kate, nada lo haría. Llevaba el frasco en el bolsillo y, siempre que la visitaba, fingía que iba al baño y echaba a correr por el pasillo hasta el cuarto de la colada para rociar generosamente las camisas de Jason con el perfume.

No sabía cuánto contacto directo tenía Lana con la colada de Jason, pero pensé que bastaría incluso con que fuera Agathi quien lo oliera y atara cabos.

Un día que estuvimos cenando en casa de Lana, me llevé un par de cabellos largos del abrigo de Kate y luego los coloqué con cuidado en la chaqueta de Jason. También barajé la idea de dejar unos preservativos en el neceser de Jason, pero al final decidí no hacerlo, ya que me pareció demasiado obvio.

Resultaba difícil encontrar el equilibrio: si la pista era muy sutil, podía pasar desapercibida; si me pasaba, podía descubrirse el pastel.

Lo del pendiente funcionó a la perfección.

Y fue sencillísimo de llevar a cabo. No sabía que saldría tan bien, ni que causaría esa reacción. Lo único que hice fue proponerle a Lana una visita sorpresa a casa de Kate. Una vez allí, robé un pendiente del dormitorio y lo prendí en la solapa del traje de Jason cuando volvimos a casa de Lana. El resto lo hizo ella sola, con una ayudita de Agathi y de Sid, el dueño de la tintorería.

Que reaccionara de manera tan violenta ante el pendiente sugiere que, aunque no lo dijera, sospechaba de la existencia de la aventura, ¿no crees?

Lo que ocurría era que no quería reconocerlo ante sí misma.

Bueno, pues ya no le quedó elección.

12

Y esto, como debe ser, nos lleva de vuelta a aquella noche en mi piso. La noche que Lana vino, angustiada, después de encontrar el pendiente.

Se sentó frente a mí en un sillón, con los ojos enrojecidos, el rímel corrido de haber llorado y hasta las cejas de vodka. Me contó que sospechaba que Kate y Jason se acostaban. Le confirmé sus temores diciendo que yo también lo creía.

Me sentía triunfante, mi plan había funcionado. Me costaba disimular la emoción y tenía que hacer esfuerzos para no sonreír, pero mi regocijo duró poco.

Cuando, con mucho tacto, le sugerí que dejara a Jason, me miró perpleja.

—¿Dejarlo? —repitió—. ¿Quién ha dicho nada de dejarlo?

En ese momento, el que se quedó perplejo fui yo.

—No sé qué otra opción te queda.

—No es tan sencillo, Elliot.

—¿Por qué no?

Lana me miró con los ojos llenos de lágrimas de desconcierto, como si la respuesta fuera obvia.

—Porque lo quiero —dijo.

No podía creerlo. La estudié con atención y, para mi creciente horror, comprendí que todos mis esfuerzos habían sido en vano. Lana no iba a abandonarlo.

«Lo quiero».

Se me revolvió el estómago, como si fuera a vomitar. Había estado perdiendo el tiempo. Las palabras de Lana hicieron añicos mis esperanzas.

No iba a dejarlo.

«Lo quiero».

Cerré la mano en un puño. Nunca había estado tan enfadado. Quería pegarle. Quería darle un puñetazo. Sentía deseos de gritar.

Pero no lo hice. Continué allí sentado, tratando de parecer comprensivo, y seguimos hablando. La única señal externa de mi desdicha era el puño cerrado a un lado. Mientras charlábamos, las ideas se agolpaban en mi cabeza.

Por fin comprendí el error que había cometido. A diferencia de su marido, Lana se había tomado sus votos en serio. «Hasta que la muerte nos separe». Puede que estuviera dispuesta a prescindir de Kate, pero no iba a renunciar a Jason. Lo perdonaría. Se necesitaba más que destapar una aventura para poner fin a su matrimonio.

Si quería deshacerme de Jason, tenía que ir mucho más lejos. Tenía que destruirlo.

Al final, Lana bebió hasta caer inconsciente y se desmayó en mi sofá. Fui a la cocina a preparar un té. Y a pensar.

Mientras esperaba a que hirviera el agua, me imaginé deslizándome detrás de Jason sin que me viera, empuñando una de sus armas, apuntándole... y volándole los sesos. Sentí una súbita oleada de excitación, un orgullo extraño y perverso, como cuando te enfrentas a un matón, justo lo que Jason era.

Por desgracia, solo era una fantasía que jamás llevaría a cabo. Sabía que nunca saldría impune de algo así. Tenía que pensar en algo más ingenioso. Pero ¿qué?

«Nuestra motivación es eliminar el dolor», decía el señor Valentine Levy.

Y tenía razón. Debía actuar, porque, si no, jamás me libraría de ese dolor, y era inmenso, créeme, en ese momento, allí, en la cocina, a las tres de la madrugada, me encontraba al borde de la desesperación. Me sentía frustrado. Derrotado.

Aunque, no... Aún no estaba derrotado del todo.

Pensar en el señor Levy había dado pie a una asociación en mi cabeza. El principio de una idea.

«Si esto fuera una obra de teatro —pensé de pronto—, ¿qué haría?».

Sí, ¿y si enfocara el dilema desde esa otra perspectiva, como si fuera a poner en escena una obra, un drama?

Si la estuviera escribiendo yo y esos fueran mis personajes, usaría lo que supiera de ellos para predecir sus acciones... y provocar sus reacciones. Para moldear su destino sin que ellos fueran conscientes.

¿No podría, de manera similar, idear y escenificar una serie de sucesos en la vida real que desembocaran, sin tener que mover yo un dedo, en la muerte de Jason?

¿Por qué no? Sí, era arriesgado y podía fallar, pero el peligro es intrínseco al teatro, ¿no?

Lo único que me hacía dudar era Lana. No quería mentirle, pero decidí —y júzgame con severidad si quieres— que a fin de cuentas era por su propio bien.

Después de todo, ¿qué estaba haciendo? Únicamente librar a la mujer que amaba de un criminal desleal y deshonesto, y sustituirlo por un hombre honrado y decente. Estaría mucho mejor sin él. Estaría conmigo.

Me senté en mi escritorio. Encendí la lámpara verde. Saqué mi cuaderno del primer cajón y lo abrí buscando una página en blanco. Alargué la mano hacia el lápiz, le saqué punta... y empecé a esbozar el plan.

Mientras escribía, sentía a Heráclito a mi lado, observando por encima de mi hombro al tiempo que asentía con aprobación, porque, aunque saliera rematadamente mal, aunque todo acabara en desastre, allí, en el diseño de la trama, en su concepción, había belleza.

Esa es mi historia, en pocas palabras. El relato de un fracaso hermoso y bienintencionado que acabó en muerte. Una metáfora bastante buena de la vida, ¿no crees?

Bueno, al menos de la mía.

Pues ahí está. Soy consciente de que ha sido un aparte un poco largo. Sin embargo, es esencial para mi narración.

Aunque eso no lo decido yo, ¿verdad? Lo que cuenta es lo que pienses tú.

Y tú no dices nada. Simplemente te sientas allí, escuchando, juzgando en silencio. Me preocupa mucho tu opinión. No quiero aburrirte ni hacerte perder el interés. Y menos después de haberme dedicado tanto tiempo.

Lo cual me recuerda algo que decía Tennessee Williams, el consejo que, como escritor, les daba a los aspirantes a dramaturgo: «No aburras, amigo —decía—. Haz lo que sea para que la historia fluya. Lanza una bomba en el escenario si es necesario. Pero no aburras».

Muy bien, amigo, pues aquí viene la bomba.

13

Volvamos a la isla y a la noche del asesinato.

Poco después de medianoche se oyeron tres disparos en las ruinas.

Unos minutos más tarde, todos llegamos al claro. A continuación se sucedió una escena caótica en la que yo intenté tomarle el pulso a Lana y liberarla de los brazos de Leo. Jason le dio su teléfono a Agathi para que llamara a una ambulancia y a la policía.

Jason volvió a la casa a buscar un arma. Kate lo siguió, y luego Leo. Agathi y yo nos quedamos solos.

Hasta aquí, lo que sabes.

Lo que no sabes es lo que ocurrió a continuación.

Agathi se encontraba en estado de shock. Estaba palidísima, como si fuera a desmayarse, pero recordó que tenía el teléfono en la mano y lo levantó para llamar a la policía.

—No —la detuve—. Aún no.

—¿Qué? —Me miró sin comprender.

—Espera.

Parecía confusa; miró el cuerpo de Lana.

¿Es posible que durante una milésima de segundo Agathi pensara en su abuela y desease tenerla allí? ¿Y que la anciana bruja cerrara los ojos y se balanceara mientras musitaba un ensalmo, un hechizo mágico y antiguo, para resucitar a Lana, para devolverle la vida y arrancarla de los brazos de la muerte?

«Lana, por favor —rezó Agathi en silencio—, por favor, vive, por favor, vive, vive...».

En ese momento, como en un sueño o una pesadilla —o en un viaje alucinógeno—, la realidad comenzó a distorsionarse por orden de Agathi...

Y el cuerpo de Lana empezó a moverse.

14

Una de las piernas de Lana se sacudió, apenas levemente, como por voluntad propia.

Sus ojos azules se abrieron.

El cuerpo empezó a incorporarse.

Agathi iba a gritar cuando la agarré.

—Shhh —le susurré—, shhh. No pasa nada. No pasa nada.

Ella se zafó de mis manos y me apartó de un empujón. Estuvo a punto de perder el equilibrio, pero consiguió mantenerse en pie, con dificultad, jadeando.

—Agathi —dije—. Escucha. No pasa nada. Es un juego, nada más. Una representación. Estamos actuando. ¿Lo ves?

Agathi, despacio, con miedo, apartó sus ojos de mí y miró más allá, hacia el cadáver de Lana. La difunta se había levantado y le tendía los brazos.

—Agathi —dijo la voz que creía que nunca volvería a oír—. Cariño, ven aquí.

Lana no estaba muerta. En realidad, a juzgar por el brillo de sus ojos, nunca se había sentido tan viva. Una oleada de emoción invadió a Agathi. Quería caer en sus brazos, llorar de alegría y alivio, estrecharla con fuerza. Pero no lo hizo.

En vez de eso, la miró fijamente, con una rabia creciente.

—¿Un juego...?

—Agathi, escucha...

—¿Qué tipo de juego?

—Te lo explicaré —dijo Lana.

—Ahora no —intervine yo—. No hay tiempo. Te lo explicaremos más tarde. Lo que ahora necesitamos es que nos sigas la corriente.

Los ojos de Agathi se anegaron de lágrimas. Sacudió la cabeza, incapaz de soportarlo más. Dio media vuelta, echó a andar y desapareció entre los árboles.

—Espera —la llamó Lana—. Agathi...

—Shhh, no hagas ruido —dije—. Yo me encargo. Yo hablaré con ella.

Lana no parecía convencida. Vi que su determinación flaqueaba, así que insistí con más vehemencia.

—Lana, no, por favor. Lo estropearás todo. Lana...

No me hizo caso y echó a correr tras Agathi, en dirección al olivar.

Vi cómo se alejaba, horrorizado.

No sé si digo esto con la perspectiva que da el tiempo o si entonces ya sospeché algo, pero ese fue el momento preciso en que mi plan perfecto empezó a venirse abajo.

Y todo se fue al garete.

Cuarto acto

Realidad o ilusión, George; no sabes distinguirlas.

EDWARD ALBEE,
¿Quién teme a Virginia Woolf?

1

Verás, una buena regla general para contar una historia es la de postergar la presentación de cualquier información hasta que sea absolutamente necesario.

Nada resulta más sospechoso, en mi opinión, que una explicación que no se ha pedido. Lo mejor es quedarse callado, contenerse y no aclarar nada hasta que no haya más remedio.

Y parece que ya hemos llegado a ese punto crucial de la narración. Veo que te debo una explicación.

¿Recuerdas esa noche en mi piso? ¿Lo que dije sobre Jason y Kate?

«Lo que sea que tengan, o lo que crean que tienen, se resquebrajará en cuanto se vea sometido a la más leve presión. Y se desmoronará».

Tal como le sugerí a Lana, ¿qué mejor forma de ponerlos a prueba que con un pequeño asesinato?

—Será como una de esas representaciones que solías montar en las ruinas —dije—. En los viejos tiempos, ¿te acuerdas? Solo que un poco más sangrienta, nada más.

Lana parecía desconcertada.

—¿De qué estás hablando?

—De una obra de teatro. Para un público de dos personas: Kate y Jason. Un asesinato en cinco actos.

Lana escuchó mientras yo empezaba a exponerle mi idea. Dije que, fingiendo su asesinato y lanzando las sospechas sobre Jason, veríamos cómo se desintegraba su relación con Kate.

—Se volverán el uno contra el otro al instante —añadí—. No lo dudes. Si quieres terminar con su aventura, solo tienes que ponerla bajo esa presión durante unas horas.

Los dos amantes se destrozarían, cada uno sospecharía del otro. Y, en cuanto se acusaran mutuamente del asesinato, Lana podría resurgir. Saldría de las sombras, habiendo regresado de entre los muertos, y se erguiría ante ellos, viva y gloriosa, dándoles un susto de muerte. Además de hacerles comprender lo que sentían en realidad el uno por el otro, lo superficial y vulgar que era, tan fácil de corromper.

—Ahí se acabará lo de los dos, para siempre —sentencié.

Sin duda, eso fue lo que sedujo a Lana de mi idea: la perspectiva de terminar con la aventura de Jason y Kate. Tal vez esperaba incluso recuperar a Jason, pero tenía un motivo más para acceder, un motivo secreto que, como verás, le reportó poca satisfacción.

Insistí en que la idea tenía una encantadora simetría poética. Le ofrecía a ella la venganza perfecta y, a mí, un reto artístico superlativo. Por supuesto, Lana no sabía hasta dónde tenía intención yo de llevar la representación. No le mentí. Lo único que hice, podríamos decir, fue no cargarla con un montón de información innecesaria. En lugar de eso, me concentré en la parte más práctica del montaje de nuestra obra dramática.

Mientras hablábamos, íbamos descubriendo la historia juntos.

—¿Ahogada? —propuse.

—No, muerta de un tiro —dijo Lana, sonriente—. Funcionará mucho mejor. Podríamos aprovechar las armas que hay en la casa y, así, incriminar fácilmente a Jason a ojos de Kate.

—Sí —coincidí con ella—, eso es. Buena idea.

—¿Y los demás? ¿Deberíamos hacerlos partícipes? ¿O no?

Sabía que habría de ser así, hasta cierto punto. Lana y yo no podríamos conseguirlo trabajando solos. Para que la ilusión surtiera efecto, no podíamos permitir que Jason y Kate se acercaran mucho al cuerpo de Lana. Yo solo no lo lograría; necesitaba ayuda.

Y Leo, histérico y gritando sin parar, exigiendo que se apartaran de su madre..., podía dar muy buen resultado.

Me preocupaba que el chico tuviera tan poca experiencia como actor. ¿Y si no estaba a la altura de ese desafío? ¿Y si se quedaba en blanco en su bautismo de sangre —sin pretender hacerme el gracioso— y delataba la farsa?

Lana prometió que ensayaría a conciencia con él hasta que le saliera a la perfección. Parecía que darle ese papel a Leo era un asunto de orgullo materno. Algo irónico, teniendo en cuenta lo poco que le gustaba que quisiera ser actor.

Pese a mis dudas sobre Leo, accedí a su petición. Tampoco estaba convencido de mantener a Agathi al margen, pero Lana pasó por alto mi opinión en ambos casos.

—¿Y qué hacemos con Nikos? —preguntó—. ¿Se lo decimos o no?

—No lo metamos —propuse—. Demasiados cocineros... Ya sabes.

Lana asintió.

—De acuerdo. Seguramente tienes razón.

Y así quedó acordado.

Tres días después, en la isla, unos minutos antes de la medianoche, fui a reunirme con Lana en las ruinas. Iba armado con una escopeta.

Lana estaba esperándome, sentada en una de las columnas derruidas. Sonreí al acercarme, pero no me correspondió.

—No estaba seguro de encontrarte aquí —dije.

—Yo tampoco.

—¿Y bien?

Lana asintió.

—Estoy preparada.

—De acuerdo.

Levanté el arma y apunté al cielo.

Disparé tres veces.

Miré a Lana mientras se aplicaba la sangre falsa y el maquillaje escénico. Las heridas de bala eran de látex, muy realistas y convincentes. De noche, por lo menos. No estaba seguro de cómo habrían resultado a la luz del día.

Los efectos especiales eran de la propia modelo, y los había conseguido a través de una maquilladora con quien había trabajado en varias películas. Le dijo que los necesitaba para una representación privada, lo cual me pareció una descripción muy acertada de nuestra pequeña producción.

Lana se tumbó en el suelo, sobre un charco de sangre falsa. Entonces saqué el chal rojo de Kate de mi bolsillo trasero y se lo eché por los hombros.

—¿Y esto por qué? —preguntó Lana.

—Es solo un toque final. Ahora intenta no moverte, quédate muy quieta. Relaja las extremidades.

—Sé hacerme la muerta, Elliot. No es la primera vez.

Al oír que se acercaban los demás, fui a esconderme tras una columna y oculté la escopeta entre las ramas de un arbusto de romero.

Un par de minutos después, salí fingiendo que acababa de llegar, confuso y sin aliento.

A partir de ahí, seguí mi instinto teatral. Aunque, para serte sincero, al ver a Lana tendida en un charco de sangre, con Leo histérico a su lado, no me resultó difícil incorporarme al drama. Fue sorprendentemente real, de hecho.

Ahora comprendo que fue en ese punto donde erré por completo. No anticipé lo verídico que parecería. Estaba tan absorto en los giros y las sutilezas del guion que no pensé lo mucho que afectaría a todos en el plano emocional. Y, por lo tanto, tampoco que podían reaccionar de maneras más que impredecibles.

Tal vez opines que olvidé mi regla más fundamental: el carácter del personaje escribe la trama. Y pagué un alto precio por ello.

2

Lana corrió por el olivar en busca de Agathi.

Tenía que encontrarla. Debía calmarla antes de que lo estropeara todo.

Había sido un error no contarle nada, mantener nuestro plan en secreto. Pero Lana opinaba que no había más remedio: Agathi se habría negado a participar, seguro, y habría hecho todo lo posible por convencerla de que no siguiera adelante. De pronto vi que casi deseaba que la hubiera disuadido.

A lo lejos, entre los árboles, se atisbaba una pequeña figura al final del sendero... Era Agathi, que corría hacia la casa.

Lana se apresuró a seguirla. Al llegar a la puerta trasera, se quitó los zapatos y los dejó fuera. Entró descalza, en silencio, a hurtadillas, y miró a su alrededor.

Ni rastro de Agathi en el pasillo. ¿Se habría ido a su habitación? ¿Estaría en la cocina?

Lana intentaba decidir qué dirección tomar, cuando unos fuertes pasos que procedían del pasillo tomaron la decisión por ella.

Dio media vuelta y subió la escalera a toda prisa.

Unos segundos después, Jason apareció al pie de los escalones. Casi chocó con Kate, que justo entonces entraba por la puerta de atrás.

No tenían ni idea de que Lana estaba allí, en el descansillo, observándolos desde lo alto.

—No están —dijo Jason.

Kate se quedó mirándolo.

—¿Qué?

—Las armas. No están ahí.

Desde el otro lado de la puerta trasera, entre bastidores, empujé a Leo al escenario.

—Venga —susurré—. Ahora te toca a ti.

Entró corriendo y les dijo a Kate y a Jason que había escondido las armas.

El hecho de que tampoco estuvieran en el baúl donde las había guardado fue una sorpresa para él. Yo había decidido no contarle que las había cambiado de lugar; pensé que su interpretación ganaría si no lo sabía.

En realidad, vi que Leo no necesitaba ninguna muleta para actuar. «Este chaval tiene un talento natural —pensé—. Es digno hijo de su madre». Su actuación resultaba aterradoramente realista, llena de histeria y de dolor. Todo un *tour de force*.

—¡Está muerta! —gritó Leo—. ¡¿Es que te da igual?!

Lana, mirando desde arriba, alargó el cuello para intentar ver la reacción de Jason.

Eso era lo que había estado esperando. Ese era su verdadero motivo para acceder a mi plan. Quería presenciar la reacción de Jason ante su muerte, poner a prueba su amor. Quería descubrir si se le partía el corazón, si se atisbaba al menos alguna señal de que lo tuviera. Quería verlo llorar, ver cómo sollozaba por su amada Lana.

Bueno, pues vio lo que vio. Jason no derramó ni una sola lágrima. Espiando desde lo alto de la escalera, Lana vio cómo se enfadaba, vio que estaba asustado, que intentaba no perder el control. Pero no tenía el corazón roto, no estaba destrozado por la pena. Se mostraba impertérrito.

«No le importo —pensó—. No le importo en absoluto».

Y en ese momento se sintió morir por segunda vez.

Se le anegaron los ojos, pero con unas lágrimas que no eran suyas. No, pertenecían a una niña pequeña, de un tiempo pretérito, que una vez sintió que nadie la quería. Una niña que solía agazaparse en ese mismo lugar, en lo alto de una escalera, aferrada a un balaustre, a observar cómo su madre, ahí abajo, entretenía a sus «amigos» mientras ella se sentía despreciada y desatendida. Bueno, hasta que los amigos de su madre empezaron a fijarse en su belleza precoz, y entonces sus problemas comenzaron de verdad.

Lana había soportado mucho desde entonces, desde esos días sombríos y aterradores, para conseguir sentirse a salvo, respetada, invulnerable... y querida. En ese instante, sin embargo, al ver a Jason desde lo alto de la escalera, toda esa magia de Cenicienta se evaporó y Lana se encontró exactamente donde había empezado: siendo una niña pequeña que sufría sola en la oscuridad.

Empezó a sentir arcadas. Se levantó como pudo y corrió a su habitación, directa al cuarto de baño.

Cayó de rodillas delante del retrete y vomitó.

3

Cuando Lana salió del baño, encontró a Agathi en su habitación, esperándola.

Se produjo un momento de silencio mientras las dos se miraban fijamente.

Lana comprendió que no debería haberle preocupado que Agathi perdiera el control. No había peligro alguno de que sufriera un arrebato emocional. Estaba del todo calmada, solo sus ojos enrojecidos delataban que había llorado.

—Agathi —dijo Lana—. Deja que te lo explique, por favor.

Agathi habló en voz baja y sin inflexión alguna:

—¿Qué es esto? ¿Una broma? ¿Un juego?

—No. —Lana dudó un momento—. Algo más complicado.

—¿Qué es, entonces?

—Puedo explicártelo, si me dejas.

—¿Cómo has podido hacerlo, Lana? —Agathi buscó la respuesta en sus ojos, sin dar crédito—. ¿Cómo has podido ser tan cruel? Has dejado que creyera que habías... muerto.

—Lo siento.

—No. No acepto tus disculpas. Deja que te diga una cosa, Lana. Eres una persona tremendamente egoísta que vive en el autoengaño. Soy muy consciente de ello... y, aun así, te quiero. Porque creía que tú también me querías.

—Y así es.

—No. —Agathi le lanzó una furiosa mirada de desprecio. Le caían lágrimas por las mejillas—. No eres capaz. Tú no sabes amar.

Lana se quedó mirándola, abatida por el dolor.

—¿Que soy egoísta? ¿Que me autoengaño? ¿Eso es lo que piensas de mí? Tal vez tengas razón... Pero sí soy capaz de amar. Y te quiero.

Se sostuvieron la mirada unos segundos, luego Lana siguió hablando en voz baja:

—Necesito tu ayuda, Agathi. Deja que intente explicártelo. Por favor.

Agathi no contestó. Solo continuó con los ojos clavados en ella.

4

Mientras tanto, accedí a regañadientes a acompañar a Jason y a Nikos en su búsqueda por la isla. Perseguíamos a un intruso inexistente.

Conforme avanzábamos a lo largo de la costa azotada por el viento, cada vez lamentaba más mi decisión. Estaba agotado y, por si fuera poco, había destrozado unos zapatos casi nuevos de tanto caminar entre la maleza, el barro y la arena. Además, estaba impaciente por regresar junto a Lana... y Agathi.

Sin embargo, Jason resultó ser fastidiosamente meticuloso en su búsqueda. Estaba decidido a registrar cada metro cuadrado de la isla. Incluso cuando llegamos a los acantilados y por fin se hizo evidente que no había ninguna barca amarrada por ninguna parte, se negó a aceptar la derrota. Creo que, de una forma perversa, estaba disfrutándolo. Actuaba como si fuera el héroe de una película mala.

—¡Sigamos buscando! —gritó para que lo oyéramos a pesar del viento.

—¿Por dónde? —contesté a voz en cuello—. Aquí no hay nadie. Regresemos.

Jason negó con la cabeza.

—Antes tenemos que registrar los edificios. —Apuntó con la linterna a la cara de Nikos—. Empezando por su cabaña.

El guarda lo fulminó con la mirada mientras guiñaba los ojos para protegerse de la luz, pero no dijo nada.

Jason sonrió.

—¿Algún problema?

Nikos negó con la cabeza, arrugando la frente. No apartaba la mirada de Jason.

—Bien —dijo este—. Vamos.

—Yo paso —repuse—. Nos vemos en la casa.

—¿Adónde vas?

—A ver cómo están los demás.

Eché a andar antes de que pusiera alguna objeción.

Mientras me apresuraba por el camino de vuelta a la casa, me pregunté si Lana habría logrado aplacar a Agathi. Esperé que hubiera controlado la situación y la hubiera convencido para que nos siguiera el juego.

Aunque, conociendo a Agathi, no confiaba demasiado en que lo hubiera conseguido.

Tras entrar por las puertas francesas de la terraza, miré a mi alrededor. No había ni rastro de nadie por ninguna parte. Aproveché la oportunidad de agacharme junto al sofá y meter el brazo debajo para sacar las armas que había escondido ahí un poco antes.

Saqué un revólver.

Me quedé mirándolo un momento, mientras lo sopesaba en la mano. Comprobé el tambor. Estaba vacío. Saqué unas balas del bolsillo; había robado un puñado de una caja de la sala de armas. Lo cargué con precaución.

No sabía mucho de armas de fuego. Solo lo básico, y me lo había enseñado Lana cuando Jason empezó a comprárselas. Ella había aprendido a disparar en el plató de un western que rodó una vez, y los dos —ella y yo— habíamos realizado una sesión de práctica de tiro una tarde, en la isla. Resultó que no se me daba mal.

Aun así, el arma que sostenía me daba miedo. Los dedos me temblaron un poco al guardarla en el bolsillo. Por precaución, mantuve la mano sobre ella por encima de la tela de los pantalones.

Me miré en el espejo.

Y ahí, en el reflejo, justo detrás de mí, vi el cadáver ensangrentado de Lana..., que me miraba con los ojos inyectados de sangre.

Di un respingo y giré con brusquedad.

Lana estaba horrible: cubierta de heridas de bala, sangre seca y tierra. Era una visión incongruente en ese salón tan elegante. Me eché a reír.

—Joder, qué susto me has dado. ¿Qué haces aquí? Vuelve a las ruinas antes de que te vea Jason.

No contestó. Entró y se sirvió una copa.

—Antes te has salido un poco del guion, cielo —dije—. Correr de esa manera tras Agathi... Créeme, no hay nada tan catastrófico como que una actriz se ponga a escribir su propio texto. Luego, todo son lloros.

Estaba bromeando, intentaba hacerla reír, pero no funcionó. Lana ni siquiera esbozó una sonrisa.

—¿Dónde están los demás? —pregunté—. ¿Dónde está Kate?

—En la casita de verano —contestó Lana—. Con Leo.

—Bien. La interpretación de tu hijo ha sido maravillosa, por cierto. Ha heredado tu talento. Llegará lejos.

Lana no contestó. Cogió de la mesa uno de los cigarrillos de Kate y lo encendió. La miré mientras fumaba, incómodo.

—¿Has hablado ya con Agathi?

Asintió y expulsó una larga bocanada de humo.

Fruncí el ceño.

—¿Y bien? ¿Has arreglado las cosas con ella? ¿Te ha dado su bendición?

—No, no lo ha hecho. Está muy enfadada.

Me eché a reír.

—Deberías haberle dicho que fue idea mía.

—Eso he hecho.

—¿Y? ¿Qué ha dicho?

—Que eres el mal.

—Eso es un poco dramático. ¿Algo más?

—Que Dios te castigará.

—Me parece que ya me ha castigado.

—Se acabó, Elliot. —Lana apagó el cigarrillo—. Me ha dicho que esto tiene que terminar. Ahora mismo.

«Ah», pensé. De modo que era eso. Intenté no parecer demasiado molesto.

—Todavía no ha terminado. Aún falta el acto final. Agathi debe esperar a que caiga el telón.

—Ya ha caído. Se acabó.

—¿Y Jason qué?

Lana se encogió de hombros.

—A Jason no le importo —susurró, más para ella que para mí—. Cree que estoy muerta... y no le importa.

Se la veía destrozada al decirlo.

«Por fin», pensé. Por fin Lana había abierto los ojos. Por fin había visto la luz. Llevaba mucho esperando ese momento. Ahora podríamos comenzar de nuevo, ella y yo, esta vez en igualdad de condiciones. Podríamos empezar partiendo de la honestidad, de la sinceridad.

—Muy bien —dije—. Se acabó. ¿Y ahora qué?

Volvió a encogerse de hombros.

—No tengo ni idea.

—Yo sí. Si te apetece oírlo.

A regañadientes, Lana me miró con cierta curiosidad.

—¿Y bien?

Parecía el momento de la verdad, así que me lancé de cabeza.

—¿Recuerdas la noche que conociste a Jason? ¿En el South Bank? Nunca hemos hablado de esa noche.

—¿Qué pasa con esa noche?

—Yo llevaba un anillo... Iba a pedirte que te casaras conmigo.

Cuando Lana me miró, vi la sorpresa en sus ojos.

Sonreí.

—Pero Jason, por desgracia, se me adelantó. A menudo me he preguntado qué habría ocurrido si esa noche no lo hubieras conocido.

Ella apartó la mirada.

—No habría ocurrido nada.

Esta vez me tocó a mí sorprenderme.

—¿Nada?

Se encogió de hombros.

—Tú y yo éramos amigos, nada más.

—¿Éramos? —Sonreí—. Tenía entendido que aún lo somos. Y bastante más que eso, joder... Lo sabes perfectamente. —La rabia se apoderó de mí de pronto—. ¿Por qué no puedes ser sincera contigo misma por una vez? Te quiero, Lana. Deja a Jason. ¡Cásate conmigo!

Se quedó mirándome sin decir una palabra, como si no me hubiera oído.

—Hablo en serio. Cásate conmigo... y sé feliz.

Tuve que reunir todo mi valor para decir eso. Luego contuve la respiración.

Se produjo un silencio. La respuesta de Lana, cuando llegó, fue brutal. Se rio. Soltó una carcajada dura y fría, como un bofetón en la cara.

—¿Y luego qué? —dijo—. ¿Me caeré por la escalera, como Barbara West?

Fue como si me hubieran dado un puñetazo. La miré a los ojos, aturdido. Me sentí... Bueno, a estas alturas me conoces de sobra, así que puedes imaginar cómo me sentí. No me atrevía a hablar. Me daba miedo decir algo imperdonable, algo que traspasara una línea infranqueable.

Así que no dije nada. Di media vuelta y salí de la casa.

264

5

Salí por el mismo sitio por donde había entrado. Por las puertas francesas de la terraza.

Bajé los escalones vapuleado tanto por el viento como por mis pensamientos. No podía creer lo que acababa de decir Lana. Esa broma mezquina sobre Barbara West... no era nada propia de ella. No lo entendía.

Aun ahora, al escribir esto, me cuesta asimilar la crueldad que imprimió en ese momento. No era ese su carácter. Me costaba creer que Lana, mi amiga, hubiera dicho algo así. Sin embargo, sí podía creerlo de esa otra persona oculta, de la niña asustada que acechaba bajo su piel, tan llena de dolor y tan deseosa de arremeter contra todo.

La perdonaría, desde luego. Debía hacerlo. La amaba. Aunque a veces pudiera ser despiadada.

Me hallaba tan absorto en la bruma de mis tribulaciones que no vi llegar a Jason.

Chocamos al pie de los escalones y me empujó.

—Pero ¿qué cojones...?

—Perdona. Te estaba buscando. ¿Has registrado la cabaña de Nikos?

Asintió.

—Ahí no hay nada.

—¿Dónde está Nikos? —pregunté.

—En su casa. Le he dicho que espere ahí hasta que llegue la policía.

—Vale, de acuerdo.

Jason intentó pasar junto a mí y subir la escalera, pero lo retuve.

—Aguarda un momento —dije—. Tengo buenas noticias. Agathi acaba de hablar con la policía.

—¿Y?

—El viento ha remitido un poco. Ahora mismo vienen de camino.

—¿Vienen ya? —Una expresión de alivio apareció en su rostro—. Vaya, menos mal, joder.

—¿Vamos al embarcadero a esperarlos?

Jason asintió.

—Buena idea.

—Nos vemos allí.

—Un momento. —Me miró con suspicacia—. ¿Tú adónde vas?

—A decírselo a Kate. —Incapaz de resistirme, añadí—: A menos que prefieras ir tú.

—No. —Jason sacudió la cabeza—. Encárgate tú.

Giró sobre sus talones y bajó hacia la playa y el embarcadero.

Lo vi alejarse, y sonreí para mí.

Y entonces, sin dejar de aferrar el revólver que llevaba en el bolsillo, fui a buscar a Kate... para terminar lo que había empezado.

Mientras me dirigía a la casita de verano, estaba decidido a seguir adelante con mi plan. Costara lo que costase.

No mentiré, no diré que en ese momento no me empujaba también mi enfado con Lana, pero ya no había forma de detener aquello, por muchos reparos que pusiera, igual que no se puede detener una roca que has lanzado rodando colina abajo. Nos superaba a todos, había adquirido su propio ímpetu, de modo que no quedaba más remedio que dejar que el drama se desarrollase. Como actriz que era, Lana debería haberlo entendido.

Al aproximarme a la casita de verano, vi que se abría la puerta y que salía Leo, por lo que corrí a esconderme tras un árbol. Esperé a que pasara de largo, luego me acerqué con sigilo a la ventana y miré dentro.

Kate estaba allí, sola. Se la veía destrozada. Asustada, paranoica, alterada. Había sido una noche muy dura para ella.

Por desgracia, estaba a punto de empeorar más aún.

Fui a la puerta, alargué una mano para abrir y entonces, inexplicablemente, me quedé paralizado.

Estaba de pie, inmóvil, helado por un repentino e inesperado ataque de pánico escénico. Hacía muchos años que no actuaba, y jamás había interpretado un papel tan importante. Todo dependía de mi representación en esa escena con Kate. Era el truco de magia final y no podía fallar. Debía resultar convincente al cien por cien; todo lo que dijera e hiciera debía parecer inocente y verosímil.

Dicho de otro modo, tenía que conseguir la interpretación de mi vida.

Me armé de valor y llamé a la puerta con unos fuertes golpes.

—¿Kate? Soy yo. Tenemos que hablar.

6

Al comprobar que se trataba de mí, Kate descorrió el cerrojo. Empujé la puerta y entré en la casita de verano.

—Cierra —dijo, haciéndome una seña.

Volví a pasar el cerrojo, como me había pedido.

—Acabo de ver a Leo fuera —informé—. Le he dicho que se reúna con nosotros en el embarcadero.

—¿El embarcadero?

—La policía está de camino. Vamos allí, a esperar. Todos.

Kate se quedó callada un momento. La observé con atención. Sus movimientos eran un poco tambaleantes y arrastraba levemente las palabras, pero por fortuna estaba lo bastante sobria para asimilar lo que tenía que decirle.

—¿Kate, me has oído? La policía está de camino.

—Te he oído. ¿Dónde está Jason? ¿Habéis encontrado algo? ¿Qué ha pasado?

Negué con la cabeza.

—Hemos recorrido toda la isla, de arriba abajo.

—¿Y?

—Nada.

—¿No había barcas?

—No. Ni intrusos. Aquí solo estamos nosotros.

Era evidente que no la sorprendía. Asintió para sí.

—Es él. La ha matado él.

—¿De quién hablas?

—De Nikos, ¿de quién, si no?

—No. —Sacudí la cabeza—. No ha sido Nikos.

—Claro que sí. Está loco. No hay más que verlo. Está...

—Está muerto.

Kate se quedó mirándome, boquiabierta.

—¿Qué?

—Nikos está muerto —repetí en voz baja.

—¿Qué ha ocurrido?

—No lo sé, yo no estaba.

Evité mirarla a los ojos cuando dije eso. Sentía los suyos clavados en mí, como si me suplicaran una explicación.

—Estaban revisando el norte de la isla —dije—, donde los acantilados..., y Nikos se ha caído. Eso es lo que ha dicho Jason. Es lo que me ha contado. Pero yo no estaba.

—¿Qué quieres...? —Kate parecía asustada—. ¿Dónde está Jason?

—En el embarcadero, con los demás.

Apagó el cigarrillo.

—Voy a buscarlo.

—Espera. Tengo que decirte algo.

—Puede esperar.

—No, no puede.

Kate no me hizo caso y se dirigió a la puerta. Era entonces o nunca.

—La ha matado él —dije.

Kate se detuvo y me miró.

—¿Qué?

—Jason ha matado a Lana.

Quiso reírse, pero le salió un sonido estrangulado.

—Estás loco.

—Kate, escucha, ya sé que no siempre estamos de acuerdo, pero somos amigos desde hace mucho tiempo... y no quiero que te pase nada malo. Tienes que saberlo.

—¿Saber el qué?

—Esto no va a ser fácil. —Le indiqué una silla—. Igual prefieres sentarte.

—Vete a la mierda.

Suspiré y hablé con calma.

—Vale, ¿hasta dónde te ha contado Jason sobre su situación financiera?

La pregunta desconcertó a Kate.

—¿Su qué?

—Entonces no sabes nada. Está metido en un buen lío. Lana ha descubierto que ha abierto como diecisiete cuentas de empresa distintas, todas a nombre de ella, en bancos privados repartidos por todo el mundo. Está haciendo circular el dinero de sus clientes, usándola a ella como una lavadora, como una puta lavandería.

Lo dije lleno de indignación. Vi que Kate empezaba a digerir la información, que la sopesaba, que me sopesaba, que trataba de decidir si debía creer lo que estaba contándole. La verdad es que mi interpretación fue bastante buena, seguramente porque gran parte de lo que había dicho era cierto. Jason era un sinvergüenza, y estaba convencido de que Kate lo sabía.

—Y una mierda —repuso, sin demasiada convicción.

Pero no siguió protestando, así que continué, alentado.

—Están a punto de pillarlo, si es que no lo han hecho ya. Supongo que va a pasar una larga temporada entre rejas, salvo que alguien pague la fianza. Necesita dinero como sea...

Kate se echó a reír.

—¿Crees que ha matado a Lana por dinero? Te equivocas, Jason no haría algo así. No la mataría.

—Lo sé.

Kate se quedó mirándome, irritada.

—Entonces ¿qué quieres decirme?

Hablé despacio, con calma, como si se tratara de una niña:

—Llevaba tu chal, Kate.

Una breve pausa durante la que continuó mirándome.

—¿Qué?

—Por eso Jason la siguió hasta las ruinas, porque creía que se trataba de ti.

Kate guardó silencio sin apartar sus ojos de mí. De pronto, palideció.

—Tienes razón —proseguí—, Jason no quería disparar a Lana, pretendía matarte a ti.

Kate lo negó con un gesto enérgico.

—Estás enfermo... Eres un puto enfermo.

—¿Es que no lo ves? Va a cargarle el muerto a Nikos, ahora que se ha asegurado de que no pueda defenderse. Te avisé de que no obligaras a Jason a elegir entre vosotras. Lana era demasiado valiosa para renunciar a ella, mientras que tú... eres prescindible.

Vi el cambio en la mirada de Kate al oír aquello. Una especie de dolorosa toma de conciencia. Esa palabra, «prescindible», había hecho resonar algo en lo más profundo de su ser, un viejo sentimiento, muy antiguo, la sensación de no ser importante ni especial en ningún sentido, de no ser querida.

Agarró el respaldo de la silla como si fuera a tirármela, pero en realidad tuvo que hacerlo para no perder el equilibrio, y continuó aferrada a él con aspecto de ir a desmayarse en cualquier momento.

—Tengo que ver a Jason —murmuró.

—¿Qué? ¿No has oído ni una palabra de lo que he dicho?

—Tengo que verlo.

De pronto, se encaminó hacia la puerta con determinación, pero me interpuse en su camino.

—Kate, para...

—Quítate de en medio. Tengo que verlo.

—Espera. —Metí la mano en el bolsillo—. Ten...

Saqué el revólver y se lo tendí.

—Cógelo.

Kate abrió los ojos como platos.

—¿De dónde lo has sacado?

—Lo he encontrado en el estudio de Jason, donde escondió las armas. —Se lo puse en las manos—. Cógelo.

—No.

—¡Cógelo! Compórtate como una idiota si quieres, pero llévatelo. Por favor.

Kate me miró un momento y finalmente se decidió. Cogió el revólver.

Sonreí. Me hice a un lado y la dejé pasar.

7

Kate salió de la casita de verano empuñando el arma con fuerza y enfiló el camino que llevaba a la costa, hacia la playa y el embarcadero, en busca de Jason.

Esperé un momento antes de seguirla.

Los nervios se apoderaron de mí mientras avanzaba por el sendero. Notaba mariposas en el estómago, igual que en una noche de estreno. Era emocionante haber creado todo aquello: haber escrito un drama, pero no con lápiz y papel, para unos personajes sobre un escenario, sino para personas de verdad, en un lugar de verdad, que actuaban en una obra de la que no sabían que formaban parte.

En cierto modo era Arte. Lo creía de veras.

Vi que el viento amainaba a medida que me acercaba a la orilla. Pronto la furia se habría extinguido y dejaría tras de sí un rastro de destrucción. Busqué a Kate. Y, efectivamente, allí estaba, delante de mí, cruzando la playa en dirección al embarcadero, donde esperaba Jason.

¿Qué ocurriría? Conocía la respuesta. Era capaz de predecir el futuro con la misma seguridad que si lo hubiera escrito en mi cuaderno. Cosa que, en efecto, había hecho.

Kate accedería al embarcadero por los escalones de piedra, Jason vería el arma que llevaba en la mano y, tratándose de él, le exigiría que se la entregara.

La cuestión era: teniendo en cuenta lo que acababa de contarle a Kate y después de las dudas que había sembrado en ella, ¿se la daría?

Y lo que era más importante: habiéndole puesto un arma cargada en la mano, ¿Kate la usaría?

Pronto conoceríamos la respuesta a la pregunta que me hice la noche que Lana fue a verme y estuve escribiendo hasta el amanecer. ¿Sería capaz de provocar la muerte de Jason sin apretar el gatillo?

Estaba seguro de que mi plan tenía todas las de funcionar. En especial después de ver cómo Kate había entrado completamente de mi mano en el juego. Era una mujer imprevisible en el mejor de los casos, y en esos momentos, además, estaba aterrorizada, ebria y con las emociones a flor de piel. Era muy posible que se dejara dominar por sus sentimientos. Si fuera de los que apuestan, diría que tenía todos los números para ganar.

Ocupé mi posición junto a los altos pinos del final de la playa. Lo bastante cerca para ver bien el escenario, pero no tanto como para que me descubrieran, resguardado entre las sombras. Mi teatro privado.

De pronto, me asaltaron los nervios. En fin, todos los dramaturgos experimentan en algún momento esos ataques de pánico *in extremis*. Ese miedo a que la historia se desmorone. «¿Podría haber hecho más? ¿La estructura tiene cohesión?».

Es imperativo abstenerse de toquetear nada en esta fase tan avanzada. Muchos artistas han acabado dando al traste con sus obras porque han sido incapaces de dejar de modificarlas. Como sin duda también ha ocurrido con muchas incursiones en el crimen.

Debía confiar en el trabajo que había realizado. Lo que ocurriera a continuación estaba fuera de mi control, en esos momentos se encontraba en manos de los actores, yo era un mero espectador.

Así que me dispuse a disfrutar del espectáculo.

8

Kate atravesó la playa en dirección al embarcadero y subió despacio los escalones de piedra.

Jason estaba allí solo y quedaron cara a cara.

Ninguno dijo nada durante unos segundos. Él fue el primero en hablar, mirándola como si no las tuviera todas consigo.

—¿Has venido sola? ¿Dónde están los demás?

Kate no contestó. Continuó con los ojos clavados en él al tiempo que se le llenaban de lágrimas.

Jason la miró con atención. Parecía intranquilo, sin duda intuía que algo iba mal.

—Kate, ¿estás bien?

Ella negó con la cabeza y continuó callada. Señaló la lancha motora, amarrada a sus pies.

—¿Por qué no nos vamos? Larguémonos de aquí de una puta vez... —dijo por fin.

—No. La policía no tardará en llegar. No hay nada de que preocuparse.

—Sí, sí que lo hay. Por favor, vámonos...

—¿Qué es eso? —Jason vio el arma que llevaba en la mano. Adoptó un tono más seco—. ¿De dónde coño la has sacado?

—La he encontrado.

—¿Dónde? Dámela.

Se acercó a ella y alargó la mano. Kate retrocedió un paso, apenas un centímetro; fue un movimiento involuntario, pero abrió un abismo entre ambos.

Jason frunció el ceño.

—Dame la pistola. Yo sé usarla y tú no —y, a continuación, añadió—: Katie, venga. Soy yo.

Por un instante, Kate creyó en su autoridad, pero entonces vio que le temblaba la mano y comprendió que estaba tan asustado como ella.

Y con motivo. Era evidente que Kate estaba fuera de control, así que debía contenerla como fuera. Debía calmarla y conseguir que recuperara la racionalidad. Necesitaba tranquilizarla, convencerla para que le entregara el arma.

Así que asumió un riesgo calculado.

—Te quiero —dijo.

Solo había que ver la cara de Kate para saber que la jugada le había salido mal. Su expresión se endureció.

—Mentiroso.

Y por fin llegó ese momento por el que había rezado. La suspensión de la incredulidad, una especie de alquimia teatral, llámalo como quieras. Para Kate, lo ficticio se convirtió en real y en su mente arraigó la idea de que Jason no era de fiar. Por primera vez desde que lo conocía, le tuvo miedo.

Un recelo que Jason empeoró cuando, más enérgico que antes, insistió.

—Dame la pistola, Kate.

—No.

—Kate...

—¿La has matado tú?

—¿Qué? —Jason se quedó mirándola, incrédulo—. ¿Cómo?

—Que si has sido tú quien ha matado a Lana —repitió Kate de inmediato—. Elliot ha dicho que la mataste... por error. Ha dicho... que querías matarme a mí.

—¿Qué? —gruñó Jason—. Está loco. Es mentira.

—¿Seguro?

—¡Claro que sí! —Se acercó a ella—. Dame la pistola.

—No.

Kate levantó el arma y lo apuntó con ella. Temblaba tanto que tuvo que agarrarla con ambas manos para poder sujetarla con firmeza.

Jason dio otro paso hacia ella.

—Escúchame, Elliot es un mentiroso. ¿Sabes cuánto le ha dejado Lana? Millones. Piénsalo, ¿a quién crees, Kate? ¿A él o a mí?

Jason lo había dicho con tanta angustia, con tanta pasión y tanta sinceridad que Kate quiso confiar en él, pero ya era demasiado tarde. No lo creía.

—Aléjate de mí, Jason, lo digo en serio. No te acerques.

—Dame la pistola. Ya.

—Para. No te acerques más.

Continuó avanzando hacia ella, un paso tras otro.

—Jason, para. —Cada vez más cerca—. Para.

Jason no se detuvo. Alargó la mano.

—Dámela. Soy yo, por amor de Dios.

Sin embargo, no era él. No era Jason, ya no. No era la persona que Kate conocía y amaba. Como en una pesadilla, su amante se había transformado en un monstruo.

En ese momento, Jason quiso abalanzarse sobre ella...

El dedo de Kate apretó el gatillo y disparó.

Pero falló. Jason no se detuvo. Kate disparó otra vez...

Y otra más...

Y otra.

Hasta que dio en el blanco. Jason se desplomó y cayó dando tumbos por los escalones del embarcadero. Quedó allí tendido, inmóvil, desangrándose en la arena.

Ojalá pudiera acabar la historia aquí.

Un final demoledor, ¿verdad? Tiene todo lo necesario: un hombre, una mujer, un arma, una playa, la luna. A Hollywood le encantaría.

Pero no puedo acabar la historia así.

¿Por qué no? Porque, por desgracia, es todo mentira.

Eso no fue lo que ocurrió, solo es producto de mi imaginación. Es lo que esperaba que ocurriera, la escena que había esbozado en mi cuaderno.

Pero me temo que se trata de ficción, nada más.

En la vida real, todo se desarrolló de una manera un tanto distinta.

9

Entre las sombras, viendo a Kate subir los escalones de piedra, me asaltó la primera y desagradable sospecha de que la realidad se alejaba de los planes que tenía para ella.

Sentí que alguien me clavaba algo en la espalda y me volví de inmediato.

Me topé con Nikos, detrás de mí. Me apuntaba con una escopeta y volvió a clavármela en las costillas. Esta vez con más fuerza.

Cuando vi que se trataba de él, más que preocupado, me sentí molesto.

—Déjame en paz —espeté—. Y para de apuntarme con eso, joder. Creía que Jason te había dicho que te quedaras en tu cabaña.

Nikos hizo caso omiso. Me miró con atención, receloso.

—Vamos con los demás —dijo, y me indicó que caminara—. Venga.

Señaló la playa con la cabeza, en dirección al embarcadero, donde estaban Jason y Kate. Me entró el pánico.

—No —me apresuré a decir—. Por ahí no, no es una buena idea.

—Venga. —Nikos me clavó de nuevo la escopeta—. Ya.

—No, escucha. La policía viene hacia aquí, hay que encontrar a Leo y a Agathi. —Continué hablando con calma, poniendo mucho énfasis, para que me entendiera—: Tú y yo volvemos a la casa. Y los buscamos. ¿De acuerdo?

Iba a señalarle la dirección correcta, pero, tan pronto como moví la mano, me hundió el cañón de la escopeta en el pecho y lo apretó con fuerza sobre las costillas. Noté mi corazón latiendo contra el arma.

Nikos no estaba para tonterías.

Volvió a indicar el embarcadero con la cabeza.

—Venga. Ya.

—Vale —dije—, vale. Tranquilo.

Viendo que no me quedaba otra opción, acepté mi destino con un suspiro. Como un niño enfurruñado, bajé hasta la playa.

Mientras cruzábamos la arena, Nikos iba pegado a mí y no dejaba de hundirme el cañón en la espalda. Sospechaba de mí, y con razón. Qué idiota había sido al permitir que me pillara escondido entre los arbustos espiando a Kate y a Jason. La cosa pintaba mal; habría que inventarse algo para salir de esa, y no iba a ser fácil. Tendría que improvisar, lo que nunca había sido mi fuerte.

«Maldito Nikos —pensé—. Está estropeándolo todo».

Alcanzamos los peldaños del embarcadero. Me detuve, reacio a continuar, pero sentí la presión de la escopeta en la espalda, que me obligó a subir, escalón tras escalón, hasta que llegué arriba, a la explanada de piedra.

Me encontré frente a frente con Kate y Jason.

Advertí que Kate seguía empuñando la pistola y que Jason no parecía poner reparos, así que quizá ahí me había equivocado. Kate miró primero a Nikos y luego a mí con una incredulidad mezclada con asco. Se volvió hacia Jason.

—Según Elliot, Nikos estaba muerto —dijo Kate—. Y lo habías matado tú.

—¿Qué? —soltó Jason, atónito—. ¿Cómo?

—Elliot dijo que lo habías matado tú, y a Lana también.

Jason ahogó un grito.

—Pero ¿qué cojones...?

—Eres un mal bicho —prosiguió Kate, volviéndose hacia mí—. Una puta alimaña. Seguro que te pones a escupir veneno en cualquier momento. Anda, escupe.

—Kate, por favor, para. Puedo explicarlo...

Estaba a punto de inventarme lo que fuese cuando vi a alguien en la playa por encima del hombro de Jason. Y se me cayó el alma a los pies. Era Agathi, que se acercaba a toda prisa.

Ahora sí que todo se había acabado. Mi castillo de naipes estaba a punto de desmoronarse. Solo me quedaba resignarme.

Mientras esperaba a que Agathi llegara junto a nosotros, devolví mi atención a Jason y a Kate, que hablaban de mí como si no estuviera allí. Algo bastante desconcertante, por no decir otra cosa.

A menudo he oído comentar a otros escritores que sus personajes se alejan de ellos, que toman decisiones por su cuenta como si tuvieran «vida propia». La idea me parecía ridícula y me exasperaba por pretenciosa, pero, en esos momentos, para mi asombro, estaba experimentándolo en directo. Solo quería interrumpirlos para decirles: «No, no, tú no tenías que decir eso», y: «Esto no debería estar sucediendo». Pero sucedía. Aquello era la vida real, no una obra. Y no estaba desarrollándose como la había imaginado.

—Quiere cargarte el muerto —dijo Kate—. Lana le ha dejado millones de libras. ¿Lo sabías?

—No. —Jason parecía furioso—. Para nada.

Agathi llegó a lo alto de los escalones y nos miró asustada.

—¿Qué está pasando?

—Sabemos quién disparó a Lana —dijo Kate.

—¿Quién? —preguntó Agathi, desconcertada.

Kate me apuntó con la pistola.

—Elliot.

10

Estábamos allí de pie, en el embarcadero, mirándonos unos a otros. Solo se oían el aullido del viento y las olas que rompían a nuestro alrededor.

Detrás de aquellos ojos, vi que Agathi se estrujaba los sesos tratando de decidir cómo reaccionar.

—¿Por qué iba Elliot a hacer algo así? —preguntó con cautela.

—Por dinero —contestó Kate—. Está sin blanca, me lo dijo Lana. Y que le había dejado una fortuna.

Me encontraba ante la única posibilidad que no había contemplado: que yo acabara siendo el sospechoso principal.

No se me escapaba la ironía. Me costó mantener el semblante serio, pero conservé la compostura y me enfrenté a ellos con gesto grave.

—Siento decepcionaros —dije—. Soy culpable de muchas cosas, pero matar a Lana no es una de ellas.

Le lancé a Agathi una mirada desafiante.

«Adelante —pensé—, levanta la liebre, seguro que te mueres por contarles que todo es una pantomima».

Sin embargo, Agathi guardó silencio. En ese momento me asaltó una idea esperanzadora: ¿era posible que Lana hubiera conseguido ganársela? ¿Agathi nos seguiría la corriente? ¿Me ayudaría a darle la vuelta a la situación?

Mientras, Kate hablaba con voz febril, casi en un susurro:

—Elliot la ha matado. No puede salirse con la suya. No puede, no puede...

—No lo hará —aseguró Jason—, la policía...

—Y una mierda la policía. Los convencerá de que no ha hecho nada. No puede salir de esta como si nada, Jason. Hay que impedirlo.

—¿De qué hablas?

—Hablo de hacer justicia. ¡Ha matado a Lana!

—¿Quieres pegarle un tiro al pringado este? Adelante. Por mí no te cortes.

—Lo digo en serio.

—Y yo.

Se hizo un breve silencio. Decidí que aquello había ido muy lejos. No me gustaba el derrotero que estaba tomando la situación, y menos con Kate empuñando un revólver cargado y agitándolo como si nada. Las cosas podían irse de las manos con suma facilidad.

Así que, muy a mi pesar, me sentí obligado a ponerles fin.

—Señoras y señores. —Levanté las manos—. Odio estropear la sorpresa, pero me temo que nada de esto es real. Toda la velada ha sido una farsa. Lana no está muerta, solo ha sido una broma.

Jason me miró indignado.

—Tú no estás bien de la puta cabeza, tío.

Por lo visto no me creía, cosa que, en cierta manera, era un gran cumplido.

Sonreí.

—De acuerdo. Preguntadle a Agathi, si no. Ella os lo confirmará. —Me volví un momento hacia ella—. Adelante, díselo.

Agathi me sostuvo la mirada sin pestañear.

—¿Que les diga qué?

Fruncí el ceño.

—Que les digas la verdad. Que Lana está viva...

—Asesino —me escupió en la cara.

Ahogué un grito, atónito.

—Agathi...

—La has matado. —Agathi se persignó—. Que Dios te perdone —dijo.

Estaba estupefacto... y furioso. Me pasé las manos por la cara.

—¿A qué coño juegas? Déjalo ya. ¡Diles la verdad!

Sin embargo, Agathi continuó mirándome con insolencia, así que controlé mi rabia y me volví hacia Jason.

—Venga, volvamos a la casa —dije—. Allí encontraréis a Lana vivita y coleando, bebiendo vodka como una esponja, fumándose el tabaco de Kate y...

Jason me propinó un puñetazo en la cara que me alcanzó en el mentón y me hizo retroceder con paso tambaleante.

Tardé un momento en recuperarme. Me llevé la mano a la mandíbula palpitante. El dolor era intenso. Y empeoraba al hablar.

—Creo que me has roto la mandíbula... Joder.

—Y lo que te espera, tío —dijo, muy serio.

—Por el amor de Dios. —Fulminé a Agathi con la mirada—. ¿Ya estás contenta? ¿Satisfecha? ¿Podrías decirle ya a este puto imbécil que es solo una broma...?

Jason volvió a propinarme un puñetazo. Esa vez, su puño impactó contra mi sien y perdí el equilibrio, trastabillé, caí de rodillas y me quedé a cuatro patas. Empecé a sangrar a chorro por la nariz sobre el suelo de piedra clara. Jadeé tratando de recuperar la respiración. Había perdido el equilibrio físico y mental, y tenía que hacerme a la idea de que la situación estaba descontrolándose por momentos. Oí que hablaban por encima de mi cabeza, y lo que escuché resultó inquietante, por no decir otra cosa.

Los invadía un extraño entusiasmo, casi como si estuvieran colocados.

—Bueno, ¿vamos a hacerlo o no? —preguntó Jason.

—No queda otra —dijo Kate—. La ha matado. Tiene que pagar.

—¿Y qué le decimos a la policía?

—La verdad: que Elliot disparó a Lana... y luego se suicidó.

Sufrían de enajenación transitoria, pero estaba convencidísimo de que no serían capaces de llegar hasta el final. A pesar de ese pensamiento tranquilizador, empecé a sentir miedo. Tenía que salir de aquella como fuera.

Me levanté y, por mucho que me doliera la mandíbula, me obligué a sonreír.

—Enhorabuena —los felicité—, una actuación brillante, chicos. Casi me lo trago, pero esta farsa ya ha ido demasiado lejos. Un consejo: no alarguéis tanto el acto final si queréis conservar el interés del público.

Dicho eso, di media vuelta para irme...

Y oí un ruido sordo. Acto seguido, un dolor abrumador se extendió por mi zona lumbar. Nikos me había golpeado por detrás con la culata de la escopeta. Caí de rodillas con un gruñido.

—Cogedlo —dijo Jason—. No lo soltéis.

Nikos me agarró por los hombros y me sujetó con fuerza para que no pudiera ponerme en pie. Traté de zafarme.

—¡Quítame las putas manos de encima! ¡Esto es de locos! No he hecho nada...

Me rodearon. Los oía hablar entre susurros por encima de mí.

—¿Justicia? —dijo Jason.

—Justicia —repitió Kate.

Empezó a entrarme el pánico y me retorcí intentando volverme hacia Agathi como fuera. Apelé a ella.

—¿Por qué haces esto? Ya ha quedado claro que tenías razón, ¿vale? Lo siento, ¡parad ya!

Pero Agathi ni me miró.

—Justicia —dijo. Y se lo tradujo a Nikos—: *Dikaiosýni*.

—*Dikaiosýni* —repitió Nikos, asintiendo con un gesto—. Justicia.

Jason señaló con la cabeza el revólver que Kate tenía en la mano.

—Tiene que empuñar el arma él. Dámela.

—Toma. —Kate se la tendió—. Toda tuya.

285

—¡Soltadme! Lana está viva...

Traté de liberarme con todas mis fuerzas, pero las manos de Nikos eran como garras. Sentí que me invadía el pánico.

Jason me puso la pistola en la mano y cerró sus dedos sobre los míos. Levantó el arma hasta mi frente. Noté que el cañón se hundía en mi sien.

—Aprieta el gatillo, Elliot —dijo—. Este es tu castigo. Aprieta el gatillo.

Intenté reprimir las lágrimas.

—No, no, yo no he hecho nada, por favor...

—Shhh. —De pronto, Jason me hablaba con una extraña suavidad, casi con ternura—. Ya puedes dejar de fingir —me susurró al oído—. Hazlo. Aprieta el gatillo.

—No, no, por favor.

—Aprieta el gatillo, Elliot.

—No. —Sollozaba—. Por favor, parad...

—Entonces lo haré yo.

—No —dijo Kate—. Yo.

De repente me topé con los ojos de Kate frente a los míos. Eran enormes, fieros, temibles.

—Esto es por Lana —susurró.

—No, no...

Y entonces, completamente aterrorizado, empecé a gritar.

Me desgañité llamando a Lana. ¿A quién si no? No sabía si podría oírme, pero necesitaba que lo hiciera. Tenía que salvarme.

—¡LANA! ¡LANA!

Noté los dedos de Kate en el arma, deslizándose sobre los míos, obligándome a colocar el índice sobre el gatillo. Y en ese momento supe, con absoluta certeza, que sus dedos sobre los míos, la pistola en la cabeza, el viento en mi cara... sería lo último que sentiría.

—¡LAAANA!

Kate apretó más mi dedo en el gatillo.

—¡LAN...!

Mi grito se interrumpió en seco. Oí un clic y un estruendo. Todo quedó a oscuras.

Y mi mundo desapareció.

Quinto acto

Sé que lo que voy a hacer está mal, pero mi furia resulta más fuerte que mi conciencia.

EURÍPIDES, *Medea*

1

Lana despertó en la oscuridad.

No estaba segura de dónde se encontraba. Tampoco de qué hora era. Se notaba adormilada y confundida.

Sus ojos fueron acostumbrándose poco a poco a la penumbra y distinguió la forma de una gran ventana con las cortinas corridas. En los bordes empezaba a aparecer una línea luminosa, como si se colara desde fuera.

«Es por la mañana —pensó—. Y estoy en el sofá de Elliot».

Al ver los despojos que la rodeaban, los restos de la masacre de la noche anterior —la mesita de café llena de botellas vacías de vino y de vodka, varias copas, cogollos de marihuana deshechos, ceniceros desbordados de porros y colillas—, fue recobrando la memoria. Se había presentado en mi casa a altas horas de la noche. Entonces recordó también el motivo de su visita —había descubierto que Kate y Jason tenían una aventura— y la invadió el dolor.

Permaneció quieta un momento. Estaba tan triste, tan exhausta, tan completamente rota, que le costó un esfuerzo enorme reunir la energía necesaria para levantarse. Consiguió reclinarse en el reposabrazos del sofá e incorporarse un poco. Se puso de pie y, con cierta inestabilidad, empezó a recoger sus cosas.

Entonces vio la silueta de un hombre al otro lado de la habitación. Sumido en un sueño profundo, boca abajo, en el escritorio.

«Es Elliot», pensó.

Avanzó con cuidado entre los despojos. Se detuvo junto al escritorio y me miró un instante mientras dormía.

Los recuerdos de la noche anterior regresaron a ella y comprendió que, cuando más necesitaba a un amigo, cuando más desesperada estaba, cuando sentía que no hacía pie, Elliot Chase estaba ahí. Apoyándola, sosteniéndola, manteniéndole la cabeza fuera del agua.

«Es mi roca —se dijo—. Sin él, me hundiría».

A su pesar, Lana sonrió de repente... y recordó el descabellado plan de venganza que habíamos tramado juntos en el punto álgido de su locura.

«Se nos fue la cabeza —pensó—, pero se nos fue a los dos juntos. Cómplices criminales. Cómplices, sin más».

Y allí de pie, mirándome, sintió por mí un amor inmenso. Fue como si, en la mente de Lana, yo emergiera de una niebla y me acercara a ella saliendo de la bruma. Tuvo la sensación de verme por primera vez con claridad.

«Parece un niño pequeño», pensó.

Observó mi rostro con cariño. Era un rostro que conocía muy bien, pero nunca lo había contemplado con tanto detalle.

Un rostro sin brillo, cansado. Una cara triste. Alguien que no había recibido amor.

«No —pensó—. Eso no es cierto. Sí tiene amor. Yo lo quiero».

Y entonces, mirándome en la penumbra, experimentó un momento de claridad que le cambiaría la vida. Comprendió que no solo me amaba, sino que siempre me había amado. Tal vez no con la pasión salvaje que le inspiraba Jason, pero sí de una forma más tranquila, duradera... y profunda. Un gran amor, un amor verdadero, nacido del respeto mutuo y de repetidos actos de bondad.

Ante sí tenía, por fin, a un hombre que no le fallaría. Un hombre en quien podía confiar. Un hombre que jamás la abandonaría, que no la engañaría con otra ni le mentiría. Que solo le daría lo que más necesitaba. Que le ofrecería compañía, bondad... y amor.

Lana sintió el repentino impulso de despertarme para decirme lo mucho que me quería.

«Dejaré a Jason —estaba a punto de decir—. Y tú y yo podremos estar juntos, amor mío. Y ser felices. Por siempre jamás...».

Alargó la mano con la intención de tocarme el hombro, pero algo la detuvo.

Mi libreta estaba en el escritorio, bajo mi mano derecha.

Estaba abierta, así que vio sus páginas llenas de palabras garabateadas. Parecía el borrador de un guion, quizá, o de una escena teatral.

Una palabra le llamó la atención: «Lana».

Miró con más detenimiento y se fijó en otras palabras llamativas: «Kate», «Jason»..., «revólver».

Debía de ser la idea loca de la noche anterior. «Qué bobo —pensó—. Seguro que empezó a escribirla antes de quedarse grogui. Le diré que rompa las páginas en cuanto despierte». Supuso que, como ella, amanecería más sobrio, y más sensato.

Dudó un instante, pero la curiosidad pudo con ella. Con cuidado de no despertarme, retiró la libreta de debajo de mi mano. Se acercó a la ventana y la levantó hacia los resquicios de luz para empezar a leer.

Al cabo de muy poco, arrugó la frente, desconcertada. No comprendía lo que estaba leyendo. No tenía sentido, así que retrocedió varias páginas, y luego algunas más. Hasta que llegó a la primera de todas y comenzó por el principio.

Allí de pie, Lana entendió entonces lo que tenía en las manos, y le temblaron los dedos. Le castañetearon los dientes. Sintió que perdía el control, que necesitaba gritar.

«¡Sal de aquí! —gritó la voz de su interior—. Sal de aquí, sal de aquí, sal de aquí, sal de aquí».

Tomó una decisión. Estaba a punto de guardarse la libreta en el bolso, pero cambió de idea y volvió a dejarla en el escritorio, abierta, deslizándola bajo mis dedos.

Justo cuando yo empezaba a abrir los ojos, Lana salía de mi piso con sigilo.

Se marchó sin hacer ruido alguno.

2

Era muy temprano cuando salió de mi edificio con paso tambaleante.

La luz de la mañana le resultaba excesiva, cegadora, así que se protegió los ojos con una mano y mantuvo la cabeza gacha mientras caminaba. El corazón le martilleaba en el pecho, su respiración se había vuelto superficial y rápida. Tenía la sensación de que iban a fallarle las piernas, pero consiguió seguir andando.

No sabía adónde iba. Lo único que tenía claro era que quería alejarse todo lo posible de las palabras que acababa de leer y del hombre que las había escrito.

Sin detenerse, intentó encontrar un sentido a lo que había visto en la libreta. Le parecía espantoso; demasiado para digerirlo. Mirar esas páginas había sido como asomarse a la mente desequilibrada de un loco, como ver un atisbo del infierno.

Al principio había tenido la desconcertante impresión de estar leyendo su propio diario: había mucho de ella en esas líneas, que estaban llenas de sus palabras, ideas, frases, observaciones sobre el mundo, incluso de sus sueños. Todo fielmente registrado y escrito nada menos que en primera persona, como si lo hubiera redactado ella misma. Casi le pareció un ejercicio de interpretación, como si estuvieran estudiándola, como si fuera un personaje de una obra en vez de una persona real.

Peor aún, y más dolorosa de leer, le había resultado la interminable enumeración de citas entre Jason y Kate, que ocupaba varias páginas. Cada entrada estaba datada con esmero, indicaba la ubicación y contenía un resumen de lo que había ocurrido allí.

Había una lista titulada «Lana», con una columna de posibles pistas que colocar en su casa para hacerle sospechar de la infidelidad de Jason.

Otra lista, «Jason», esbozaba una serie de métodos alternativos para deshacerse de él. Sin embargo, esa había sido tachada; era evidente que ninguno de los procedimientos propuestos había resultado satisfactorio.

Y al final, en las últimas páginas de la libreta, redactado primero y reescrito después, encontró un extraño plan para asesinar a Jason en la isla. Lo que resultaba más inquietante era que estaba escrito en forma de obra teatral, con diálogos y acotaciones incluidos. Lana se estremeció al recordarlo. Pensó que también ella se había vuelto loca. La última vez que había experimentado tal sensación de irrealidad había sido al encontrar el pendiente.

Ese pendiente. El que, según la libreta, había sido colocado allí para que ella lo viera. ¿Era posible? Se esforzó por hacer cuadrar las palabras que acababa de leer con el hombre que las había escrito. Un hombre a quien pensaba que conocía... y amaba.

Eso era lo que lo hacía tan doloroso: su amor por él. Esa traición le resultaba tan profunda, tan visceral, que casi era como una herida física, un agujero enorme. No podía ser cierto.

¿De verdad le había mentido de esa manera su mejor amigo? ¿De verdad la había manipulado y aislado, y había planeado acabar con su matrimonio? Y, por si eso fuera poco, ¿estaba preparando un asesinato real?

Lana sabía que debía ir a la policía a denunciarlo en ese mismo instante, sin perder tiempo. No tenía elección. Envalentonada por esa idea, apretó el paso. Iría directa a la comisaría y les contaría...

¿Qué les contaría? ¿Que un demente había garabateado un montón de barbaridades? ¿Acaso no parecería loca ella también, presentándose con confusas acusaciones de que le habían hecho luz de gas, de aventuras amorosas, de planes de asesinato?

Moderó el paso mientras imaginaba lo que sucedería. La historia saldría a la luz casi de inmediato; al día siguiente vería su foto en la portada de todas las revistas sensacionalistas del mundo. Había suficiente material para tener a los periodistas entretenidos durante semanas, si no meses. No, eso no podía permitirlo. Por el bien de Leo y por ella misma. Ir a la policía no era una opción.

Entonces ¿qué? ¿Qué otra cosa podía hacer? No encontraba alternativa.

Su paso perdió seguridad y acabó deteniéndose. Se quedó inmóvil en mitad de la acera sin saber qué hacer ni adónde ir.

Era demasiado temprano y la calle no estaba muy concurrida. Un puñado de personas pasaron de largo, la mayoría sin hacerle ningún caso. Solo un hombre impaciente soltó un pesado suspiro.

—Venga, guapa —dijo, empujándola—. Quita de en medio.

Eso hizo que Lana se moviera otra vez, pusiera un pie delante del otro y siguiera su camino. No sabía hacia dónde, pero continuó andando.

Acabó llegando a Euston. Se metió en la estación del tren y, cansada, se sentó en un banco. Estaba exhausta.

Llevaba dos asaltos psicológicos brutales en solo un par de días. El primero había sido descubrir la aventura entre Jason y Kate, lo que había dado lugar a una riada de emociones, lloros e histerismo. Lana debía de haber vertido todas sus lágrimas, porque no le quedaba ninguna para esa segunda traición. Se veía incapaz de llorar, de sentir nada. Solo estaba cansada y confundida. Incluso le resultaba difícil pensar.

Se quedó allí, en el banco, sentada con la cabeza gacha cerca de una hora mientras la estación cobraba vida a su alrededor. Nadie se fijó en ella; era invisible, otra alma en pena, obviada por la corriente incesante de viajeros.

Hasta que alguien la vio. Un anciano que, igual que ella, no tenía adónde ir. Se le acercó arrastrando los pies. Apestaba a alcohol.

—Alegra esa cara, niña —dijo—. No puede ser tan grave la cosa. —Y entonces, al mirarla con más atención, añadió—: Oye, me suenas de algo... Me da que te conozco.

Ella no levantó la mirada, no contestó, se limitó a negar con la cabeza sin parar hasta que el viejo acabó rindiéndose y se fue a otra parte.

Lana se obligó a levantarse. Salió de la estación justo cuando el pub de enfrente abría sus puertas. Vaciló y se planteó entrar, pero decidió no hacerlo. No necesitaba emborracharse. Lo que necesitaba era tener la mente lo más clara posible.

Cuando pasó de largo por delante del establecimiento, se le ocurrió pensar en Barbara West.

De repente le vino un aluvión de recuerdos que se había esforzado muchísimo por olvidar. Recordó todo lo que Barbara le había dicho sobre Elliot. Que era peligroso, que estaba loco. Lana se había negado a creerla. Había insistido en que Elliot era un buen hombre, cariñoso y amable.

Pero se había equivocado. Barbara no mentía.

Esta vez, mientras caminaba, notó que empezaba a centrarse. Constató que le resultaba más fácil pensar, que lo hacía con más agilidad. Por fin sabía cuál era su propósito. Sabía lo que debía hacer. Le aterraba, pero no tenía más remedio: debía descubrir la verdad.

De manera que caminó desde Euston hasta Maida Vale. Subió los escalones de la puerta principal de una casa victoriana adosada de Little Venice, se detuvo ante ella y mantuvo el dedo presionando el timbre... hasta que oyó unos pasos airados en el recibidor, y la colérica propietaria abrió la puerta de golpe.

—¿Qué narices...? —Kate estaba hecha unos zorros. Se había acostado hacía poco, después de una noche movidita. Tenía el pelo alborotado y el maquillaje corrido. Su enfado se esfumó en cuanto vio que era Lana—. ¿Qué haces aquí? ¿Qué ha pasado?

Ella se quedó mirándola y dijo lo primero que se le vino a la cabeza:

—¿Te estás tirando a mi marido?

Kate inspiró con brusquedad, prácticamente ahogando una exclamación. Y después, en esa misma respiración, soltó un suspiro audible, largo y lento.

—Ay, Dios, Lana... Se acabó. Ya le he puesto fin. Lo siento. Lo siento mucho.

No fue muy largo, pero ese sincero intercambio de palabras les proporcionó de algún modo una base minúscula, un punto de apoyo desde el que tomar impulso. La verdad las liberó, o al menos abrió la puerta un resquicio. Por fin ambas podían hablar con franqueza.

Lana entró y se sentó a la mesa de la cocina de Kate. Pasaron allí horas, hablando y llorando. Fueron más sinceras la una con la otra de lo que lo habían sido en años. Todos los malentendidos, los enredos, los sentimientos heridos, las mentiras, las sospechas... Todo salió a borbotones. Kate confesó lo que sentía por Jason desde el día en que se habían conocido. Hundió la cara en las manos y se echó a llorar.

—Lo amaba —dijo en voz baja—. Y tú me lo quitaste, Lana. Me dolió muchísimo. Intenté pasar página, intenté olvidar..., pero no pude.

—¿Así que intentaste recuperarlo? ¿Es eso?

—Lo intenté. —Kate se encogió de hombros—. Pero él no quiere estar conmigo. Te quiere a ti.

—Dirás que quiere mi dinero.

—No lo sé. Sé que entre tú y yo... hay una amistad real. Esto sí es amor. ¿Podrás perdonarme?

—Puedo intentarlo —dijo Lana con un hilo de voz.

Quizá esa emotiva reconciliación no sea tan sorprendente. Lana y Kate de pronto estaban más unidas que nunca. Al fin y al cabo, ahora tenían un enemigo común. Yo.

3

Kate estuvo fumando un cigarrillo tras otro con furia mientras escuchaba la historia de Lana sin poder creerlo.

—Me cago en la puta —dijo con unos ojos como platos a causa de la sorpresa—. Elliot es un psicópata.

—Lo sé.

—¿Qué vamos a hacer?

Lana se encogió de hombros.

—Ni idea. No consigo pensar. No puedo creer que esto esté pasando.

—Pues yo sí —repuso Kate con una risa macabra—. Te lo aseguro.

A pesar de su asombro inicial, a Kate le resultó más fácil que a Lana aceptar la noticia de mi engaño. Ella llevaba años desconfiando instintivamente de mí, al fin y al cabo. Y ahora, por fin, veía confirmadas sus sospechas; se sentía victoriosa y le parecía que una venganza estaba justificada.

—No podemos permitir que ese cabrón se salga con la suya —dijo mientras apagaba el cigarrillo—. Tenemos que hacer algo.

—No podemos acudir a la policía. No con una historia de este calibre.

—No, ya lo sé. Si te soy sincera, no creo que nos tomaran muy en serio. Para comprender hasta qué punto es retorcido hay que conocer a Elliot, *saber* lo psicópata que es.

—Kate, ¿crees que está loco? Porque yo sí.

—Claro que está loco. Está como un cencerro. —Kate sirvió un par de whiskies—. Te lo advertí, hace años, ¿recuerdas? Te dije que no confiaras en él. Sabía que había algo raro. No deberías haber dejado que se te acercara tanto. Ahí la cagaste.

Lana estuvo callada unos segundos y luego, en voz baja, confesó:

—Creo que le tengo un poco de miedo.

Kate frunció el ceño.

—Precisamente por eso no podemos dejar que se salga con la suya. ¿No lo entiendes? Debemos actuar. ¿Se lo has contado a Jason?

—No. Solo a ti.

—Pues debes contárselo.

—Todavía no.

—¿Y qué hacemos con Elliot? —Kate le dirigió una mirada de curiosidad—. ¿Vas a enfrentarte a él?

—No. —Lana negó con la cabeza—. No debe enterarse de que lo sabemos. No lo subestimes, Kate. Es peligroso.

—Ya lo sé. ¿Qué hacemos, entonces?

—Solo veo una opción.

—¿Y sería?

Lana miró a su amiga a los ojos. Guardó silencio unos instantes y, cuando habló, lo hizo con una voz carente de emoción alguna, como si se limitara a constatar un hecho.

—Debemos acabar con él —dijo—. Antes de que mate a Jason.

Se miraron a los ojos y Kate asintió despacio.

—De acuerdo. Pero ¿cómo?

Se quedaron calladas un rato, dándole vueltas mientras bebían pequeños tragos de whisky. De repente, Kate levantó la mirada. Le brillaban los ojos.

—Ya lo tengo —dijo—. Lo venceremos con sus propias armas.

—¿Y eso qué significa?

—Que le seguiremos la corriente. Interpretaremos su guion, y entonces, cuando crea que todo va según su plan, se volverán las tornas. Escribiremos otro final. Uno que no se espera.

Lana lo sopesó y asintió con la cabeza.

—De acuerdo.

Kate alzó su vaso para brindar.

—Por la venganza.

—No. —Lana levantó también el suyo—. Por la justicia.

—Eso. Por la justicia.

Las dos mujeres bebieron solemnemente por el éxito de su producción.

El telón se levantó de inmediato. Esa misma tarde, de hecho, cuando, cansado y resacoso, me acerqué a casa de Lana.

—Cielo —le dije—, me he pasado a ver cómo te encuentras. Me he preocupado al despertar y ver que no estabas. Tampoco me has contestado al teléfono. ¿Estás bien?

—Por supuesto —aseguró ella—. Iba a despertarte, pero se te veía muy a gusto durmiendo.

—Pues ahora estoy hecho un asco. Anoche bebimos demasiado... Hablando de anoche, ¿y si nos quitamos de encima la resaca con otra copa?

Lana asintió.

—¿Por qué no?

Fuimos a la cocina y abrí una botella de champán. Después, empecé a recordarle con cautela todo lo que habíamos hablado la noche anterior. La animé a seguir adelante con nuestro plan, a convencer a Kate y a Jason para ir a la isla.

—Eso, si todavía quieres hacerlo —dije como si tal cosa, y esperé.

Noté que a Lana le costaba mirarme, pero lo achaqué a la resaca.

Se obligó a sonreír en dirección a mí.

—Nada podría detenerme.

—Bien.

Luego, a sugerencia mía, fue a por el móvil y llamó a Kate, que estaba en el Old Vic.

303

Kate contestó enseguida.

—Hola. ¿Todo bien?

—Pronto lo estará —dijo Lana—. Se me ha ocurrido que lo que necesitamos todos es un poco de sol. ¿Te vienes?

—¿Qué? —Kate parecía perpleja.

—A la isla. Por Semana Santa. —Lana siguió hablando con un tono animado antes de que Kate pudiera decir nada—. No me digas que no. Seremos solo nosotros. Tú, yo, Jason, Leo. Y Agathi, claro. No sé si decírselo también a Elliot, que me está incordiando mucho últimamente.

Con eso, Lana advirtió a Kate de que no estaba sola, de que yo estaba en la cocina con ella.

Kate lo entendió. Sonrió y le siguió el juego. Asintió.

—Ya estoy reservando el vuelo.

4

No les contaron el plan a los demás hasta que estuvieron en la isla.

Lana fue posponiendo el momento de decírselo a Agathi; estaba segura de que se negaría a colaborar. Sin embargo, al final resultó que se equivocaba. Agathi demostró estar más que dispuesta a participar en la fiesta de esa noche.

Lana informó a Leo el segundo día, durante el pícnic en la playa, cuando le propuso ir a dar un paseo.

—Cariño —dijo bajando la voz mientras caminaban por la orilla cogidos del brazo—. Hay algo que deberías saber. Esta noche va a cometerse un asesinato.

Leo prestó atención, fascinado, mientras su madre le detallaba el plan. Dicho sea en su favor, vaciló un instante, tuvo la desasosegante sensación de que la propuesta de Lana era inmoral y que alguien pagaría un precio muy alto. Sin embargo, no tardó en desterrar la idea. Como actor en ciernes, sabía que no podía negarse. Nunca volverían a ofrecerle un papel como ese.

Además, que me detestara lo ayudó a vencer sus escrúpulos. Imaginó que me lo merecía, y puede que tuviera razón.

Contárselo a Jason, no obstante, sería un asunto bastante más delicado.

Lana decidió hablar con él esa tarde, después de la playa, y salió de casa con sigilo para ir a buscarlo a las ruinas, donde estaba cazando.

Sin embargo, Jason no se encontraba solo. Lo acompañaba Kate.

Cuando Lana los vio besándose, se puso hecha una furia. Le costó tranquilizarse. Más tarde, habló con Kate en la lancha motora, de camino al Yialos.

—Dijiste que se había acabado —le espetó en voz baja—. Lo vuestro.

—¿Qué? —dijo Kate—. No hay nada entre nosotros.

—¿Por qué lo has besado?

—¿En las ruinas? Elliot estaba espiándonos, lo vi escondido por allí cerca. Tenía que seguir el juego, no me quedó otro remedio.

—Vaya, pues fuiste muy convincente, enhorabuena.

Kate aceptó el reproche encogiéndose de hombros.

—Gracias, me lo merezco. —Miró a Lana con recelo—. ¿Cuándo vas a decírselo a Jason? Tienes que avisarle.

Lana sacudió la cabeza.

—No voy a decírselo.

—¿Qué? —Kate se quedó mirándola, anonadada—. Si no lo sabe, no funcionará. ¿Cómo voy a convencerlo?

—Oh, sabes ser muy persuasiva cuando te lo propones. Tómatelo como un reto interpretativo.

—No puedes hacerle eso. No puedes hacerle pasar por algo así.

—Es su castigo.

—Es una putada, Lana. —Kate puso una cara muy larga—. ¿Y encima tengo que verlo?

—Sí. —Lana asintió—. Ese es el tuyo.

Unas horas después, Lana se apostó junto a la ventana de la casita de verano, desde donde observó la actuación de Kate para su público, integrado por una sola persona.

—Jason no quería disparar a Lana —dije—, pretendía matarte a ti.

Kate sacudió la cabeza.

—Estás enfermo... Eres un puto enfermo.

Kate cubrió todo un espectro de emociones en esa escena: paranoia, miedo, ira... Una interpretación brillante, aunque quizá un poco sobreactuada, en opinión de Lana.

«Está exagerando —pensó—, pero parece que él se lo ha tragado. Cómo le gusta darse humos, qué vanidoso es... Si mirara un poco más allá de sí mismo, la calaría de inmediato, pero se cree muy listo, se cree una especie de dios. Ya aprenderá, ya lo pondrán en su sitio».

En el interior de la casita de verano, saqué el revólver y se lo puse a Kate en las manos antes de enviarla al embarcadero en busca de Jason.

Lana, que esperaba al acecho entre las sombras, le salió al paso cuando la tuvo a su altura. Se miraron e intercambiaron las armas.

—Mucha mierda —dijo Lana.

Kate no contestó, pero la contempló un momento. Luego se volvió y se alejó.

Lana me siguió hasta la playa. Se apostó en la oscuridad, un poco por detrás de mí, y envió a Nikos para que me abordara y me obligara a caminar a punta de cañón hasta el embarcadero, donde fui humillado, vejado y agredido.

Lana lo vio todo. Sus ojos azules brillaban en la noche como los de una diosa vengativa, cruel y despiadada, mientras yo, su víctima, era obligado a arrodillarme y suplicaba clemencia llamándola a gritos... Hasta que un disparo me silenció.

Y Lana obtuvo su venganza.

5

Te prometí un asesinato, ¿verdad? Seguro que nunca imaginaste que sería el mío.

Bueno, pues siento decepcionarte de nuevo, pero no morí, aunque yo pensé lo contrario. Creí que me había llegado la hora. El disparo hizo que me desmayara. Quizá podría decirse que me morí de miedo.

Recuperé la consciencia con unas patadidas.

—Despiértalo —dijo Kate.

Nikos volvió a darme con el pie, esta vez más fuerte. Abrí los ojos y el mundo empezó a recuperar su definición. Estaba tendido en el suelo, de costado.

Me incorporé hasta quedar sentado y me toqué la sien con cautela, buscando cualquier indicio de una herida de bala.

—Relájate —dijo Kate—. Son de fogueo. —Tiró el arma—. Es de atrezo.

«Ah —pensé—, claro».

Kate era actriz, no una asesina. Tendría que haberlo sabido.

A juzgar por su expresión, Jason estaba incluso más sorprendido que yo de que siguiera respirando.

—Pero ¿qué cojones...? —Miró a Kate, incrédulo—. ¿Qué está pasando aquí?

—Lo siento, yo quería decírtelo —contestó Kate—, pero ella no me dejó.

—¿Quién? ¿De quién hablas?

Kate estaba a punto de contestar, pero se calló. Acababa de divisar a Lana en la playa.

Jason siguió su mirada y se quedó boquiabierto, pasmado, al ver que Lana avanzaba por la arena en dirección al embarcadero. Iba de la mano de Leo. Detrás de ellos, la luz del amanecer teñía el cielo de rojo.

Lana y Leo subieron los escalones y se reunieron con los demás.

—¿Lana? —dijo Jason—. ¿Qué coño...? ¿De qué va esto?

Ella no le hizo el menor caso, como si no lo hubiera oído. Tomó a Kate de la mano y se la apretó. Se miraron un momento.

Luego se volvieron hacia mí. Se habían colocado en fila, todos, como los actores cuando salen a saludar. Lana, Kate, Agathi, Nikos, Leo. Jason era el único que continuaba a un lado, desubicado, confuso. Incluso yo tenía una idea más clara de lo que había ocurrido que él. De hecho, lo tenía muy claro.

Me puse en pie con cierta dificultad y aplaudí de manera irónica, tres veces.

Quise hablar, pero se me llenó la boca de sangre. Escupí en el suelo. Lo intenté de nuevo, aunque no era fácil con la mandíbula rota. Solo conseguí pronunciar dos palabras:

—¿Por qué?

En respuesta, Lana sacó mi cuaderno.

—No deberías dejar estas cosas por ahí. —Me lo arrojó, con fuerza, y me golpeó en el pecho—. Creía que eras distinto. Creía que eras mi amigo, pero no eres amigo de nadie. No eres nada.

Aquella no era la Lana que yo conocía, parecía otra persona. Dura, implacable. Me miró con odio, no hay otra manera de describirlo.

—Lana, por favor...

—Mantente alejado de mí. Y de mi familia. Si vuelvo a verte alguna vez, irás a la cárcel. —Luego se dirigió a Agathi—: Que se largue de la maldita isla.

Se dio la vuelta para irse, pero Jason alargó la mano con intención de tocarla. Lana se la apartó, como si le diera asco.

Bajó los escalones sin mirar atrás. Cruzó la playa sola.

Se hizo el silencio, pero Leo lo rompió con una carcajada repentina, una risotada aguda y pueril, que cambió la atmósfera con brusquedad.

Me señalaba y se reía.

—Mirad —dijo—, se ha meado encima. Menudo pringado.

Kate también rio. Lo cogió del brazo y tiró de él.

—Venga, cariño, vámonos.

Se dirigieron a los escalones.

—Has estado magnífica —dijo Leo—, muy creíble. Yo también quiero ser actor.

—Lo sé, me lo ha dicho tu madre. Creo que es una idea estupenda.

—¿Me enseñarás?

—Puedo darte algunos consejos, eso desde luego. —Kate sonrió—. Por supuesto, lo más importante es tener un buen público.

Me lanzó una última mirada triunfal y luego se volvió y bajó los escalones. Leo la siguió. Igual que los demás.

Avanzaban por la arena como en una procesión. Kate y Leo iban los primeros y, un poco por detrás de ellos, Agathi caminaba cogida del brazo de Nikos. Jason los seguía arrastrando los pies, con la cabeza gacha y los puños cerrados con rabia.

Oía a Leo y a Kate hablar mientras se alejaban.

—No sé tú —decía ella—, pero yo creo que esto hay que celebrarlo. ¿Qué tal un espumoso muy caro?

—Buena idea —contestó él—. Puede que hasta yo beba una copa.

—Ay, Leo. —Kate lo besó en la mejilla—. Al final, parece que aún hay esperanzas contigo.

Sus voces acabaron desvaneciéndose en la distancia, pero yo continué oyendo la risa pueril de Leo.

Resonaba en mi cabeza.

Si tuviera dos dedos de frente, lo dejaría aquí. Pagaría las copas y saldría de este bar con paso apresurado y tambaleante, dejándote con un cuento aleccionador y sin una dirección en la que poder localizarme. Me iría de la ciudad enseguida, antes de decir algo inconveniente.

Sin embargo, debo continuar, no tengo elección. Es algo que planea sobre mi cabeza y proyecta su sombra sobre mí desde el principio, desde que me senté a contarte esta historia.

Verás, no he terminado mi retrato. Aún no. Faltan algunos detalles, alguna que otra pincelada aquí y allá, para acabarlo.

Qué extraño que haya usado esa palabra, «retrato».

Aunque supongo que lo es. Pero ¿de quién?

Al principio creía que de Lana, pero ahora empiezo a sospechar que se trata del mío. Una idea inquietante. Esta espantosa representación de mí mismo no es algo a lo que me apetezca echar un vistazo.

Sin embargo, debemos enfrentarnos juntos a esta historia una última vez, tú y yo, para poder acabarla.

Te lo advierto, no va a ser un espectáculo agradable de ver.

6

Amanecía. Estaba solo en el embarcadero.

No podía ni moverme, aunque no sé qué me dolía más, si mis pobres riñones, donde Nikos me había golpeado con la escopeta, las costillas rotas o la mandíbula palpitante. Torcí el gesto mientras bajaba los escalones hasta la playa con paso tambaleante.

No sabía hacia dónde dirigirme, no tenía adónde ir, así que continué cojeando por la arena, junto a la orilla.

Mientras caminaba, intenté comprender lo que acababa de ocurrir.

Huelga decir que mi plan no había salido como esperaba. En mi versión, en ese momento Lana y yo estaríamos juntos, en la casa, esperando a que llegara la policía, mientras la consolaba explicándole que la muerte de Jason había sido un desgraciado e incluso trágico accidente.

«No sabía que la situación se iría así de las manos —le diría a Lana, tratando de contener las lágrimas—. Que Kate acabaría empuñando un arma y usándola».

Le aseguraría que jamás superaría la escena espeluznante que había presenciado, en la que Kate había disparado a Jason en la playa varias veces, cegada por la ira y el alcohol.

Esa sería mi historia, y me ceñiría a ella.

Puede que Kate contara otra distinta, pero sería mi palabra contra la suya. Es cuanto quedaría en esos momentos: palabras, recuerdos, acusaciones, insinuaciones que se llevaría el viento. Nada real. Nada tangible.

La policía y, lo más importante, Lana me creerían a mí antes que a Kate, quien, al fin y al cabo, acababa de asesinar al marido de Lana a sangre fría.

—Me siento muy mal —diría yo—. Es todo culpa mía...

—No —respondería Lana—, la culpa es mía. No tendría que haber accedido a este disparate.

—Yo te convencí, nunca me lo perdonaré, nunca...

Etcétera. Nos consolaríamos mutuamente, atribuyéndonos la responsabilidad. Ambos estaríamos destrozados, pero nos recuperaríamos. Estaríamos unidos, los dos, en nuestros remordimientos. Viviríamos felices por siempre jamás.

Así era como se suponía que debía terminar.

Pero Lana había visto mi cuaderno. Una pena; no es una lectura edificante, lo entiendo. Palabras escritas mientras estaba dominado por la rabia, ideas sacadas de contexto, fantasías privadas que nadie debía ver, y mucho menos ella.

Ojalá Lana me hubiera despertado en ese momento, cuando lo encontró. Si hubiera hablado conmigo, podría habérselo explicado todo. Se lo habría hecho entender. Pero no me ofreció esa oportunidad.

¿Por qué no? ¿Acaso no había descubierto cosas igual de horribles sobre Kate en los últimos días? Y aun así había sido capaz de perdonarla. ¿Por qué a mí no?

Imagino que todo fue cosa de Kate. Igual que a mí, siempre se le ocurrían ideas brillantes. Lo que debieron de disfrutar escribiendo y luego ensayando su papel... Lo que debieron de reírse de mí mientras hacía el ridículo en la isla, dejándome creer que era el autor de esta obra cuando solo era el público...

¿Cómo podía hacerme Lana algo así? No entendía que pudiera ser tan cruel. El castigo excedía mi crimen con creces. Había sido humillado, aterrorizado, despojado de toda dignidad, de toda humanidad, reducido a poco más que mocos y lágrimas, un niño gimoteando en el suelo.

Para que luego digan de la amistad. O del amor.

La rabia me invadía a cada paso que daba. Era como si hubiera vuelto al colegio. Acosado. Maltratado. Salvo que esa vez no había vía de escape. No existía una felicidad futura junto a Lana a la que aferrarme. Estaba atrapado allí, para la eternidad.

Sin darme cuenta, me encontré de nuevo en las ruinas, en el círculo de columnas desmoronadas.

El solitario lugar transmitía una sensación extraña e inquietante a la luz del amanecer. Las avispas habían regresado con el alba.

De pronto estaban por todas partes, envolviéndome en su enjambre, como una bruma negra. Correteaban por las columnas de mármol, correteaban por el suelo. Correteaban por mi mano cuando la metí en el arbusto de romero, y por la escopeta al sacarla de allí.

Estaba a punto de irme cuando vi algo que hizo que me detuviera en seco.

Dicen que el viento te vuelve loco. Y eso debió de ser lo que me ocurrió, que me hizo perder la razón por un momento, pues estaba siendo testigo de algo que no podía ser real. Allí, delante de mí, el viento confluía desde todas direcciones y giraba sobre sí mismo hasta formar un remolino gigante.

Un torbellino que daba vueltas y más vueltas sin parar.

A su alrededor, el aire estaba en calma. No soplaba la menor brisa. No se movía ni una hoja. Toda la violencia y la rabia del vendaval se concentraba allí, en aquella masa que no dejaba de girar.

La contemplé, fascinado, pues comprendí qué ocurría.

Supe, con absoluta certeza, que era la propia Aura. Era la diosa, aterradora, vengativa y llena de rabia. Ella era el viento.

Y había venido a por mí.

Nada más formarse aquel pensamiento, una ráfaga se abatió sobre mí. Entró por mi boca abierta, descendió por la garganta y ocupó mi cuerpo. Hizo que me expandiera, que creciera y me hinchara. Tenía los pulmones a punto de estallar. Corrió por mis venas; envolvió mi corazón.

El viento me consumió y me convertí en él.

Me convertí en la furia.

7

Lana entró en la cocina seguida por los demás, pero apenas reparó en ellos.

Contempló el amanecer por la ventana.

Estaba sumida en sus pensamientos, aunque nada la afligía ni la desconcertaba. La invadía una extraña tranquilidad, como si hubiera dormido plácidamente y acabara de despertar de un sueño profundo. Tenía la mente despejada, y hacía mucho tiempo que eso no le ocurría.

Podrías suponer que estaba pensando en mí, pero te equivocarías. Yo había desaparecido casi por completo de sus pensamientos, como si nunca hubiera existido.

Y mi partida había dado paso a una nueva claridad. Todo eso que tanto temía —la soledad, la pérdida, los remordimientos— ya no significaba nada para ella. Las relaciones humanas que había considerado tan necesarias para su felicidad no significaban nada. Por fin comprendía la verdad, que estaba sola y que siempre lo había estado.

¿Y qué tenía eso de aterrador? No necesitaba a Kate, ni a Jason. Los dejaría libres, a todos. Soltaría a sus rehenes. Le compraría a Agathi un terreno en Grecia, una casa, y una vida, en lugar de pedirle que sacrificara la suya por los miedos de ella. Ya no temía nada. Dejaría que Leo viviera su propia vida, que persiguiera sus propios sueños. ¿Quién era ella para agarrarse, para aferrarse a él?

¿Y Jason? Lo echaría a la calle. Que fuera a la cárcel, o al infierno, ya no significaba nada para ella.

No veía el momento de irse. Quería alejarse de aquella isla tanto como fuera posible. No quería volver nunca. Y también dejaría Londres. De eso estaba segura.

Pero ¿adónde iría? ¿Deambularía por el mundo sin rumbo, siempre perdida? No. Ya no estaba perdida. La niebla se había disipado y por fin veía el camino. El viaje que la esperaba estaba claro.

Regresaría a casa.

A casa. Cuando lo pensó, sintió una cálida alegría.

Volvería a California, a Los Ángeles. Todos esos años había estado huyendo, escapando de quien era, de lo único que la definía. Por fin se enfrentaría a su destino y lo aceptaría con los brazos abiertos. Regresaría a Hollywood, su hogar. Y volvería a trabajar.

Se veía capaz de todo, alzándose de entre las cenizas como un ave fénix. Fuerte y valiente. Sola, pero sin miedo. No había nada que temer. Se sentía... ¿qué? ¿Cómo llamaría a esa sensación? ¿Dicha? Sí, dicha. Se sentía dichosa.

Lana no advirtió que yo entraba en la cocina. Había accedido a la casa por la puerta de atrás. Los había oído mientras cruzaba el pasillo con sigilo, en la cocina, felicitándose por el éxito de su montaje. Hasta mí llegaron sus risas y el estallido de las botellas de champán al descorcharlas.

Cuando entré, Agathi estaba sirviendo champán en una hilera de copas. Al principio no me vio, pero entonces reparó en que había un par de avispas correteando por la encimera. Levantó la vista.

Yo estaba en la puerta. Me miró con extrañeza. Supongo que por las avispas que tenía encima.

—La lancha-taxi llegará en veinte minutos —dijo—. Ve a buscar tus cosas.

No contesté. Me quedé allí, concentrado en Lana.

Estaba un poco apartada de los demás, junto a la ventana, y pensé en lo hermosa que se la veía en la primera luz de la mañana. El reflejo del sol iluminaba la ventana y creaba un halo alrededor de su cabeza. Parecía un ángel.

—¿Lana? —llamé con voz calmada.

Como si estuviera tranquilo. Lo parecía, de puertas afuera, pero en la celda cerrada con candado de mi mente

donde tenía preso al niño, oía que se alzaba como un gó-
lem, gimiendo, chillando, aporreando la puerta con los
puños, aullando de rabia.

Maltratado una vez más, humillado de nuevo. Y peor,
mucho peor... La única persona a la que había amado
acababa de confirmarle sus miedos más íntimos, las cosas
horribles que yo le había prometido que no eran ciertas.
Finalmente, Lana había expuesto al niño ante todos y les
había mostrado lo que era: alguien no deseado, no querido, un impostor. Un bicho raro.

Lo oí romper sus cadenas y escapar de su celda, aullando como un demonio. No dejaba de chillar, era un alarido
espeluznante y aterrador.

Ojalá dejara de gritar.

Y entonces comprendí que no era el niño quien gritaba.
Era yo.

Lana se había dado la vuelta y me miraba, asustada.
Abrió mucho los ojos cuando saqué la escopeta de detrás
de mi espalda.

La apunté con ella.

Antes de que nadie pudiera detenerme, apreté el gatillo.

Disparé tres veces.

Y así, amigo mío, concluye la triste historia de cómo
maté a Lana Farrar.

Epílogo

El otro día tuve visita.

No es algo habitual, ¿sabes? Así que estuvo bien ver una cara conocida.

Era mi antigua psicóloga. Mariana.

Resultó que había ido a visitar a un antiguo colega que está aquí, pero pensó que aprovecharía para matar dos pájaros de un tiro y pasó a saludarme a mí también. Cosa que deslució un poco el detalle, pero ¿qué más da? Hoy en día me conformo con cualquier cosa.

Mariana tenía buen aspecto, dadas las circunstancias. La muerte de su marido, hacía unos años, la había dejado destrozada. Por lo visto, su mundo se había venido abajo. Sé lo que se siente.

—¿Cómo estás? —le pregunté.

—Bien —contestó Mariana con una sonrisa cauta—. Tirando. ¿Y tú? ¿Cómo te encuentras aquí?

Me encogí de hombros y respondí lo típico: se hacía lo que se podía, nada dura para siempre, etcétera.

—Tengo mucho tiempo para pensar —dije—. Demasiado, quizá.

Mariana asintió.

—¿Y qué tal llevas todo lo demás?

Sonreí, pero no contesté. ¿Qué iba a decir? No sabía ni por dónde empezar.

—¿Te has planteado ponerlo por escrito? —preguntó, como si me leyera el pensamiento—. Lo que ocurrió en la isla.

—No, no puedo.

—¿Por qué no? Quizá sea de ayuda. Contar la historia.

—Lo pensaré.

—No pareces muy entusiasmado con la idea.

—Mariana —dije sonriendo—. Soy un escritor profesional, ya lo sabes.

—¿Y?

—Y solo escribo para un público. Si no, no tiene sentido.

Le divirtió la respuesta.

—¿De verdad crees eso, Elliot? ¿No vale la pena si no tienes público? —Sonrió como si se le hubiera ocurrido una cosa—. Eso me recuerda algo que dijo Winnicott acerca del «verdadero yo»: que solo se accede a él a través de la actuación.

Presté atención, creyendo haber oído una cosa distinta a la que quería decirme.

—¿De la actuación teatral? ¿En serio?

—No, teatral no. —Mariana sacudió la cabeza—. De la actuación en el sentido de pasar a la acción.

—Ah, comprendo —dije, perdiendo el interés.

—Decía que nuestro verdadero yo solo aparece cuando no hay nadie ante quien fingir nada, cuando no hay público ni aplausos. Cuando no hay expectativas que cumplir. Supongo que es entonces cuando actuamos de verdad, sin segundas intenciones, sin esperar ninguna recompensa. La acción misma es la recompensa.

—Ya.

—No escribas tu historia para un público, Elliot. Escríbela para ti mismo. —Mariana me lanzó una mirada alentadora—. Escríbela para el niño.

Sonreí por educación.

—Me lo pensaré.

Antes de irse, Mariana insinuó que quizá me ayudara hablar con su colega, al que había ido a ver.

—Preséntate al menos —dijo—. Te caerá bien, estoy segura. Es muy agradable. A lo mejor es útil.

—Puede que lo haga. —Sonreí—. Desde luego no me vendría mal hablar con alguien.

—Perfecto. —Parecía satisfecha—. Se llama Theo.

—Theo. ¿Trabaja aquí?

—No. —Mariana vaciló y, por un segundo, pareció incómoda—. Es un interno, igual que tú.

Como escritor, tengo cierta propensión a evadirme de la realidad. A inventarme cosas y contar historias.

Mariana me preguntó una vez al respecto durante una sesión de terapia. Quería saber por qué me pasaba la vida inventando cuentos. ¿Por qué escribía? ¿De dónde venía esa creatividad?

Sinceramente, me sorprendió que no lo supiera. Para mí la respuesta era muy obvia. Era creativo porque, de niño, no me satisfacía la realidad que estaba obligado a soportar, así que, ayudándome de la imaginación, inventaba una nueva.

De ahí nace toda la creatividad, creo. Del deseo de escapar.

Con esa idea en mente, seguí el consejo de Mariana. Tal vez contar mi historia me liberara. Como me había sugerido, no la escribí para que se publicara ni para que se representara, sino para mí mismo.

Bueno, quizá eso no sea completamente cierto.

Verás, al principio, cuando me senté al pequeño escritorio de mi celda, me invadió una ansiedad extraña y disociada. Antes la habría ignorado, me habría encendido un cigarrillo o me habría tomado otro café o una copa para distraerme.

Pero ahora sabía que era el niño quien estaba angustiado, no yo. Estaba intranquilo, el documento lo aterraba. ¿Y si lo leía alguien? ¿Y si descubrían la verdad sobre él? ¿Cuáles serían las consecuencias? Le dije que no se preocupara, que no lo abandonaría. Estábamos juntos en esto, él y yo, hasta el final.

Cogí al niño y lo dejé con suavidad en la cama que tenía al lado. Le dije que se calmara y le conté un cuento.

—Esta es una historia para cualquiera que haya amado alguna vez —dije.

Un cuento para dormir bastante insólito, quizá, pero lleno de acción y aventuras, con buenos y malos, con heroínas y brujas malvadas.

Debo decir que me siento bastante orgulloso. Es de lo mejorcito que he escrito y, sin duda, lo más sincero. Así que, antes de que nos despidamos, y al calor de dicha sinceridad, permíteme contarte una última historia. Sobre mí, Barbara West y la noche que murió.

Creo que te resultará esclarecedora.

Después de que Barbara rodara escaleras abajo, corrí tras ella.

Estudié el cuerpo que yacía tendido en el suelo y, una vez que me convencí de que estaba muerta, fui a su despacho. Antes de llamar a una ambulancia, quería asegurarme de que Barbara no había dejado nada incriminatorio. ¿Y si guardaba alguna prueba escrita o fotográfica de todas esas cosas de las que me había acusado? No me habría extrañado que llevara un diario secreto en el que detallara mis fechorías.

Registré los cajones con sumo cuidado hasta que, finalmente, al fondo del último de ellos encontré algo inesperado. Siete cuadernos delgados sujetos con una goma.

«El diario», me dije mientras los abría. Sin embargo, enseguida comprendí que tenía algo muy distinto en mis manos.

Era una obra de teatro manuscrita... de Barbara West.

Trataba sobre nosotros y nuestra vida en común; era lo más insidioso, demoledor y brillante que había leído nunca.

¿Y qué hice?

Arranqué la portada y me apropié del texto.

Ya ves, al final resulta que no soy escritor. No tengo ningún talento especial para nada, salvo para mentir. Y menos aún para escribir historias.

Reconozcámoslo, ni siquiera fui capaz de planear un asesinato.

Desde siempre, solo he tenido una historia que contar y, ahora que ya lo he hecho, soy incapaz de destruirla, así que la guardaré a buen recaudo hasta que muera. Luego, si todo sale conforme a lo previsto, podrá publicarse de manera póstuma. La intriga que la rodea convertirá el libro en un superventas, cosa que me producirá una gran satisfacción, aunque sea desde la tumba.

Bromas aparte, si estás leyendo esto, debes saber que se trata de las palabras de un muerto. Ese es el giro final. Yo tampoco sobreviví. Nadie lo hace, tarde o temprano.

Pero no pensemos en esas cosas.

En vez de eso, acabemos como empezamos, con Lana.

Ella sigue aquí, ya ves. No la he perdido por completo. Vive en mi cabeza.

Cuando me siento solo, o angustiado, o la echo de menos —que es a todas horas—, solo tengo que cerrar los ojos.

Y, de pronto, estoy de vuelta allí, en el cine, el niño de la fila quince.

Y la contemplo, sonriendo, en la oscuridad.

Agradecimientos

No se puede escribir un libro así si no es subido a hombros de gigantes, personas que ya lo hicieron antes y mucho mejor, por lo que considero que debo empezar reconociendo mi deuda de gratitud con autores como Agatha Christie, Anthony Shaffer, Patricia Highsmith y Ford Madox Ford por inspirarme y servir de inspiración para *La furia*.

Suele decirse que nadie nace enseñado, cosa que nunca fue más cierta que con este libro, en cuya creación conté con la ayuda de muchas personas. He disfrutado escribiéndolo y explorando este mundo, a pesar de las veces que me perdí por el camino. Mis brillantes editores, Ryan Doherty, de Celadon, y Joel Richardson, de Michael Joseph, así como mi extraordinario agente, Sam Copeland, siempre me ayudaron a guiar mis pasos. Gracias, amigos, sobrepasasteis con creces lo que el deber exige.

Me gustaría dar las gracias a mis editores estadounidenses y británicos por su magnífico trabajo. Vuestra abnegada dedicación y vuestro talento formidable me dejan sin palabras. Gracias infinitas a Deb Futter, Jamie Raab, Rachel Chou, Christine Mykityshyn y Anne Twomey, de Celadon. También quisiera dar las gracias a Jennifer Jackson, Jaime Noven, Sandra Moore, Rebecca Ritchey, Cecily van Buren-Freedman, Liza Buell, Randi Kramer y Julia Sikora. Gracias, Will Staehle y Erin Cahill, por la fabulosa cubierta. Gracias también a Jeremy Pink, Vincent Stanley, Emily Walter y Steve Boldt, de producción, así como al equipo de ventas de Macmillan.

Mi más profundo agradecimiento a Louise Moore, Maxine Hitchcock, Grace Long y Sarah Bance, de Michael

Joseph. También a Ellie Hughes, Sriya Varadharajan, Vicky Photiou, Hattie Evans y Lee Motley.

Asimismo, miles de gracias a Peter Straus, Honor Spreckley, David Dunn, Nelka Bell y Chris Bentley-Smith, de Rogers, Coleridge & White. Y un agradecimiento muy especial a los agentes de derechos internacionales, de los que solo puedo decir que son los mejores en lo suyo: Tristan Kendrick, Aanya Dave, Katharina Volckmer, Stephen Edwards y Sam Coates.

También quisiera expresarle mi agradecimiento a Nedie Antoniades por ayudarme a darle vueltas a la idea en su forma embrionaria y por sugerir el personaje de Nikos. Y gracias a Sophie Hannah, Hannah Beckerman, Hal Jensen, David Fraser, Emily Holt y Uma Thurman por vuestros valiosísimos comentarios, que contribuyeron a elevar los borradores finales de manera considerable.

Gracias, Iván Fernández Soto, por tu ayuda y tus sabios consejos. Gracias, Katie Haines, por ser la gran figura que eres y hacer que todo sea siempre tan divertido. Gracias, Olga Mavropoulou, por prestarme tu maravilloso apellido.

Y, finalmente, gracias a mis padres, George y Christine Michaelides, y a mis hermanas, Emily y Vicky Holt, por todo vuestro apoyo.